CHRONIQUES DE DURDANE

**

LES PALADINS DE LA LIBERTÉ

ŒUVRES DE JACK VANCE

DANS PRESSES POCKET :

LES MAÎTRES DES DRAGONS
LA PLANÈTE GÉANTE
LE PRINCE DES ÉTOILES
LA MACHINE A TUER

CHRONIQUES DE DURDANE :

1. L'HOMME SANS VISAGE
2. LES PALADINS DE LA LIBERTÉ
3. ASUTRA! *(à paraître)*

LE LIVRE D'OR DE LA SCIENCE FICTION :
JACK VANCE, présenté par Jacques Chambon

SCIENCE-FICTION

Collection dirigée par Jacques Goimard

JACK VANCE

CHRONIQUES DE DURDANE

**

LES PALADINS DE LA LIBERTÉ

Traduit par Arlette ROSENBLUM

PRESSES POCKET

Titre original :

THE BRAVE FREE MEN

ISBN 2-266-00973-7

I

DANS une chambre nichée sous les combles, tout en haut de l'Auberge de Fontenay, Etzwane remua sur son lit. Il n'avait pas beaucoup dormi. Peu après, il se leva et alla à la fenêtre, où les étoiles avaient pâli sur le fond d'aube violette. Les pentes lointaines de l'Ushkadel n'offraient que çà et là l'éclat vert d'un réverbère; les palais des Esthètes étaient éteints.

Dans un de ces palais, songea Etzwane, l'Homme Sans Visage n'avait pas mieux dormi que lui.

Il quitta la fenêtre et se dirigea vers la table de toilette. Une glace étamée au noir de fumée lui renvoya son image, un visage altéré tant par la clarté indécise de l'aube que par le fond ombreux du miroir. Etzwane le scruta de près. Ce personnage irréel, un peu menaçant, pouvait fort bien être lui : le visage à l'expression sardonique, bouche tombante et joues creuses; la peau olivâtre avec un reflet plombé; les yeux, des trous noirs ponctués par deux reflets scintillants. Il pensa : voici Gastel Etzwane, d'abord Pur Enfant Chilite, puis Vert foncé-Azur-Noir-Rose, à présent un homme au pouvoir énorme. Il s'adressa à l'image : « Aujourd'hui vont se produire des événements importants; Gastel Etzwane ne doit pas se laisser tuer. » L'image ne lui renvoya pas d'encouragement.

Il s'habilla et descendit dans la rue. A une guinguette au bord du fleuve, il mangea du poisson frit avec du pain et examina les perspectives de la journée.

En substance, la tâche était simple. Il devait aller au Palais Sershan et là contraindre Sajarano, l'Anome de Shant, à exécuter ses ordres. Si Sajarano s'y refusait, Etzwane n'avait qu'à appuyer sur un bouton pour lui faire sauter la tête car à présent Sajarano portait un torque et Etzwane n'en portait pas. C'était d'une parfaite et brutale simplicité — à moins que Sajarano ne devine son isolement, son manque d'allié ou de complice, auquel cas la situation d'Etzwane deviendrait précaire.

Son petit déjeuner achevé, plus rien ne le retenait; il se mit à remonter l'Avenue Galias. Sajarano, se dit-il, devait chercher désespérément un moyen d'échapper au sort intolérable qui était le sien. Etzwane se demanda : quelle serait sa réaction, à la place de Sajarano? La fuite? Etzwane s'arrêta court. C'était une éventualité qu'il n'avait pas prévue. De sa bourse il sortit l'émetteur d'impulsions, naguère l'instrument de base utilisé par Sajarano pour faire respecter la loi. Etzwane coda les couleurs du torque de Sajarano. Le bouton jaune provoquerait maintenant — si nécessaire — l'explosion du torque et donc la décapitation de Sajarano. Etzwane pressa le bouton rouge « Recherche ». La boîte bourdonna, le son fluctuant avec les changements d'orientation. Au maximum, la boîte indiquait la direction du Palais Sershan. Etzwane continua son chemin, plus pensif que jamais. Sajarano ne s'était pas enfui. Il avait peut-être mis au point une stratégie plus agressive.

L'Avenue Galias aboutissait à la Plaza Marmione où une fontaine aux eaux blanches comme du lait jouait sur des artifacts de verre rouge; l'Escalier du Koronakhe [1], construit par le roi Caspar Pandamon, s'élevait de l'autre côté vers les terrasses de l'Ushkadel. A la Moyenne Corniche, Etzwane quitta l'escalier et prit la direction de l'est, le long du versant incurvé de l'Ushkadel. Le palais des Xhiallinen le dominait de sa masse prismatique. Ici vivait Jurjin, la « Bénévole » de l'Homme Sans Visage [2]. Entre une douzaine d'autres mystères, celui-ci : pourquoi Sajarano avait-il choisi une jeune femme d'une beauté aussi frappante comme mandataire?... Le mystère, dans ce cas, était peut-être plus apparent que réel, réfléchit Etzwane. L'Anome, comme tous les hommes, était susceptible de ressentir les tourments de

1. Le coronach, on s'en souvient, est un chant funèbre écossais et irlandais. *(N.d.T.)*

2. Le terme original est *Benevolence*, qui s'appliquait à la prérogative régalienne dont ont usé certains souverains d'Angleterre pour exiger de leurs sujets un prêt ou un don volontaire... mais obligatoire, un impôt forcé. Lui donner un équivalent en français, plus précis, atténuerait son humour. *(N.d.T.)*

l'amour. Jurjin de Xhiallinen avait peut-être réagi froidement aux attentions de Sajarano, qui n'était ni beau, ni brillant, ni distingué. Peut-être avait-elle été étonnée quand l'Homme Sans Visage l'avait désignée pour entrer à son service et lui avait commandé de ne pas prendre d'amants. Puis l'Homme Sans Visage avait dû lui ordonner de se montrer aimable envers Sajarano. Telles furent les conjectures d'Etzwane... Il arriva au Palais Sershan, ni plus ni moins splendide que les autres. Etzwane fit halte, pour passer en revue toutes les éventualités. La demi-heure qui suivrait déterminerait l'avenir du Shant; chaque minute avait plus de poids que tous les jours d'une vie humaine normale. Il examina du haut en bas la façade du Palais Sershan. Des colonnes de cristal, plus claires et transparentes que l'air lui-même, interceptaient les rayons des trois soleils derrière, les coupoles violettes et vertes abritaient des salles où soixante générations de Sershan avaient vécu, célébré leurs fêtes et étaient mortes.

Etzwane se remit en route d'un pas lourd. Il traversa la loggia, s'approcha du portique et, là, s'arrêta. Six portes de verre épais de deux centimètres et demi, chacune haute de quatre mètres cinquante, lui barraient le passage. Aucune lumière, nul mouvement ne se devinaient à l'intérieur. Etzwane hésita, ne sachant comment continuer. Il commença à se sentir ridicule et par conséquent à éprouver de l'humeur. Il frappa le verre. Ses jointures nues ne produisirent pas grand bruit; il tambourina avec son poing. Il vit remuer à l'intérieur; peu après, un homme apparut au coin de la demeure. C'était Sajarano en personne.

« Ce sont les portes de l'entrée d'honneur, dit Sajarano aimablement. Nous les ouvrons rarement; voulez-vous venir par ici? »

Maussade et silencieux, Etzwane suivit Sajarano jusqu'à une porte latérale. Sajarano lui fit signe d'entrer. Etzwane s'arrêta et le dévisagea, sur quoi Sajarano esquissa en retour un léger sourire comme s'il trouvait amusante la méfiance d'Etzwane. La main sur le bouton jaune, celui-ci pénétra dans le palais.

« Je vous attendais, dit Sajarano. Avez-vous pris votre petit déjeuner? Peut-être boirez-vous une tasse de thé. Montons au petit salon, voulez-vous? »

Il le précéda jusqu'à une pièce ensoleillée, au sol carrelé de dalles de jade blanc et vert. Le mur de gauche disparaissait sous des plantes grimpantes vers sombre; celui de droite était d'albâtre blanc pur. Sajarano indiqua à Etzwane un fauteuil d'osier à côté d'une table d'osier, puis prit sur une desserte quelque chose à manger et versa du thé dans deux tasses en bois-d'argent.

Etzwane s'assit avec circonspection; Sajarano s'installa sur le fauteuil d'en face, dos aux fenêtres qui allaient du sol au plafond. Etzwane l'examina avec un air de sombre supputation et, de nouveau, Sajarano y répondit par un léger sourire. Physiquement, Sajarano n'avait rien d'imposant; ses traits étaient sans grandeur; sous un vaste front haut, son nez et sa bouche paraissaient presque inachevés, son menton existait mais tout juste. L'Anome tel que l'imaginait la conception populaire était bien différent de cet homme conciliant, raisonnable.

Sajarano but son thé à petites gorgées. Mieux vaut prendre l'initiative, pensa Etzwane. Il déclara d'une voix soigneusement neutre : « Comme je l'ai déjà dit, je représente cette fraction du public qui est gravement préoccupée par les Roguskhoïs. Nous pensons que si des mesures décisives ne sont pas prises le Shant n'existera plus dans cinq ans... Il ne restera qu'une énorme horde de Roguskhoïs. En tant qu'Anome, il est de votre devoir d'anéantir ces créatures; c'est ce que le peuple de Shant attend de vous. »

Sajarano hocha la tête légèrement et continua à déguster son thé. Etzwane ne toucha pas à sa tasse. « Ces considérations, poursuivit-il, nous ont contraints, mes amis et moi, à des décisions extrêmes, comme vous le savez. »

Sajarano hocha la tête encore une fois : un hochement gentiment rassurant. « Ces amis : qui sont-ils?

— Certaines personnes qui ont été choquées par les actes des Roguskhoïs.

— Je vois. Et votre situation : vous êtes le chef?

— Moi? » Etzwane eut un rire de dérision. « Nullement. »

Sajarano fronça les sourcils. « Serait-il juste de penser que les autres membres de votre groupe me sont connus personnellement?

— C'est un détail sans importance pour la question qui nous occupe, répliqua Etzwane.

— Peut-être, sauf que j'aime savoir à qui j'ai affaire.

— Vous n'avez affaire à personne. Vous avez seulement à rassembler une armée et repousser les Roguskhoïs dans le Palasedra.

— A vous entendre, c'est on ne peut plus simple, commenta

Sajarano. Une autre question : Jurjin de Xhiallinen a parlé d'un certain Ifness qui a témoigné de capacités remarquables. J'avoue ma curiosité en ce qui concerne cet Ifness.

— Ifness est un homme remarquable, c'est certain, dit Etzwane. Revenons aux Roguskhoïs : que proposez-vous de faire? »

Sajarano mangea un morceau de fruit. « J'ai considéré attentivement la question et abouti à cette conclusion : l'Anome est ce qu'il est uniquement parce qu'il contrôle la vie de la population entière du Shant mais est lui-même exempt de contrôle. Telle est la définition de l'Anome. Elle ne me définit plus; je porte un torque. Je ne peux pas assumer la responsabilité d'actes ou de mesures politiques qui ne sont pas les miens. En bref, je propose de ne rien faire.

— Rien du tout? Et les devoirs afférents à votre charge?

— Je vous les délègue en totalité, à vous et à votre groupe. Vous exercez l'autorité; vous devez en supporter le fardeau. » Sajarano rit en voyant l'expression morose d'Etzwane. « Pourquoi me donnerais-je un mal de chien pour appliquer une politique dont je mets en doute la sagesse? Ce serait ridicule!

— Dois-je comprendre que vous ne vous considérez plus comme l'Anome?

— C'est exact. L'Anome doit œuvrer anonymement. Je ne peux plus le faire. Vous, Jurjin de Xhiallinen, d'autres membres de votre groupe connaissent mon identité. Je n'ai plus d'efficacité.

— Alors qui sera Anome?

Sajarano haussa les épaules. « Vous, votre ami Ifness, quelqu'un d'autre des vôtres. Vous détenez le pouvoir, vous devez accepter la responsabilité. »

Etzwane fronça les sourcils. C'était une éventualité à laquelle il ne s'était pas préparé. De l'entêtement, des menaces, du mépris, de la colère : oui. Une attitude de renonciation passive : non. C'était trop facile. Etzwane se tint sur ses gardes, la subtilité de Sajarano dépassait de beaucoup la sienne. Il questionna avec circonspection : « Vous coopérerez avec nous?

— J'obéirai à vos ordres, certainement.

— Très bien. Pour commencer, l'état d'urgence doit être proclamé dans tout le pays. Nous expliquerons le danger puis soulignerons qu'il faudra faire un effort de grande envergure.

Sajarano émit un murmure courtois. « Tout cela est facile. Rappelez-vous toutefois que la population du Shant compte plus de trente millions d'âmes; alerter tant de gens est une affaire sérieuse.

— D'accord; pas d'objection sur ce point. Deuxièmement, les femmes doivent être évacuées de toutes les régions voisines des Terres Sauvages. »

Sajarano lui adressa un regard où se peignait un ahurissement poli. « Évacuées vers où?

— Les cantons de la côte.

Sajarano plissa sa petite bouche. « Ce n'est pas si simple. Où vivront-elles? Leurs enfants les accompagneront-ils? Qu'adviendra-t-il de leurs foyers, de leurs occupations habituelles? Il doit y avoir vingt ou trente cantons concernés. Cela fait un grand nombre de femmes.

— Ce qui est précisément la raison pour laquelle nous voulons qu'elles soient ailleurs, répliqua Etzwane. Ce nombre de femmes fécondées par des Roguskhoïs donnera d'immenses hordes de Roguskhoïs!

Sajarano haussa les épaules. « Et les autres difficultés que j'ai mentionnées? Elles sont réelles.

— Routine administrative, dit Etzwane.

— Assumée par qui? Moi? Vous? Votre groupe? » Le ton de Sajarano était devenu condescendant. « Vous devez envisager les choses de façon pratique. »

Sa stratégie devient évidente, songea Etzwane. Il ne se mettra pas en travers, mais il n'aidera pas et fera tout ce qui est en son pouvoir pour susciter l'indécision.

« Troisièmement, reprit-il, l'Anome doit par décret-loi lever une milice nationale. »

Etzwane attendit poliment les objections de Sajarano; celui-ci ne le déçut pas. « Je regrette de jouer le rôle du détracteur, du défaitiste; néanmoins, je dois souligner que donner des ordres est une chose; c'en est une bien différente de les appliquer. Je doute que vous vous rendiez compte de la complexité du Shant. Il y a soixante-deux cantons n'ayant en commun que la langue.

— Pour ne rien dire de la musique et des traditions des couleurs [1]. De plus, chaque citoyen du Shant, excepté apparem-

1. *Ael'skian :* plus exactement la symbologie de la couleur et des combinaisons de couleurs; dans le Shant, c'est un aspect de la vie qui compte énormément et qui ajoute une dimension nouvelle à la perception.

ment vous-même, déteste et craint les Roguskhoïs. Les cantons sont plus unis que vous ne le pensez. »

Sajarano secoua avec agacement le petit doigt. « Laissez-moi vous énumérer les difficultés; peut-être alors comprendrez-vous pourquoi j'ai reculé à l'idée d'une intolérable confusion. Intégrer soixante-deux milices distinctes, avec soixante-deux conceptions différentes de la vie, est une tâche titanesque. Un personnel expérimenté est nécessaire. Il n'y a que moi et mon unique Bénévole — une jeune femme.

— Puisque vous estimez mes propositions absurdes, dit Etzwane, quels sont vos propres plans?

— J'ai appris, dit Sajarano, que les problèmes ne requièrent pas tous une solution. Nombreux sont les dilemmes apparemment urgents qui s'estompent et disparaissent si on ne s'en occupe pas... Voulez-vous encore du thé? »

Etzwane, qui n'en avait pas bu, fit un signe négatif.

Sajarano se renversa en arrière dans son fauteuil. Il déclara d'un ton pensif : « L'armée que vous proposez est une solution irréaliste pour une autre raison encore — peut-être la plus valable de toutes. Elle serait inefficace.

— Pourquoi dites-vous cela?

— C'est évident, voyons. Quand un problème quelconque doit être résolu, quand une tâche désagréable doit être accomplie, ils sont confiés à l'Homme Sans Visage. Quand les gens se plaignent des Roguskhoïs — les avez-vous entendus? — ils réclament toujours que l'Homme Sans Visage agisse! Comme s'il suffisait que l'Anome publie un décret pour mettre fin à tous les désagréments imaginables! Il a maintenu la paix depuis deux mille ans, mais c'est la paix imposée par un père à une maisonnée d'enfants. »

Etzwane resta silencieux un instant. Sajarano l'observait avec une attention curieuse. Son regard s'abaissa soudain vers la tasse de thé d'Etzwane. Une pensée fugitive traversa la tête de ce dernier, une pensée qu'il repoussa : voyons, Sajarano n'essaierait pas de l'empoisonner.

Il dit : « Votre opinion est intéressante, mais elle ne plaide qu'en faveur de la passivité. Mon groupe insiste pour que des mesures précises soient prises : premièrement, la déclaration de l'état d'urgence; deuxièmement, que les femmes soient évacuées des régions entourant le Houan; troisièmement, chaque canton doit mobiliser une milice et l'entraîner; quatrièmement, vous devez me nommer votre Adjoint, avec tous les pouvoirs que vous exercez vous-même. Si vous avez fini de déjeuner, nous ferons ces proclamations maintenant.

— Supposons que je refuse, que se passe-t-il?

Etzwane sortit la boîte en métal. « Je vous décapite. »

Sajarano grignota une gaufrette. « Vos arguments sont convaincants. » Il but une petite gorgée de thé et désigna la tasse d'Etzwane. « L'avez-vous goûté? Il vient de ma propriété. »

Etzwane poussa la tasse de l'autre côté de la table. « Buvez-le. »

Sajarano haussa les sourcils. « Mais j'ai ma propre tasse.

— Buvez-le, insista Etzwane d'une voix dure. Sinon je croirai que vous avez essayé de me droguer.

— Allons, me risquerais-je à une manœuvre aussi banale? riposta Sajarano d'un ton hautain.

— Si vous avez cru que je ne me méfierais pas de cette ruse parce qu'elle est banale, alors cela devient subtil. Vous pouvez m'en donner le démenti en buvant.

— Je refuse de me laisser intimider! » dit rageusement Sajarano. Il tapota la table du doigt. Du coin de l'œil, Etzwane vit trembler le lierre vert sombre; il aperçut un scintillement et se rejeta en arrière. De sa manche il sortit le tube à impulsion diffusée pris à Sajarano et le dirigea vers le lierre. Sajarano poussa un terrible cri strident; Etzwane pressa le bouton. Une explosion retentit derrière le lierre. Sajarano sauta à la gorge d'Etzwane par-dessus la table. « Assassin, assassin! Oh, quelle horreur, quel meurtre, le sang de ma bien-aimée! »

Etzwane frappa du poing Sajarano; celui-ci tomba sur le tapis où il resta étendu en gémissant. De dessous le lierre une flaque rouge commença à s'étaler sur les dalles de jade.

Etzwane lutta pour dominer sa nausée. Il avait le cerveau en ébullition. Il donna un coup de pied à Sajarano qui le regarda, le visage jaune et la bouche humide. « Debout! s'écria Etzwane d'une voix rauque. Si Jurjin est morte, à vous la faute; vous êtes son meurtrier! Vous êtes aussi le meurtrier de ma mère; si vous aviez tenu en respect les Roguskhoïs depuis longtemps, il n'y aurait pas cette catastrophe! » Il redonna un coup de pied à Sajarano. « Debout! Sinon je vous décapite vous aussi! »

Sajarano émit un sanglot et se redressa en trébuchant.

« Ainsi vous aviez donné ordre à Jurjin de se cacher derrière le lierre pour me tuer à votre signal! dit Etzwane d'une voix sévère.

— Non, non! Elle avait un revolver à impulsions, pour vous droguer.

— Vous êtes fou! Vous imaginez-vous que je ne vous aurais pas fait sauter la tête? Et le thé... empoisonné?

— Un soporifique.

— A quelle fin servait de me droguer? Répondez!

Sajarano eut seulement un hochement de tête négatif. Il avait complètement perdu son aplomb; il se frappait le front comme pour maîtriser ses pensées.

Etzwane le secoua par l'épaule. « Qu'est-ce que vous gagneriez à me droguer? Mes amis vous tueraient! »

Sajarano marmonna : « J'agis comme me le dicte ma conscience.

— Dorénavant, c'est moi votre conscience! Conduisez-moi à votre bureau. Il faut que j'apprenne comment communiquer avec les Discriminateurs [1] et les gouvernements cantonaux. »

Sajarano, ses épaules rondes affaissées, l'emmena dans son bureau jusqu'à une porte verrouillée. Il pianota un code sur des touches pour ouvrir la porte; ils grimpèrent par un escalier en colimaçon à une salle qui dominait tout Garwiy.

Une console sur le mur opposé portait un certain nombre de boîtes de verre. Sajarano esquissa un geste vague. « Voici le matériel radio. Il envoie un faisceau étroit à un relais au sommet de l'Ushkadel et n'est pas repérable. J'appuie sur ce bouton pour transmettre les messages au Bureau des Proclamations; sur celui-ci, au Discriminateur en chef; sur celui-ci, à la Chambre des Cantons; sur celui-là, au Bureau des Pétitions. Ma voix est déguisée par un dispositif de filtrage.

— Si c'était moi qui parlais? questionna Etzwane. Est-ce qu'on y trouverait une différence?

Sajarano tiqua. Ses yeux étaient voilés par le chagrin. « Personne ne s'en apercevrait. Avez-vous l'intention de devenir Anome?

— Je n'en ai aucune envie, répondit Etzwane.

— La question se pose néanmoins. Je refuse désormais toute responsabilité.

— Comment répondez-vous aux pétitions?

1. Avistïoi (littéralement *Gentils Discriminateurs*) : les gardiens de la paix de la Corporation Esthétique de Garwiy, et la seule police sophistiquée du Shant.

— C'était le travail de Garstang. Je vérifiais régulièrement ses décisions sur le tableau. De temps à autre, il jugeait nécessaire de me consulter; pas souvent.

— Quand vous utilisez la radio, comment faites-vous? Que dites-vous?

— C'est très simple. Je dis : « L'Anome donne instruction que tel acte doit être accompli. » Pas plus.

— Très bien. Appelez maintenant le Bureau des Proclamations et les autres. Voici ce que vous devez dire :

« En réplique aux déprédations de Roguskhoïs, je proclame l'état d'urgence. Le Shant doit maintenant mobiliser ses forces contre ces créatures et les détruire. »

Sajarano secoua la tête. « Je ne peux pas dire cela; vous devez vous en charger vous-même. » Il semblait désorienté. Ses mains tressautaient; ses yeux riboulaient nerveusement, sa peau avait une vilaine teinte jaunâtre.

« Pourquoi ne pouvez-vous pas le faire? demanda Etzwane.

— Cela va contre mon instinct le plus profond. Je ne peux pas participer à votre action. Elle conduit au chaos!

— Si nous ne détruisons pas les Roguskhoïs, cela conduira à la disparition du Shant, ce qui est pire, dit Etzwane. Montrez-moi comment me servir de la radio. »

La bouche de Sajarano trembla; pendant un instant, Etzwane pensa qu'il allait refuser. Puis il dit : « Appuyez sur cette manette. Tournez le bouton vert jusqu'à ce que la lumière verte s'allume. Pressez le bouton de l'administration que vous désirez appeler. Appuyez sur le bouton rouge pour mettre en marche le haut-parleur de contrôle. Quand la lumière rouge clignote, parlez. »

Etzwane s'approcha de la console; Sajarano recula de quelques pas. Etzwane fit semblant d'examiner le matériel. Sajarano fila vers la porte, franchit le seuil, rabattit le battant. Etzwane se précipita dans l'ouverture; ils luttèrent tous deux. Etzwane était jeune et fort; Sajarano poussait avec une énergie farouche. Leurs deux têtes, de chaque côté de l'ouverture, n'étaient distantes que de quelques centimètres. Les yeux de Sajarano s'exorbitaient, sa bouche béait. Ses pieds glissèrent, la porte se rouvrit.

Etzwane demanda avec courtoisie : « Qui habite ici, en dehors de vous?

— Seulement mes domestiques, marmotta Sajarano.

— La radio peut attendre, déclara Etzwane. Il faut d'abord que je m'occupe de vous. »

Sajarano restait planté les épaules affaissées.

Etzwane dit : « Venez. Laissez ces portes ouvertes. Je veux que vous avisiez vos domestiques que mes amis et moi allons habiter ici. »

Sajarano poussa un soupir fataliste. « Quels sont vos plans en ce qui me concerne?

— Si vous coopérez, vous gardez la vie.

— Je ferai de mon mieux, dit Sajarano d'une voix de vieillard. Il faut que j'essaie, il faut que j'essaie... je vais appeler Aganthe, mon majordome. Combien de personnes viendront? Je mène une existence solitaire.

— Je dois en discuter avec elles. »

II

SAJARANO gisait dans sa chambre sous l'empire d'un narcotique. Etzwane s'immobilisa dans le hall. Que faire du cadavre? Il ne le savait pas. Imprudent d'ordonner aux serviteurs de l'enlever. Que le corps reste donc là jusqu'à ce qu'il se soit organisé. La ravissante Jurjin! Tant de beauté et de vitalité perdues! Il se sentait à présent incapable de colère envers Sajarano; cette réaction ne se justifiait plus. Sajarano était manifestement fou.

Maintenant : la proclamation. Etzwane retourna dans la salle de la radio, où il écrivit ce qu'il considérait comme un message concis et énergique. Puis il manipula la rangée de cadrans et de boutons comme l'avait indiqué Sajarano. Il appela d'abord le Bureau des Proclamations.

La lampe pourpre clignota.

Etzwane parla : « L'Anome ordonne la propagation dans tout le Shant de la proclamation suivante :

« En riposte à la présence dangereuse des Roguskhoïs au milieu de nous, l'Anome proclame l'état d'urgence, prenant effet immédiatement.

Pendant plusieurs années, l'Anome a essayé de traiter les envahisseurs dans un esprit de persuasion paisible. Ces tentatives ont échoué; nous devons maintenant agir avec toutes les forces de notre nation; les Roguskhoïs seront exterminés ou refoulés dans le Palasedra.

Les Roguskhoïs font preuve d'un appétit charnel anormal, dont de nombreuses femmes ont pâti. Pour diminuer à l'avenir les incidents de ce genre, l'Anome ordonne que toutes les femmes quittent les cantons voisins des Terres Sauvages. Elles se rendront dans les cantons maritimes, où les autorités doivent préparer des logements sûrs et confortables.

En même temps, les autorités de chaque canton formeront une milice qui comptera au moins un homme valide pour cent habitants. D'autres ordres concernant cette question suivront. Toutefois les autorités cantonales doivent mettre en œuvre immédiatement le processus du recrutement. Aucun délai ne sera toléré.

L'Anome fera des proclamations complémentaires en temps utile. Mon Adjoint est Gastel Etzwane. Il coordonnera les diverses actions et parlera avec ma voix. Il doit être obéi en tout. »

Etzwane appela le Discriminateur en chef de Garwiy et lut une fois de plus sa proclamation. « Gastel Etzwane doit être obéi comme s'il était l'Anome en personne. Est-ce clair? »

La voix du Discriminateur en chef répliqua : « Gastel Etzwane recevra une pleine et entière coopération. Je puis dire, Votre Excellence, que cette mesure sera bien accueillie dans tout le Shant. Nous sommes heureux que vous agissiez!

— Ce n'est pas moi, déclara Etzwane. Ce sont les citoyens du Shant qui agissent. Je dirige seulement leurs efforts. Seul je ne peux rien faire!

— Très juste, évidemment, fut la réponse. Y a-t-il d'autres instructions?

— Oui. Je veux que les technistes les plus compétents de Garwiy se réunissent demain à midi dans les Bureaux de la Corporation afin que je puisse recueillir leurs conseils sur les armes et la production d'armes.

— J'y veillerai.

— Pour le moment, c'est tout. »

Etzwane explora le Palais Sershan. Les domestiques le regardaient avec défiance, chuchoteurs et inquiets. Jamais Etzwane n'avait imaginé pareille élégance. Il découvrit des richesses accumulées depuis des milliers d'années : des colonnes de verre incrustées de symboles d'argent; des salles bleu clair ouvrant sur des salles vieux rose; des parois entières couvertes de paysages vitranés [1]; du mobilier et des porcelaines de la plus haute antiquité; de magnifiques tapis du Maseach et du Cansume; une panoplie de masques d'or grimaçants volés au prix de périls affreux au cœur du Caraz.

Un palais comme celui-ci, se dit rêveusement Etzwane, pourrait lui appartenir s'il le désirait. Absurde que Gastel Etzwane, né par hasard des œuvres de Dystar le Druithine et d'Eathre de la Route des Rhododendrons, soit — pourquoi ne pas admettre la situation? — effectivement Anome du Shant!

Etzwane eut un haussement d'épaules mélancolique. Pendant sa jeunesse, il avait connu la pénurie; chaque florin qu'il parvenait à économiser représentait la mille cinq centième partie de la liberté de sa mère. A présent, la richesse du Shant était à la portée de sa main! Elle ne le tentait pas... Et que faire du corps dans le petit salon?

Dans la bibliothèque, il s'assit pour réfléchir... Sajarano n'avait pas l'air d'un scélérat, plutôt d'une victime du destin. Pourquoi avait-il été incapable de s'exprimer avec franchise? Pourquoi n'avaient-ils pas pu œuvrer de concert? Etzwane médita sur les inconvénients de la situation. Sajarano ne pouvait pas être maintenu indéfiniment sous l'influence de narcotiques; d'autre part, impossible de se fier à lui en tout autre état — sauf mort.

Etzwane fit la grimace. Il soupirait après la présence d'Ifness, qui semblait ne jamais être à bout de ressources. A défaut d'Ifness, des alliés de n'importe quelle sorte seraient les bienvenus.

Il y avait toujours Frolitz et sa troupe : les Vert foncé-Azur-Noir-Rose. Une idée ridicule qu'Etzwane rejeta aussitôt...

1. Le *vitran* : un procédé de représentation visuelle particulier à Garwiy. L'artiste et son apprenti utilisent de minuscules bâtonnets de verre coloré ayant six millimètres de long et un millimètre vingt-cinq de diamètre. Les bâtonnets sont cimentés dans le sens de la longueur sur un fond fait d'une plaque de verre dépoli. Le travail terminé, illuminé par derrière, devient un paysage, portrait ou dessin, possédant une vie que ne pourrait donner aucun autre procédé de représentation, combinant l'éclat, la polychromie, la souplesse, le raffinement, la minutie et l'envergure. Une somme de travail et de temps incalculable est nécessaire pour produire même une œuvre de petites dimensions, puisqu'il faut compter environ soixante mille baguettes pour une surface terminée de trente centimètres de côté.

Qui d'autre? Deux noms lui vinrent à l'esprit : Dystar, son père, et Jerd Finnerack.

Il ne les connaissait guère, au fond. Dystar ignorait même son existence. Toutefois Etzwane avait entendu la musique de Dystar et en avait tiré des indications sur ce qu'était l'âme de Dystar. Quant à Finnerack, Etzwane ne se rappelait qu'un jeune homme robuste au visage hâlé décidé et aux cheveux blonds décolorés par le soleil. Finnerack s'était montré bon envers le gamin abandonné et désespéré qu'était Gastel Etzwane; il avait encouragé Etzwane à essayer de s'évader de la Bifurcation d'Angwin, une île aérienne. Qu'était-il advenu de Jerd Finnerack?

Etzwane retourna à la salle de radio. Il appela le bureau du Discriminateur en chef et demanda qu'on sollicite des renseignements concernant Jerd Finnerack auprès du service des transports par ballon des chemins d'air.

Etzwane alla jeter un coup d'œil à Sajarano qui gisait sur le dos, plongé dans un sommeil artificiel. Etzwane fronça les sourcils et quitta la chambre. Il fit venir un valet au grand salon et l'envoya à l'Auberge de Fontenay chercher Frolitz pour l'amener au Palais Sershan.

Frolitz vint donc, à la fois agressif et inquiet. En voyant Etzwane, il s'arrêta court, rejeta la tête en arrière d'un air soupçonneux.

« Entrez, entrez », invita Etzwane. Renvoyant d'un geste le valet, il conduisit Frolitz dans le grand salon. « Asseyez-vous. Prendrez-vous du thé?

— Avec plaisir, répliqua Frolitz. Allez-vous révéler la raison de votre présence ici?

— Un enchaînement bizarre de circonstances, dit Etzwane. Comme vous le savez, j'ai récemment soumis une demande de cinq cents florins à l'Anome.

— Je suis au courant du fait; votre sottise n'en est que mieux prouvée.

— Pas précisément. L'Anome en est venu à partager mes vues; il m'a par conséquent demandé de l'aider dans ce qui sera une grande campagne contre les Roguskhoïs. »

Frolitz resta bouche bée de surprise. « Vous? Gastel Etzwane le musicien? Quelle est cette invention farfelue?

— Cela n'a rien de farfelu. Il faut bien que quelqu'un s'en

charge. J'ai accepté; en plus, j'ai offert vos services pour cette même cause. »

La mâchoire poivre et sel de Frolitz descendit plus bas encore. Puis un éclat sardonique s'alluma dans ses yeux. « Bien sûr! Exactement ce qui s'imposait pour mettre en fuite les Roguskhoïs : le vieux Frolitz et sa troupe de forcenés! J'aurais dû y penser moi-même.

— La situation est extraordinaire, reprit Etzwane. Toutefois il vous suffit d'accepter le témoignage de vos sens. »

Frolitz marqua un assentiment mitigé. « Apparemment nous sommes assis comme des Esthètes dans un palais éminemment luxueux. Ensuite?

— C'est comme je vous l'ai dit en commençant. Nous serons les adjoints de l'Anome. »

Frolitz examina le visage d'Etzwane avec une suspicion redoublée. « Un point doit être clair avant de reconsidérer quoi que ce soit : je ne suis pas un guerrier ; je suis trop vieux pour me battre.

— Ni vous ni moi n'aurons à tirer l'épée, répliqua Etzwane. Nos activités seront quelque peu clandestines et — naturellement — profitables.

— A quel point de vue et à quel degré?

— Ceci est le Palais Sershan, dit Etzwane. Nous devons nous y installer : vous, moi, toute la troupe. Nous serons nourris et logés comme des Esthètes. Nos tâches sont simples mais, avant que je vous en dise plus, je veux connaître votre opinion sur cet emploi. »

Frolitz se gratta le crâne, hérissant ses rares cheveux gris. « Vous parlez de profit. Cela ressemble au Gastel Etzwane de naguère, qui prenait soin de chaque florin comme si c'était un saint en train de trépasser. Tout le reste sent l'hallucination.

— Nous sommes assis ici dans le Palais Sershan. Hallucination? J'estime que non. La proposition est inattendue mais, comme vous le savez, il se produit bien des choses étranges.

— Exact! Le musicien mène une vie étonnante... Je n'ai pas la moindre objection à occuper le Palais Sershan, aussi longtemps que les Sershan le permettront. Ne serait-ce pas votre idée d'une bonne farce, de voir le vieux Frolitz traîné dans l'Ile des Casseurs de Cailloux, protestant de son innocence tout le long du chemin?

— Absolument pas, je le jure. Et la troupe?

— Laisserait-elle échapper une pareille aubaine? Quelles doivent être nos tâches — en admettant qu'il ne s'agit pas d'une mystification?

— La situation est singulière, expliqua Etzwane. L'Anome veut que Sajarano de Sershan soit placé sous surveillance. Pour parler crûment, Sajarano doit être consigné chez lui. Voilà notre fonction. »

Frolitz grogna. « Une autre crainte m'assaille à présent : si l'Anome se met à employer ses musiciens comme geôliers, il voudra peut-être utiliser les geôliers évincés comme musiciens.

— Les choses n'iront pas jusque-là. Essentiellement, j'ai reçu instruction de recruter quelques personnes de confiance; j'ai pensé en premier à la troupe. Comme je l'ai dit, nous serons tous bien payés; tenez, je suis en mesure de réquisitionner de nouveaux instruments pour chaque membre de la troupe : les meilleurs cors sylvestres, khitans en bouleau noir à charnières de bronze, timbres d'argent, n'importe quoi dont la nécessité ou le désir se fait sentir, sans tenir compte de la dépense. »

La bouche de Frolitz béa de nouveau. « Vous pouvez accomplir tout cela?

— Je le peux.

— Dans ce cas, comptez donc sur la coopération de la troupe. En vérité, il y a longtemps que nous avions besoin d'une pareille période de détente. »

Sajarano occupait un appartement en haut d'une tour de verre nacré à l'arrière du palais. Etzwane le trouva étendu d'un air compassé sur un divan de satin vert, jouant avec les magnifiques pièces d'ivoire d'un puzzle. Ses traits étaient tirés; sa peau avait la couleur et la texture du vieux papier. Son accueil fut réservé; il se refusa à regarder Etzwane en face.

« Nous avons agi, annonça Etzwane. Les forces du Shant sont maintenant engagées contre les Roguskhoïs.

— J'espère que vous trouverez les problèmes aussi aisés à résoudre qu'à créer », dit Sajarano d'un ton bref.

Etzwane s'assit en face de Sajarano sur une chaise en peuplier. « Vous n'avez pas changé d'avis?

— Alors qu'il résulte d'une étude approfondie portant sur un certain nombre d'années? Bien sûr que non.

— J'espère, toutefois, que vous acceptez de vous abstenir d'actions hostiles?

— Le pouvoir est à vous, répliqua Sajarano. Je dois obéir à présent.

— C'est ce que vous aviez dit déjà, souligna Etzwane, puis vous avez tenté de m'empoisonner. »

Sajarano haussa les épaules avec indifférence. « Je ne pouvais que faire ce que ma voix intérieure me dictait.

— Humm... Que dicte-t-elle maintenant?

— Rien. J'ai été frappé par une tragédie et mon seul désir est de vivre dans la solitude.

— Vous serez exaucé, dit Etzwane. Pendant une brève période, jusqu'à ce que les événements se clarifient, une compagnie de musiciens avec lesquels je suis associé préservera cette solitude. C'est l'inconvénient le plus léger que je puisse vous imposer. J'espère que vous le prendrez en bonne part.

— Pour autant qu'ils ne répètent pas ou ne se livrent pas à des jeux destructeurs.

Etzwane regarda par la fenêtre les forêts de l'Ushkadel : « Comment pourrions-nous enlever le cadavre du petit salon? »

Sajarano dit à voix basse : « Appuyez sur ce bouton, là-bas; il fera venir Aganthe. »

Le majordome parut. « Dans le petit salon, vous trouverez un cadavre, dit Sajarano. Brûlez-le, jetez-le dans la Sualle, disposez-en comme vous voudrez, mais avec toute la discrétion possible. Puis nettoyez le petit salon. »

Aganthe s'inclina et s'en alla.

Sajarano se tourna vers Etzwane. « Que vous faut-il encore?

— J'aurai besoin de débourser l'argent de l'État. Quelle procédure dois-je suivre pour ce faire? »

Les lèvres de Sajarano se plissèrent dans un sourire d'amusement amer. Il mit de côté les pièces d'ivoire. « Venez. »

Ils descendirent dans le bureau de Sajarano, où ce dernier resta planté un moment, perdu dans ses cogitations. Etzwane se demanda s'il préparait une autre surprise désagréable et plongea ostensiblement la main dans sa bourse. Sajarano eut un haussement d'épaules à peine perceptible, comme s'il rejetait de son esprit l'idée qui y était entrée. D'un secrétaire il sortit une liasse de formulaires. Etzwane s'approcha avec prudence, un doigt sur le bouton jaune. Mais la combativité de Sajarano s'était évanouie. Il marmotta : « Votre politique est beaucoup trop audacieuse pour moi; peut-être est-elle bonne; peut-être me suis-je enterré la tête dans le sable... Parfois j'ai l'impression d'avoir vécu un rêve. »

D'une voix morne, il expliqua à Etzwane comment utiliser les bons de caisse.

« Entendons-nous bien, précisa Etzwane à Sajarano. Vous ne devez pas quitter le palais, vous servir de la radio, envoyer les domestiques en mission ou recevoir des amis. Nous ne vous appliquerons pas de mesure coercitive tant que vous ne ferez rien qui éveille notre suspicion. »

Etzwane appela ensuite Frolitz et le présenta à Sajarano. Frolitz déclara avec une cordialité badine : « Je n'ai pas l'habitude de ce genre d'emploi et j'espère que notre association sera sereine.

— Elle le sera en ce qui me concerne, dit Sajarano d'une voix amère. Bon, alors, que requérez-vous d'autre?

— Pour le moment, rien. »

Sajarano s'en fut dans son appartement de la tour de verre nacré. D'un ton malicieux, Frolitz commenta : « Vos fonctions semblent excéder le simple emprisonnement de Sajarano.

— Très juste, répliqua Etzwane. Si vous êtes curieux de...

— Ne me dites rien! s'écria Frolitz. Le moins j'en sais, plus mon innocence est grande!

— A votre gré. » Etzwane montra à Frolitz l'escalier conduisant à la salle de radio. « Rappelez-vous! Interdiction totale à Sajarano d'aller par là!

— Restriction audacieuse, dit Frolitz, étant donné le fait qu'il possède le palais.

— Néanmoins, elle doit être appliquée. Il faut que quelqu'un monte la garde ici de façon permanente, jour et nuit.

— Gênant quand nous voudrons répéter, grommela Frolitz.

— Répétez ici, devant l'escalier. » Il appuya sur la sonnette; Aganthe parut.

« Nous allons bouleverser vos habitudes pendant un certain temps, annonça Etzwane. Pour tout dire, l'Anome a décidé de mettre Sajarano aux arrêts sous une forme adoucie. Maître Frolitz et ses compagnons sont chargés de prendre les dispositions nécessaires. Ils sont désireux d'obtenir votre complète coopération. »

Aganthe s'inclina. « Je suis au service de Son Excellence Sajarano; instruction m'a été donnée par lui d'obéir à vos ordres; c'est ce que je ferai.

— Très bien. Je vous donne maintenant instruction de ne souscrire à aucun ordre de Sajarano qui serait en conflit avec nos fonctions officielles. Est-ce clair?

— Oui, Votre Excellence.

— Si Sajarano donne un ordre de ce genre, vous devez me consulter ou consulter Maître Frolitz. Je n'insisterai jamais assez là-dessus. Vous avez vu dans le petit salon la conséquence d'une conduite erronée.

— Je comprends parfaitement, Votre Excellence. » Aganthe s'en alla.

Etzwane dit à Frolitz : « A partir de maintenant, vous devez tenir en main la situation. Soyez méfiant! Sajarano est un homme plein de ressources.

— Estimez-vous que j'en ai moins? protesta Frolitz. Vous rappelez-vous quand nous avons joué la dernière fois *Kheriteri Melanchine?* Qui a aussitôt transposé dans le septième ton quand Lurnous nous a tous mis dans l'embarras? Est-ce que ce n'est pas de la ressource, ça? Qui a enfermé Barndart le Chanteur de ballades dans les cabinets quand il a persisté à vouloir chanter? Que dites-vous de cet esprit de ressource-là?

— J'ai toute confiance », répliqua Etzwane.

Frolitz partit informer de leurs nouvelles fonctions les membres de la troupe; Etzwane retourna dans le bureau de Sajarano et remplit un bon de caisse sur les fonds publics pour la somme de vingt mille florins — suffisamment, calcula-t-il, pour couvrir les dépenses ordinaires et extraordinaires dans l'immédiat.

A la Banque de Shant, la somme de vingt mille florins fut payée sans discussion ni formalités; jamais de sa vie Etzwane n'avait imaginé disposer d'autant d'argent!

La fonction de l'argent est d'être dépensé; chez un chemisier du voisinage, Etzwane choisit des vêtements qu'il jugea en harmonie avec son nouveau rôle : une somptueuse veste de velours pourpre et vert, un pantalon vert foncé, une cape de velours noir doublée de vert pâle, les plus beaux souliers de la boutique... Il s'examina dans la massive glace noire du chemisier, comparant ce splendide jeune patricien avec le Gastel Etzwane d'avant, qui ne dépensait jamais un florin pour autre chose que l'indispensable.

La Corporation des Esthètes se trouvait dans le Juridictionnaire, une vaste construction de verre pourpre, vert et bleu, au fond de la Plaza de la Corporation. Les deux premiers niveaux dataient des Pandamon Moyens; les quatre autres, les six tours et les onze coupoles avaient été terminés dix ans avant la Quatrième Guerre palasedrane et avaient échappé par miracle au grand bombardement.

Etzwane se rendit au bureau d'Aun Sharah, Discriminateur en chef de Garwiy, au second niveau du Juridictionnaire. « Ayez l'obligeance de m'annoncer, dit-il à l'employé. Je suis Gastel Etzwane. »

Aun Sharah en personne vint à sa rencontre : un bel homme à l'épaisse chevelure d'argent portée court, un élégant nez aquilin, une grande bouche souriant à demi. Il était vêtu de la plus simple des tuniques, gris foncé et ornée seulement à chaque épaule d'une petite fibule en bois-d'argent : un costume d'une telle distinction qu'Etzwane se demanda si ses propres habits par comparaison ne paraissaient pas d'une somptuosité de mauvais goût.

Le Discriminateur en chef examina Etzwane avec une curiosité paisible. « Entrez dans mon bureau, si vous voulez bien. »

Ils allèrent dans une vaste salle haute de plafond qui donnait sur la Plaza de la Corporation. Comme les vêtements d'Aun Sharah, le mobilier de son bureau était simple et élégant. Aun Sharah indiqua un siège à Etzwane et s'installa sur un divan contre un mur de la pièce. Etzwane lui envia son aisance; Aun Sharah n'était troublé par aucune trace d'embarras. Son attention, de toute évidence, se concentrait entièrement sur Etzwane, qui ne jouissait pas de pareil avantage.

« Vous êtes au courant de la nouvelle situation, dit Etzwane. L'Anome a engagé les forces du Shant contre les Roguskhoïs.

— Un peu à retardement », murmura Aun Sharah.

Etzwane jugea la réflexion légèrement désinvolte. « Quoi qu'il en soit, nous devons maintenant nous armer. Dans cette perspective, l'Anome m'a nommé son Adjoint; je parle avec sa voix. »

Aun Sharah s'accota contre le dossier du divan. « N'est-ce pas étrange? Il y a seulement un jour ou deux un certain Gastel Etzwane faisait l'objet de recherches officielles. Je présume que vous êtes la même personne. »

Etzwane regarda le Discriminateur en chef avec un détachement marqué. « L'Anome m'a cherché; il m'a trouvé. Je lui ai exposé certains faits; il a réagi comme vous savez.

— Sagement! Ou du moins est-ce mon opinion, répliqua Aun Sharah. S'il m'est permis de le demander, quels étaient ces « faits »?

— La certitude mathématique de la défaite à moins que nous ne livrions instantanément bataille. Avez-vous organisé ma réunion des technistes?

— Les dispositions sont prises. Combien de personnes désiriez-vous consulter? »

Etzwane jeta un coup d'œil inquisiteur au Discriminateur en chef qui semblait détaché et détendu. Etzwane feignit la perplexité. « L'Anome n'a-t-il pas donné de spécifications précises?

— Je crois qu'il a laissé le nombre indéterminé.

— Dans ce cas, rassemblez les spécialistes les plus compétents et les plus estimés, parmi lesquels nous choisirons un président ou un directeur de recherches. Je veux que vous soyez également présent. Notre premier objectif est de créer un organisme réunissant des hommes capables de mettre en œuvre les directives de l'Anome. »

Aun Sharah hocha pensivement la tête avec lenteur. « Les choses sont-elles avancées sur ce plan? »

Etzwane commença à trouver le regard détaché un peu trop renseigné. Il dit : « Pas beaucoup. La liste est encore en discussion... En ce qui concerne le dénommé Jerd Finnerack, qu'avez-vous appris? »

Aun Sharah ramassa une fiche. Il lut : « Jerd Finnerack : employé indenturé[1] de la Société des Chemins d'air. Né au village d'Ispéro dans la région orientale de la Côte-Matinale. Son père, cultivateur de baies, avait utilisé la personne de l'enfant en garantie d'un prêt; quand il s'est avéré incapable de faire face à ses obligations, l'enfant a été saisi. Finnerack s'est révélé un travailleur récalcitrant. Il s'est une fois rendu coupable d'un déroutement de ballon à l'aiguillage de la Bifurcation d'Angwin, d'où ont résulté de gros frais à la charge de la Société. Ces

1. Jack Vance utilise un terme emprunté au mode de contrat (indenture) qui avait cours au XVIIe siècle, suivant lequel des colons d'Amérique payaient le voyage à des immigrés qui s'engageaient en échange à travailler pour eux un certain nombre d'années. J. V. en étend ici le sens à la pratique qui s'appelait en France « la contrainte par corps » pour dettes — et l'applique au débiteur insolvable qui se trouve « saisi » et contraint au travail jusqu'à ce que la dette soit éteinte par le produit de son labeur forcé. *(N.d.T.)*

sommes ont été ajoutées à son indenture. Il travaille actuellement au camp Trois dans le Canton de Glaiy, qui est une installation pour travailleurs réfractaires. Le total de son indenture dépasse deux mille florins. » Il tendit le papier à Etzwane. « Puis-je demander pourquoi vous vous intéressez à Finnerack? »

Plus froidement que jamais, Etzwane répliqua : « Je comprends votre curiosité qui est naturelle; toutefois l'Anome tient à une discrétion totale. En ce qui concerne une autre question : l'Anome a ordonné le déplacement des femmes vers les cantons maritimes. Il faut réduire au minimum les incidents désagréables. Dans chaque canton on devra désigner au moins six contrôleurs qui recevront les plaintes et enregistreront les indications nécessaires pour que les poursuites adéquates soient engagées. Je veux que vous nommiez des agents compétents et que vous les mettiez en place aussi vite que possible.

— La mesure est essentielle, acquiesça Aun Sharah. Je vais envoyer des hommes appartenant à mon personnel pour organiser les groupes.

— Je m'en remets à vous. »

Etzwane quitta le bureau du Discriminateur en chef. Somme toute, les choses s'étaient bien passées. L'expression calme d'Aun Sharah masquait sans doute un bouillonnement de déductions astucieuses qui risquaient ou non de l'inciter à nuire. Plus que jamais Etzwane ressentit le besoin d'un allié parfaitement loyal à qui se fier. Seul, il se trouvait dans une position vraiment précaire.

Il revint au Palais Sershan par un chemin détourné. Pendant un moment, il eut l'impression d'être suivi mais, quand il franchit le Portique de Grenade et attendit dans l'ombre rouge derrière le pilier, personne ne passa et, quand il reprit sa marche, la voie derrière lui semblait déserte.

III

A midi sonnant, Etzwane entra dans la salle de conférence principale du Juridictionnaire. Sans tourner la tête ni à droite ni à gauche, il se dirigea à grands pas vers l'estrade de l'orateur; posant les mains sur la barre d'argent massif, il parcourut du regard les visages attentifs.

« Messieurs, l'Anome a préparé un message que j'ai reçu instruction de vous lire. » Etzwane sortit une feuille de parchemin. « Voici les paroles de l'Anome :

« Salut à l'aristocratie technicienne de Garwiy! Aujourd'hui, je sollicite votre assistance en ce qui concerne les Roguskhoïs. J'ai longtemps espéré repousser ces créatures sans violence, mais mes efforts ont été vains; à présent, nous devons combattre.

« J'ai ordonné la constitution d'une armée, mais ceci n'est que la moitié du travail; des armes efficaces sont nécessaires.

« Voici le problème. Le guerrier roguskhoï est massif, féroce, intrépide. Ses armes principales sont un gourdin en métal et un cimeterre : ce dernier est à la fois une arme de taille et une arme de jet, portant jusqu'à une distance d'environ cinquante mètres. Au corps à corps, un homme ordinaire n'a pas de défense. Nos soldats doivent donc être munis d'armes dont la portée ait une centaine de mètres, ou de préférence plus encore.

« Je remets ce problème entre vos mains et vous charge de consacrer immédiatement vos efforts à cette seule tâche. Toutes les ressources du Shant seront à votre disposition.

« Naturellement, il est nécessaire que vos recherches soient coordonnées. Je désire donc maintenant que vous choisissiez parmi les personnes présentes un président qui dirigera vos travaux.

« J'ai désigné comme mon Adjoint la personne qui lit ce message, Gastel Etzwane. Il parle avec ma voix; vous lui rendrez compte et vous conformerez à ses recommandations.

« J'insiste à nouveau sur l'urgence de cette question. Notre milice se rassemble et aura bientôt besoin d'armes. »

Etzwane posa le parchemin et regarda les visages alignés. « Quelqu'un a-t-il des questions à poser? »

Un homme corpulent et quelque peu congestionné se mit debout pesamment. « Ce qui est demandé est moins qu'évident. Quelle sorte d'armes envisage l'Anome?

— Des armes pour tuer les Roguskhoïs et pour les refouler avec le minimum de risques pour l'utilisateur, répliqua Etzwane.

— Tout cela est bel et bon mais ne nous éclaire pas, protesta le gros homme. L'Anome devrait fournir un ensemble de caractéristiques ou au moins des schémas de base! Devons-nous travailler en aveugles?

— L'Anome n'est pas techniste, dit Etzwane. Les technistes, c'est vous! Établissez vous-mêmes les caractéristiques et les schémas! S'il est possible de fabriquer des armes électriques, tant mieux. Sinon inventez n'importe quoi qui soit pratique et réalisable. Dans tout le Shant les armées se forment; elles ont besoin des instruments de la guerre. L'Anome ne peut pas faire surgir des armes du néant; elles doivent être dessinées et produites par vous, les technistes! »

L'homme rubicond regarda à droite et à gauche d'un air hésitant, puis se rassit. Au dernier rang, Etzwane aperçut Aun Sharah, qui arborait un sourire rêveur, méditatif.

Un personnage de haute taille, aux yeux noirs qui brûlaient dans une face couleur de cire, se leva. « Vos remarques sont pertinentes et nous ferons de notre mieux. Mais, rappelez-vous, nous sommes des technistes, pas des novateurs. Nous raffinons les méthodes plutôt que créons les concepts.

— Si vous ne pouvez pas exécuter ce travail, trouvez quelqu'un qui s'en charge, répliqua Etzwane. Je vous délègue la responsabilité de cette tâche. Créez ou mourez. »

Un autre prit la parole. « Une précision nécessaire pour notre étude est l'importance de l'armée prévue. Elle commande le nombre d'armes requises. L'élégance a peut-être bien moins d'importance que la disponibilité et l'efficacité.

— Exact, dit Etzwane. L'armée comptera entre vingt mille et cent mille hommes, selon la difficulté de la campagne. J'ajouterai que les armes ne sont que le besoin le plus pressant. Il nous faut du matériel de communication pour que les chefs des divers corps puissent coordonner leurs efforts. Votre président devra nommer une équipe pour mettre au point ce matériel. »

Etzwane attendit d'autres questions, mais un morne silence dubitatif continua à régner. Etzwane reprit : « Je vous laisse à vos travaux. Choisissez un président, un homme dont vous connaissez la compétence, l'esprit de décision et la capacité, si nécessaire, de se montrer dur. Il formera les groupes de travail comme il le jugera commode. Les questions ou les suggestions me seront transmises par le Discriminateur en chef, Aun Sharah. »

Sans rien ajouter, Etzwane s'inclina et s'en alla par où il était venu.

Dans le pavillon devant le Juridictionnaire, Aun Sharah s'approcha d'Etzwane. « Les processus s'enclenchent, dit-il. Avec efficacité j'espère. Ces gens n'ont pas l'expérience du travail créateur et, permettez-moi de le dire, l'Homme Sans Visage semble en l'occurrence ne pas savoir ce qu'il veut.

— Comment cela? questionna Etzwane d'une voix neutre.

— En temps ordinaire, il aurait réclamé des dossiers et des estimations pour chaque personne; il aurait ensuite nommé un président et donné des ordres précis. Les technistes sont maintenant désorientés et indécis; ils manquent d'une ferme initiative. »

Etzwane eut un haussement d'épaules indifférent. « L'Anome a de nombreux calculs à faire. Il est essentiel que d'autres partagent le fardeau.

— Naturellement, s'ils en ont la capacité et si on leur donne un programme.

— Ils doivent établir eux-mêmes leur programme.

— L'idée est intéressante, convint Aun Sharah. J'espère qu'elle portera ses fruits.

— Il le faut si nous voulons survivre. L'Anome ne peut pas combattre les Roguskhoïs de ses propres mains. Je présume que vous avez examiné mes antécédents? »

Aun Sharah acquiesça sans embarras. « Vous êtes ou avez été musicien dans la troupe estimée de Maître Frolitz.

— Je suis musicien. Je connais d'autres musiciens comme vous ne parviendriez jamais à les connaître, prépareriez-vous cent dossiers sur eux. »

Aun Sharah se frotta le menton. « Et alors?

— Supposons que l'Anome désire former une troupe avec les meilleurs musiciens du Shant. Vous compileriez probablement des dossiers et il opérerait une sélection. Ces musiciens joueraient-ils bien, se compléteraient-ils? Je ne le crois pas. Ce que je veux dire, c'est que quelqu'un qui n'est pas spécialiste ne peut pas constituer un groupe efficace de spécialistes; ils doivent s'en occuper eux-mêmes. Telle est la conviction présente de l'Anome.

— Je suivrai avec intérêt l'évolution des travaux du groupe, dit Aun Sharah. Quelles armes attendez-vous d'eux? »

Etzwane décocha du coin de l'œil un regard froid à Aun Sharah.

« Que sais-je sur les armes? Je n'ai pas de vues préconçues, pas plus que l'Anome.

— C'est assez naturel. Eh bien, il faut que je retourne à mon bureau pour réorganiser mon personnel. » Aun Sharah s'éloigna.

Etzwane traversa la place et descendit à la Taverne de la Roseraie. A une table retirée, il but lentement une tasse de thé en réfléchissant aux résultats qu'il avait obtenus jusque-là. Ils étaient appréciables, songea-t-il; des forces importantes avaient été mises en mouvement. Les femmes se rendaient dans la sécurité relative des cantons maritimes; au mieux, il n'y aurait plus de nouvelles naissances de Roguskhoïs; au pire, les Roguskhoïs poursuivraient leurs expéditions plus avant dans l'intérieur du pays. Ordre avait été donné de constituer une milice; les technistes avaient reçu instruction de fabriquer des armes. Sajarano était gardé par Frolitz; Aun Sharah, quantité inconnue, devait être traité avec prudence.

Pour le moment, il avait fait tout ce qui était en son pouvoir... Quelqu'un avait abandonné un exemplaire de l'*Aernid Koromatik* [1] sur une chaise voisine; Etzwane le prit et jeta un coup d'œil

1. Littéralement : *Enveloppe chromatique*, autrement dit une gamme de nouvelles de toutes sortes.

aux séquences colorées. Les caractères bleu clair et verts donnaient les informations mondaines et les potins, avec du rose vif et du vieux rose pour souligner les points saillants; ces colonnes, Etzwane les laissa de côté. Il lut la proclamation lavande de l'Anome. L'opinion de personnalités bien connues s'énonçait en diverses teintes d'indigo et de vert[1] : toutes exprimaient de l'approbation. « Enfin l'Anome utilise son énorme puissance contre les hordes féroces, déclarait l'Esthète Santangelo de Ferathilen, en symboles outremer. Le peuple du Shant peut maintenant se détendre. »

Un pli ironique retroussa la lèvre d'Etzwane; il secoua le journal. Au bas de la page, une bordure marron renfermait un message ocre jaune : des nouvelles d'une nature sinistre et terrifiante. Une troupe estimée à plus de cinq cents Roguskhoïs avait pénétré dans la Vallée Lointaine du canton de Lor-Asphen, tuant beaucoup d'hommes et réduisant en esclavage un grand nombre de femmes. « Ils ont établi un camp; ils ne donnent aucun signe de vouloir se retirer dans le Houan. Considèrent-ils donc la vallée comme un territoire conquis?

« On est en train d'évacuer aussi rapidement que possible les femmes du Lor-Asphen vers les cantons de la Côte-Matinale et de l'Orienterre. Malheureusement, l'Anome n'a pas encore rassemblé des forces suffisantes pour riposter. On espère que des épisodes aussi terribles ne se renouvelleront pas. »

Etzwane poussa le journal de côté puis, à la réflexion, le plia et le mit dans la poche de sa cape. Pendant un moment, il resta assis à regarder les gens des tables voisines. Ils bavardaient; ils étaient charmants, leur sensibilité était subtile... Dans le jardin survint alors le techniste rubicond, celui qui s'était levé le premier pour poser des questions. Il portait un manteau vert pâle sur son costume blanc et noir; il rejoignit un groupe de ses amis à une table proche de l'endroit où Etzwane était installé : deux hommes et deux femmes portant de riches tuniques bleues, vertes, pourpres et blanches. Ils se penchèrent en avant vers le gros homme qui parlait avec animation. Etzwane prêta l'oreille : « ... insensé, insensé! Ce n'est pas notre fonction; qu'est-ce que nous connaissons de ces choses-là? L'Anome espère des miracles;

1. La qualité du bleu ou du vert donnait la mesure du prestige de la personne mentionnée : réputation, vanité, ridicule, popularité, suffisance — tout était implicite dans l'intensité, les variations et les harmoniques des couleurs employées — une symbolique d'une grande subtilité.

il veut des briques sans fournir la paille[1]! Qu'il fournisse les armes; n'est-il pas le pouvoir du Shant? »

Un de ses compagnons dit quelques mots, auxquels le techniste rubicond rétorqua avec impatience : « Quelle blague! J'ai l'intention de rédiger une pétition de protestation; l'Anome entendra sûrement raison. »

Etzwane écoutait, pétrifié par un étonnement qui se changea en fureur. Quelques minutes à peine auparavant il avait enjoint à ce gros homme stupide de se donner corps et âme à sa tâche. Il se répandait déjà en propos défaitistes! Etzwane sortit l'émetteur d'impulsions; il pianota sur les touches correspondant au code du bonhomme... Il se retint juste à temps d'appuyer sur la jaune; au lieu de ce faire, il alla darder un regard furibond sur le visage devenu subitement interdit de l'autre. « J'ai entendu vos réflexions, déclara Etzwane. Savez-vous de combien il s'en est fallu que vous perdiez la tête? De trois millimètres, l'enfoncement d'un bouton.

— J'ai parlé en l'air, pas plus, s'exclama précipitamment l'autre d'une voix plaintive. Faut-il que vous preniez tout au pied de la lettre?

— Pourquoi pas? C'est ainsi que j'entends ce que je dis. Faites vos adieux à vos amis; vous êtes devenu subitement membre de la milice de Garwiy. J'espère que vous vous battrez aussi bien que vous parlez.

— La milice! Impossible! Mon travail...

— Impossible? » Etzwane nota ostensiblement le code de couleurs de l'autre. « J'expliquerai les circonstances à l'Anome; vous serez sage de mettre vos affaires en ordre. »

Saisi, blême, le bonhomme s'affaissa dans son fauteuil.

Etzwane prit une diligence jusqu'au Palais Sershan. Il trouva Sajarano dans le jardin en terrasse sur le toit, jouant avec un prisme. Etzwane l'observa un instant. Sajarano faisait courir des taches de lumière colorée sur une barre blanche, sa petite bouche pincée, ses yeux évitant soigneusement Etzwane.

Que se passait-il derrière ce front de poète? Quelles impulsions faisaient agir ces petites mains, naguère si prestes et si puissan-

1. On aura reconnu ici une citation biblique et une allusion aux exigences du Pharaon qui ont incité Moïse et les siens à quitter l'Égypte, comme le raconte le Livre de l'Exode 5 : 5-18. (*N.d.T.*).

tes? Etzwane, déjà d'humeur sombre, jugea insupportable cette énigme déroutante. Il sortit le journal et le plaça devant Sajarano, qui mit de côté le jouet pour lire. Il jeta un coup d'œil à Etzwane. « Les événements se précipitent. L'histoire se fait. »

Etzwane désigna le marron et jaune. « Que dites-vous de ceci?

— Tragique.

— Vous êtes d'accord que les Roguskhoïs sont nos ennemis?

— C'est indéniable.

— Quelles mesures prendriez-vous contre eux si vous aviez à nouveau le pouvoir? »

Sajarano s'apprêta à parler, puis baissa les yeux sur son jouet. « Les avenues de l'action conduisent toutes dans un brouillard sombre. »

Sajarano était peut-être bien victime d'une maladie mentale, songea Etzwane; au fond, c'était presque sûrement le cas. Il demanda : « Comment êtes-vous devenu Anome?

— Mon père était Anome avant moi. Quand il a vieilli, il a transmis le pouvoir. » Le regard perdu dans le ciel, Sajarano sourit tristement à ses souvenirs. « Dans ce cas, le transfert était simple; cela ne se passe pas toujours ainsi.

— Qui devait être Anome après vous? »

Le sourire de Sajarano s'estompa; il réfléchit en fronçant les sourcils. « A un moment donné, j'ai penché pour Arnold de Cham, que je considérais comme qualifié de par sa naissance, ses qualités intellectuelles et son intégrité. Je me suis ravisé. L'Anome doit être intelligent et dur; il ne peut pas se permettre les scrupules de conscience. » Les doigts de Sajarano se crispèrent convulsivement. « Quels actes terribles j'ai commis! Dans le Haviosq, troubler les oiseaux sacrés est un crime. Dans le Fordume, l'apprenti sculpteur sur jade doit mourir si son chef-d'œuvre se fend. Arnold de Cham, homme raisonnable, ne pouvait pas appliquer des lois aussi ridicules. J'ai pensé à quelqu'un d'un caractère plus accommodant : Aun Sharah, le Discriminateur en chef. C'est un homme de sang-froid, intelligent, capable de détachement... J'ai éliminé Aun Sharah pour une raison de style et j'ai fixé mon choix sur Garstang, mort maintenant... Tout cela est sans intérêt. »

Etzwane réfléchit un instant. « Aun Sharah sait-il que vous avez pensé à lui? »

Sajarano haussa les épaules et reprit son jouet. « C'est un homme perspicace. Il est difficile de dissimuler l'exercice du pouvoir à une personne dans sa situation. »

Etzwane alla dans la salle de radio. Il ajusta le filtre pour se différencier du précédent message; puis il appela Aun Sharah. « Ici Gastel Etzwane. J'ai eu une conférence avec l'Anome. Il a ordonné que vous et moi nous rendions en tant que plénipotentiaires dans toutes les régions du Shant. Vous êtes requis de visiter les cantons à l'est de la Jardine et au nord des Terres Sauvages, y compris le Shkoriy, le Lor-Asphen, la Tête-Vieille et la Côte-Matinale. Je suis chargé des cantons de l'ouest et du sud. Nous devons stimuler et, si nécessaire, imposer la mobilisation et l'entraînement des diverses milices. Avez-vous des questions à poser? »

Il y eut un bref silence. « Vous avez employé le terme « imposer ». Comment cela se fera-t-il?

— Nous devons noter les refus d'obéissance. L'Anome infligera les châtiments. Les conditions varient. Je ne puis donner d'instructions explicites; il faut que vous jugiez vous-même. »

La voix d'Aun Sharah manquait quelque peu d'entrain. « Quand est-ce que je pars?

— Demain. De préférence, commencez peut-être par Galle, Eventail Pourpre, Anglesiy, Jardine et Conduce; puis vous emprunterez le chemin d'air à la Bifurcation de Brassei pour vous enfoncer dans l'ouest. Moi, je passe d'abord par Eglantine, Maiy, Erevan et Ombre, ensuite je prends le ballon pour Orienterre. En ce qui concerne les frais de route, nous tirerons des chèques sur la Banque de Shant et, naturellement, sans lésiner.

— Très bien, dit Aun Sharah sans enthousiasme. Nous devons exécuter les ordres. »

IV

Le ballon *Iridixn,* réquisitionné par Etzwane, se balançait le long du quai de chargement : une masse tripartite d'osier, de cordage et de fin tissu brillant. Le machiniste préposé au treuil était Casallo, un jeune homme maniéré, qui accomplissait les manœuvres délicates de son état avec un air de dédain blasé. Etzwane monta dans la nacelle; Casallo, déjà dans son compartiment, demanda : « Quels sont vos ordres, monsieur?

— Je veux aller à Jamilo, Vervei, la Colline Sacrée dans Erevan, à Lantine dans Ombre. Puis nous filerons sans nous arrêter à travers le Shant jusqu'à Orienterre.

— Bien, monsieur. » Casallo réprima à peine un bâillement. Il portait sur l'oreille un brin d'arasme pourpre, souvenir des réjouissances de la nuit. Etzwane regarda avec méfiance Casallo vérifier le jeu de ses treuils, tester les soupapes du gaz et la trappe du lest, puis abattre le sémaphore. « En route. »

Les hommes d'équipe firent avancer le trolley tracteur dit judas dans la glissière, donnant au ballon une marge de manœuvre moyenne. Casallo ajusta négligemment l'inclinaison et l'orientation pour placer le ballon par le travers du vent. Les cordages furent détachés de la poulie du judas, le trolley mobile fut libéré de son sabot; le ballon s'éloigna; la roue du trolley tournait joyeusement à toute vitesse le long de la glissière. Casallo ajusta la tension des cordages avec la mine de quelqu'un qui invente une nouvelle méthode; le ballon accéléra perceptiblement l'allure et fila vers l'est par la Trouée de Jardine. L'Ushkadel devint une tache noirâtre derrière eux et ils entrèrent bientôt dans l'Églantine où les Esthètes de Garwiy avaient leurs résidences champêtres au milieu des petites collines boisées, des vallons, des étangs et des prés paisibles.

En approchant du bourg de Jamilo, le ballon leva son sémaphore orange et lofa; les hommes d'équipe de la gare saisirent le trolley mobile et l'aiguillèrent vers une voie de garage où ils l'immobilisèrent dans la glissière au moyen d'un sabot. Ils engagèrent les cordages dans les poulies du judas et, halant le judas le long de la glissière en direction de la gare, amenèrent le ballon à terre.

Etzwane se rendit à la Chambre cantonale, qu'il trouva silencieuse et inoccupée. La proclamation de l'Anome avait été placardée mais personne de qualifié pour agir n'était passé la voir.

Ivre de rage, Etzwane alla au petit bureau de l'employé où il exigea une explication. L'employé s'avança en clopinant et cligna des paupières d'un air ahuri tandis qu'Etzwane critiquait sa conduite. « Pourquoi n'avez-vous pas convoqué les membres du conseil? tempêta Etzwane. Êtes-vous ignorant au point de ne pas comprendre l'urgence du message? Vous êtes renvoyé! Fichez le camp de ce bureau et réjouissez-vous que l'Anome ne vous ôte pas la tête!

— Depuis que je travaille ici, les choses ont toujours évolué avec lenteur, chevrota l'employé. Comment pouvais-je deviner que cette affaire devait se régler à la vitesse de l'éclair?

— Maintenant vous le savez! Comment convoquez-vous les conseillers à une séance extraordinaire?

— Je ne sais pas; nous n'avons jamais rien eu d'extraordinaire.

— Jamilo possède-t-elle un corps de sapeurs-pompiers pour maîtriser les incendies?

— Oui, certes. Le gong est là-bas.

— Allez actionner le gong! »

Les habitants du Maiy étaient des commerceurs : des gens de haute taille à la peau sombre, aux cheveux noirs, aux manières calmes et affables. Ils habitaient des maisons octogonales coiffées de hauts toits à huit pans; du milieu jaillissaient des cheminées, toutes plus grandes les unes que les autres; en vérité, c'est à la hauteur de leurs cheminées que se mesurait le prestige des citoyens. Le centre administratif du canton, Vervei, était moins une ville qu'une agglomération de petites industries produisant des jouets, des coupes en bois, des plateaux, des candélabres, des portes, du mobilier. Etzwane trouva les industries fonctionnant à plein rendement et le Premier Négociant du Maiy reconnut qu'il n'avait pris aucune mesure pour se conformer à la proclamation de l'Anome. « Il nous est très difficile d'agir vite, expliqua-t-il avec un sourire désarmant. Nous avons des contrats qui limitent notre liberté d'action; il faut que vous compreniez que cette période est pour nous le fort de la saison. Sûrement que l'Anome avec son pouvoir et sa sagesse peut venir à bout des Roguskhoïs sans bouleverser notre existence! »

Etzwane nota avec ostentation le code du torque du Négociant. « Si une seule de vos entreprises ouvre avant qu'une milice soit formée et fasse l'exercice, vous perdrez la tête. La guerre contre les Roguskhoïs a la priorité sur tout le reste! Est-ce clair? »

Le visage maigre du Négociant devint grave. « Il est difficile de comprendre comment... »

Etzwane dit : « Vous avez exactement dix secondes pour vous mettre à obéir aux ordres de l'Anome. Pouvez-vous comprendre cela? »

Le Négociant porta la main à son torque. « Je comprends parfaitement. »

Dans le Conduce, Etzwane tomba en pleine confusion. Au sud-est, les premiers pics du Houan se dressaient au-dessus de l'horizon; un bras de la Baie des Fleurs-de-Coquille s'étendait presque aussi proche au nord. « Devons-nous envoyer nos femmes au nord? Ou devons-nous faire des préparatifs pour accueillir les femmes des montagnes? Les Volailles disent une chose, les Fruits [1] disent une autre. Les Volailles veulent former une milice de jeunes hommes, parce que les hommes âgés s'occupent mieux des bêtes; les Fruits veulent enrôler les vieux parce qu'on a besoin des jeunes pour récolter les fruits. Seul l'Anome peut résoudre nos problèmes!

— Prenez des jeunes Volailles et des vieux Fruits, trancha Etzwane, mais agissez avec décision! Si l'Anome apprenait vos tergiversations, il ferait tomber des têtes chez les Volailles comme chez les Fruits. »

1. Volailles et Fruits : les factions rivales du Conduce, représentant les éleveurs de volailles et les fruticulteurs.

Dans l'Ombre, au pied même de la masse du Houan, les Roguskhoïs étaient un danger connu. En bien des occasions, de petites bandes avaient été aperçues dans les hautes vallées où, à présent, nul n'osait s'aventurer; trois petits villages avaient été attaqués. Etzwane n'eut pas besoin d'insister sur la nécessité d'agir. Un grand nombre de femmes avait été envoyé dans le nord; des groupes de la nouvelle milice étaient déjà en voie d'organisation.

En compagnie du Premier Duc d'Ombre, Etzwane regarda deux escouades s'exercer avec des bâtons et des perches, pour simuler des épées et des lances, à chaque extrémité de l'Arène de Lantine. Les escouades présentaient des différences notables dans leurs costumes, leur zèle et leur compétence en général. Les hommes de la première portaient des vêtements bien coupés couleur de mûre et indigo, avec des bottes de cuir vert; ils bondissaient en avant et sautaient en arrière; ils allongeaient des coups de pointe, feintaient, plastronnaient; ils échangeaient ce faisant des commentaires enjoués. Ceux du second groupe, en sandales et tenue de travail, manœuvraient sans ardeur et ne s'exprimaient qu'en marmottements maussades. Etzwane demanda d'où provenait cette disparité.

« Nous n'avons pas encore défini de règles précises, expliqua le Premier Duc. Quelques-uns de ceux qui ont été convoqués ont envoyé des serfs indenturés, qui ne déploient pas grande ardeur. Je ne sais pas si le système se révélera viable; peut-être les personnes qui se sentent incapables de suivre l'entraînement devraient-elles envoyer deux serfs au lieu d'un. Peut-être cette pratique devrait-elle être totalement prohibée. Il y a des arguments en faveur de tous les points de vue. »

Etzwane déclara : « La défense du Shant est un privilège accordé uniquement aux hommes libres. En entrant dans la milice, l'homme indenturé annule automatiquement ses dettes. Veuillez avoir l'obligeance d'annoncer ce fait aux hommes du groupe qui est là-bas; puis jugeons de leur zèle. »

Le chemin d'air pénétrait dans les Terres Sauvages, l'*Iridixn* volant à présent à l'extrême bout de ses cordages pour profiter directement au maximum des coups de vent. A Angwin, un câble sans fin tira l'*Iridixn* à travers la Gorge d'Angwin jusqu'à la Bifurcation d'Angwin, l'île dans le ciel d'où Etzwane s'était enfui il y a bien longtemps avec l'aide involontaire de Jerd Finnerack.

L'*Iridixn* continua au sud-est, à travers les régions les plus accidentées des Terres Sauvages. Casallo examinait le panorama à la jumelle. Il tendit la main vers une vallée montagneuse. « Les Roguskhoïs vous intéressent? Regardez là-bas! Toute une tribu devant vos yeux! »

Prenant les jumelles, Etzwane aperçut un grand nombre de points noirs immobiles, au moins quatre cents environ, le long d'une enceinte fortifiée faite de buissons épineux. De dessous une douzaine de grands chaudrons sortaient des volutes de fumée qui se déroulaient au fil de la vallée. Etzwane examina l'intérieur de l'enceinte. Certains tas de haillons indéfinissables, il vit que c'étaient des femmes serrées les unes contre les autres, une enceinte vraisemblablement. Au fond de l'enceinte, sous l'abri d'un toit rudimentaire, il y en avait peut-être encore... Etzwane inspecta d'autres endroits du camp. Chaque Roguskhoï se tenait à part et ne s'occupait que de lui-même; quelques-uns raccommodaient leur équipement, s'enduisaient de graisse, rajoutaient du bois dans le feu sous les chaudrons. Aucun, pour autant qu'Etzwane pouvait le déterminer, ne leva même une fois la tête pour regarder passer le ballon ou ne la tourna vers le trolley qui roulait en vrombrissant dans la glissière à moins de quatre cents mètres... L'*Iridixn* tourna autour d'un piton escarpé; la vallée disparut.

Etzwane posa les jumelles sur l'étagère. « Où trouvent-ils leurs épées? Ces chaudrons sont en métal — une fortune ne suffirait pas à les acheter. »

Casallo rit. « Des chaudrons en métal! Mais ils cuisent de l'herbe, des feuilles, des vers noirs, des ahulphs crevés, des vivants aussi, tout ce qu'ils peuvent avaler. Je les ai observés à la jumelle.

— Ne s'intéressent-ils jamais au ballon? Ils pourraient causer des ennuis s'ils touchaient à la glissière.

— Ils ne se sont jamais attaqués à la glissière, répliqua Casallo. Il y a beaucoup de choses qu'ils n'ont pas l'air de voir. Quand ils ne mangent pas ou ne copulent pas, ils restent assis, simplement. Pensent-ils? Je ne sais pas. J'ai parlé à un montagnard qui était passé à côté d'une vingtaine d'entre eux assis en silence à l'ombre. J'ai demandé : « Est-ce qu'ils dormaient? » Il a répondu que non; apparemment ils n'ont éprouvé aucune envie de le tuer. C'est un fait; ils n'attaquent jamais un homme à moins qu'il ne tente de les éloigner d'une femme ou à moins qu'ils n'aient faim — auquel cas il va dans le chaudron avec le reste.

— Si nous avions eu une bombe, nous aurions pu tuer cinq cents Roguskhoïs, dit Etzwane.

— Pas une bonne idée, repartit Casallo qui avait tendance à contester chacune des remarques d'Etzwane ou à émettre des réserves à leur sujet. Si des bombes venaient des ballons, ils détruiraient la glissière.

— Sauf si nous utilisions des ballons libres.

— Et alors? Depuis un ballon, on ne peut bombarder que ce qui se trouve directement dessous; ce n'est pas souvent qu'on dérive au-dessus d'un camp. Si nous avions des moteurs pour faire mouvoir les ballons, ce serait une autre histoire, mais on ne peut pas construire de moteur avec de l'osier et du verre, même si quelqu'un se rappelait les arts d'autrefois. »

Etzwane dit : « Un planeur vole là où un ballon ne peut que dériver.

— Par contre, prit la peine de souligner Casallo, un planeur doit atterrir, tandis qu'un ballon dérivera vers un lieu sûr.

— L'important pour nous est de tuer des Roguskhoïs, riposta Etzwane, pas de se promener dans les airs en toute sécurité. »

Casallo se contenta de rire et s'en alla dans son compartiment jouer du khitan, un talent dont il était très fier.

Ils avaient atteint le cœur des Terres Sauvages. De tous les côtés, des crêtes de roc gris s'arrondissaient dans le ciel; la glissière virait tantôt d'un côté tantôt de l'autre, adoptant des variantes verticales et horizontales, les premières donnant de l'inconfort au voyage et les secondes obligeant le préposé au treuil à des manœuvres continuelles. Autant que possible, les glissières conduisaient par le travers des vents dominants pour permettre aux ballons de courir une bordée dans chaque direction. Dans les montagnes, les vents tournaient et sautaient, soufflant parfois tout droit le long de la glissière. Le machiniste pouvait alors lofer et incliner le ballon pour le déhaler de la paroi et l'abaisser, réduisant ainsi le vecteur contraire. Dans des conditions plus pénibles, il pouvait tirer la corde de freinage, coinçant les roues du trolley contre la paroi de la glissière. Dans des conditions pires encore, quand le vent rugissait et se déchaînait, il pouvait abandonner l'idée de continuer son chemin et se laissait repartir en dérive le long de la glissière jusqu'à la gare ou l'aiguillage le plus proche.

C'est une tempête de ce genre qui assaillit l'*Iridixn* au-dessus du Cirque de Conceil : une vaste cuvette peu profonde tapissée de neige, la source de la rivière Fimée. La matinée avait arboré un voile de brume rose lavande au sud et très haut à l'est une centaine de bandes de cirrus, à travers lesquels les trois soleils plongeaient et tournoyaient en créant des zones changeantes de rose, de blanc et de bleu. Casallo prédit du vent et les rafales ne tardèrent pas à les secouer. Casallo employa toutes les combinaisons qui lui étaient permises : il lofa, déhala en haut et en bas, freina, décrivit un grand arc, puis relâcha le frein à un instant soigneusement calculé pour gagner péniblement quelques mètres, manœuvres grâce auxquelles il espérait arriver à une courbe de la glissière quinze cents mètres plus avant. A trois cents mètres du but, le vent attaqua si fort que la charpente de l'*Iridixn* se mit à gémir et grincer. Casallo libéra le frein, plaça l'*Iridixn* en plein par le travers du vent et repartit en arrière le long de la glissière.

A la Gare du Conceil, les hommes d'équipe amenèrent le ballon à terre et l'amarrèrent avec un filet. Casallo et Etzwane passèrent la nuit dans la gare, à l'abri derrière un rempart fait de murs de pierre garnis aux angles de tours de guet. Etzwane apprit que l'on voyait beaucoup de Roguskhoïs dans les parages. L'importance des groupes s'était remarquablement accrue au cours de l'année passée, signala le Chef de la gare. « Avant, on en voyait vingt ou trente à la fois; à présent, ils vont par bandes de deux ou trois cents et parfois ils cernent le rempart. Ils n'ont attaqué qu'une fois, quand un groupe de religieuses de Whearn a été obligé de se poser à cause du vent. Il n'y avait pas un Roguskhoï en vue; puis tout à coup trois cents ont surgi et essayé d'escalader les murailles. Nous étions prêts à les recevoir — le coin est truffé de mines. Nous en avons tué au moins deux cents, par vingt ou trente à la fois. Le lendemain, nous avons embarqué précipitamment les religieuses dans un ballon et nous les avons expédiées. Depuis, nous n'avons plus eu d'alerte. Venez, je vais vous montrer quelque chose. »

Dans un angle du rempart, un abri avait été construit en merrains de bois-de-fer; deux petits êtres cuivrés regardaient par les interstices. « Nous les avons capturés la semaine dernière; ils fouillaient dans nos ordures. Nous avons posé un filet et nous y avons mis un appât. Trois ont réussi à se libérer; nous en avons pris deux. Ils sont déjà forts comme des adultes. »

Etzwane examina les deux petits êtres, qui le regardèrent à leur tour d'un œil inexpressif. Étaient-ils humains? Dérivés d'une souche humaine? D'organismes nouveaux et étranges? Ces questions avaient été soulevées bien des fois, sans que des réponses satisfaisantes y aient été données. La structure osseuse des Roguskhoïs paraissait en gros celle de l'homme, quoiqu'un peu simplifiée au pied, au poignet et à la cage thoracique. Etzwane demanda au Chef : « Sont-ils doux?

— Tout le contraire. Si vous passez le doigt à l'intérieur de la cage, ils l'arracheront.

— Est-ce qu'ils parlent ou profèrent un son quelconque?

— La nuit, ils geignent et grognent; sinon ils restent silencieux. Ils ne semblent guère plus que des animaux. Je suppose que le mieux serait de les tuer avant qu'ils ne manigancent un mauvais tour.

— Non, prenez soin d'eux; l'Anome voudra qu'on les étudie. Peut-être pouvons-nous apprendre à les maîtriser. »

Le Chef de la gare considéra d'un air de doute les deux rejetons. « Je suppose que tout est possible.

— Dès mon retour à Garwiy, je les enverrai chercher et naturellement vous serez récompensé de votre peine.

— C'est aimable à vous. J'espère que j'arriverai à les garder sous clef. Ils grandissent de jour en jour.

— Traitez-les avec douceur et essayez de leur apprendre quelques mots.

— Je ferai de mon mieux. »

L'*Iridixn* descendit des Terres Sauvages et traversa les splendides forêts du canton de Whearn. Il y eut un moment où le vent cessa complètement de souffler; pour passer le temps, Etzwane observa les oiseaux de la forêt à la jumelle : des anémones d'air ondoyantes, des pics vert pâle, des oisellules noir et lavande... A la fin de l'après-midi, le vent se leva dans une subite bourrasque; l'*Iridixn* fila le long de la glissière jusqu'à la Ville-Bifurcation de Pelmonte.

A Pelmonte, les eaux de la rivière Fahalusra, déviées par des flumes, fournissaient l'énergie nécessaire à six énormes scieries. Les troncs, flottés depuis les forêts sur la Fahalusra, étaient écorcés, parés, découpés en planches par des scies en toiles d'aragne-de-fer agglomérées. Dans des cours de séchage, le bois séchait sous presse, subissait divers traitements : dégauchissage, imbibition d'huiles, de colorants et d'onguents spéciaux, puis était soit chargé sur des barges, soit prédécoupé pour être assemblé par la suite. Etzwane était venu deux fois auparavant à Pelmonte quand il était un Vert foncé-Azur-Noir-Rose; il se rappelait bien l'odeur puissante de sève fraîche, de résine, de vernis et de fumée qui saturait l'air. Le Surintendant du canton accueillit Etzwane avec enthousiasme.

Les Roguskhoïs étaient bien connus dans le Whearn Nord; depuis des années, les bûcherons montaient la garde le long de la Fahalusra, et avaient repoussé des douzaines de petites incursions à l'aide d'arbalètes et de piques qui, dans les forêts, étaient des armes plus efficaces que les cimeterres lancés par les Roguskhoïs.

Récemment, les Roguskhoïs s'étaient mis à attaquer de nuit et en troupes plus importantes; les hommes du Whearn avaient été refoulés au-delà de la Fahalusra, à leur grand désagrément. Nulle part ailleurs dans le Shant Etzwane n'avait trouvé autant de zèle. Les femmes avaient été envoyées dans le sud, la milice s'exerçait tous les jours. « Transmettez ce message à l'Anome! déclara le Surintendant. Dites-lui d'envoyer des armes! Nos piques et nos arbalètes ne servent à rien en terrain découvert; nous avons besoin de flèches électriques, de feux tournants, de cors-de-mort et d'inventions terrifiantes. Si l'Anome dans son pouvoir et son génie nous fournit des armes, nous nous en servirons! »

Etzwane ne trouva rien à répondre. L'Anome, dans la mesure où la charge avait un sens, c'était lui : un homme sans pouvoir ni génie. Que dire à ces gens courageux? Les tromper était hors de question; ils méritaient qu'on leur dise la vérité. Il répliqua : « Il n'y a pas d'armes. A Garwiy, les meilleurs technistes du Shant travaillent d'arrache-pied. Il faut dessiner ces armes, les essayer, les produire. L'Anome fait tout ce qu'il peut. »

Le Surintendant, un homme de haute taille aux traits rudes, s'exclama : « Pourquoi avoir tant tardé? Il connaît l'existence des Roguskhoïs depuis bien des années; pourquoi ne tient-il pas prêts les moyens de nous protéger?

— Pendant des années, l'Anome a espéré la paix, dit Etzwane. Il négociait, il pensait contenir. Les Roguskhoïs naturellement sont sourds à la persuasion.

— Voilà encore une déduction ni subtile ni raffinée; n'importe qui pouvait s'en apercevoir dès le début. Maintenant il faut que nous combattions et nous n'avons aucun des outils nécessaires. L'Anome, quelles que soient ses raisons — mollesse, indécision, peur — nous a trahis. Je le dis, rapportez mes propos si vous voulez; l'Anome peut me décapiter, n'empêche que c'est la stricte et triste vérité. »

Etzwane hocha brièvement la tête. « Votre franchise vous honore. Je vais vous confier un secret. L'Anome qui espérait la paix avec tant d'application n'est plus Anome. Un autre homme a assumé le fardeau et à présent doit s'occuper de tout à la fois. Vos réflexions sont d'une parfaite justesse.

— Je suis enchanté d'apprendre cette nouvelle! déclara le Surintendant. Mais entre-temps qu'allons-nous faire? Nous avons les hommes, l'entraînement et l'énergie de la colère. Nous ne pouvons pas nous dépenser inutilement; nous voulons donner le meilleur de nous-mêmes : que ferons-nous?

— Si vos arbalètes tuent des Roguskhoïs, fabriquez-en de plus grandes qui portent plus loin », dit Etzwane. Il se rappela le camp des Roguskhoïs dans les hauteurs du Houan. « Construisez des planeurs : capables de porter un, deux et six hommes; entraînez des pilotes. Mettez-vous en communication avec la Tête-Vieille et l'Azume; demandez leurs meilleurs planeurs. Démontez-les et servez-vous des pièces comme modèle. Pour la toile et la pellicule, adressez-vous au Hinthe, au Marestiy, à Pierre Pourpre; exigez ce qu'ils ont de meilleur au nom de l'Anome. Pour les cordages, obtenez la qualité supérieure du Cathriy et du Frill. Dans le Ferriy, les artisans du fer devront produire d'autres réservoirs; quand bien même ils y perdraient leurs secrets, ils doivent former de nouveaux ouvriers... Mobilisez les ressources de tout le Shant au nom de l'Anome. »

De Pelmonte, l'*Iridixn* fila rapidement jusqu'à Luthe; de Luthe à Bleke, une barge de passagers descendit le fleuve Alfeis en remorquant l'*Iridixn* contre le vent de mer. De Bleke pour revenir à Luthe, l'*Iridixn* vola en tirant un coracle à longue quille qui suivait l'Alfeis comme un trolley suit la glissière. De Luthe à Œil-de-l'Orient dans l'Orienterre, d'où Etzwane prit un paquebot jusqu'à la Côte-Matinale et l'Ilwiy, ce dernier canton situé en fait dans le territoire assigné à Aun Sharah. Etzwane, toutefois, voulait y inspecter la situation pour avoir un terme de comparaison qui lui permette de juger du zèle et de la précision d'Aun Sharah.

De l'Ilwiy Etzwane revint à Œil-de-l'Orient, de nouveau par bateau. L'absence de voie ballonnière entre l'Ilwiy et Œil-de-l'Orient était une lacune qu'il faudrait combler le plus rapidement possible! De même pour l'embranchement prévu depuis longtemps entre Brassei dans l'Elphine et Maschein dans le Maseach. La distance dans chaque cas n'était pas énorme — trois cents kilomètres peut-être — cependant l'itinéraire du chemin d'air dans chaque cas faisait plus de deux mille cinq cents kilomètres. On pouvait fort bien installer une ligne de raccordement de Brassei à l'ouest vers Païenne, puis à travers l'Irréale jusqu'à Ferghaz à l'extrême nord du Gitanesq, enfin au sud-est jusqu'à Garwiy en passant par Fenesq. Les cantons isolés de l'Haviosq, du Fordume et du Parthe n'avaient pas grand besoin d'une ligne de ballons pour le moment, c'est vrai, mais dans l'avenir?

D'Œil-de-l'Orient l'*Iridixn* revint à Pelmonte, puis obliqua pour suivre la Grande Ligne Sud à travers les cantons sauvages donnant sur le Marécage Salé. Dans chaque canton, Etzwane trouva une situation différente, un point de vue différent. Dans le Dithibel, les femmes — qui possédaient et dirigeaient toutes les boutiques — refusaient de quitter les régions de montagne parce qu'elles étaient certaines que les hommes pilleraient leurs stocks. A la ville d'Houvannah Etzwane, qui s'étranglait de rage, s'écria : « Vous encouragez donc le viol? N'avez-vous aucun sens des perspectives?

— Un viol est vite fini; une perte de marchandises dure longtemps, déclara la Matriarche. N'ayez crainte, nous avons de puissants remèdes contre l'un et l'autre de ces fléaux. » Mais elle refusa adroitement de préciser quels remèdes, se contentant de dire vaguement que « les méchants le regretteront. Les voleurs, par exemple, se retrouveront sans doigts! »

Dans le Burazhesq, Etzwane eut affaire à une secte pacifiste, les Aglustides, dont les membres ne portaient que des vêtements fabriqués avec leurs propres cheveux parce que, prétendaient-ils, c'était naturel, organique et ne causant de dommages à aucun autre organisme vivant. Les Aglustides célébraient la vitalité dans tous ses aspects et ne voulaient manger ni chair animale, ni grains ou amandes, ni noix et ne consommaient que des fruits dont la graine pouvait être plantée et avoir une chance d'exister. Les Aglustides soutenaient que les Roguskhoïs, plus féconds que les hommes, produisaient plus de vie et par conséquent devaient leur être préférés. Ils appelaient à la résistance passive à « la guerre de l'Anome ». « Si l'Anome tient à faire la guerre, que l'Anome se batte », était leur slogan et, revêtus de leurs habits en cheveux feutrés, ils défilaient dans les rues de Manfred, psalmodiant et gémissant.

Etzwane ne savait quelle conduite tenir à leur égard. Temporiser était contraire à son tempérament. Cependant, dans quel sens devait-il agir? Décapiter une telle quantité de gueux déguenillés était une idée intolérable : d'autre part, pourquoi leur serait-il permis de se complaire dans leur opposition alors que des gens qui leur étaient supérieurs souffraient pour le bien commun?

Finalement, Etzwane leva les bras au ciel, écœuré, et s'en fut dans le Shker, où il se heurta une fois de plus à des conditions nouvelles et distinctes, bien que rappelant la situation du Burazhesq. Les Shkers étaient des diabolistes, révérant un panthéon de démons connus sous le nom de *golses.* Ils avaient adopté une cosmologie compliquée et sinistre, dont les préceptes étaient fondés sur un syllogisme que voici :

Le mal prévaut dans tout Durdane.
Les *golses* sont manifestement plus puissants
  que leurs adversaires bienfaisants.
Par conséquent la simple logique veut
  qu'on apaise et glorifie les *golses.*

Les Roguskhoïs étaient tenus pour des manifestations des *golses* et des créatures qu'il fallait révérer. A son arrivée dans la ville de Banily, Etzwane apprit qu'aucun des ordres de l'Anome n'avait été pris en considération et bien entendu mis à exécution. Le Vay de Shker dit avec un fatalisme affligé : « Que l'Anome prenne nos têtes s'il le veut; nous ne pouvons pas nous dresser contre des créatures si sublimes dans leur malfaisance. Nos femmes vont à eux de bon gré : nous offrons de la nourriture et du vin à leur appétit; nous n'opposons pas de résistance à leur horreur magnifique.

— Ceci doit cesser, déclara Etzwane.

— Jamais! C'est la loi de notre existence! Devons-nous

compromettre notre vie future simplement pour satisfaire à vos caprices absurdes? »

Une fois de plus, Etzwane déconcerté secoua la tête et poursuivit sa route jusqu'au canton de Glaiy : une région assez primitive, peuplée de gens arriérés. Ils ne lui présentèrent pas de problèmes — les régions proches du Houan étaient inhabitées excepté par quelques clans féodaux qui ignoraient tout des instructions de l'Anome. Leurs rapports avec les Roguskhoïs n'étaient pas marqués par l'infériorité; chaque fois qu'ils le pouvaient, ils tendaient des embuscades et tuaient les Roguskhoïs isolés pour obtenir le métal précieux de leurs massues et de leurs cimeterres.

A la ville principale, Orgala, Etzwane reprocha aux trois Grands Juges de ne pas avoir armé une milice; les Juges ne firent qu'en rire. « Lorsque vous aurez besoin d'une bande d'hommes valides pour servir vos desseins, prévenez-nous deux heures à l'avance. A moins que vous ne puissiez nous fournir des armes et des ordres précis, pourquoi nous dérangerions-nous? Le danger peut passer. »

Etzwane ne pouvait contester la logique de ces remarques.

« Très bien, dit-il. Veillez à être en mesure d'accomplir vos promesses quand le temps viendra... Où est le Camp Trois, l'Agence de travail du chemin d'air? »

Les Juges le regardèrent avec curiosité. « Que voulez-vous faire au Camp Trois?

— J'ai certains ordres de l'Anome. »

Les Juges s'entre-regardèrent et haussèrent les épaules. « Le Camp Trois est à quarante kilomètres au sud sur la route du Marécage Salé. Vous avez l'intention d'utiliser votre beau ballon?

— Naturellement; pourquoi marcherais-je?

— Aucune raison, mais il faut louer des ambleurs pour vous haler; il n'y a pas de glissière. »

Une heure plus tard, Etzwane et Casallo à bord de l'*Iridixn* se mirent en route vers le sud. Les câbles du ballon étaient attachés aux extrémités d'une longue perche qui amortissait le flottement du ballon. Une extrémité de la perche était fixée au dos de deux ambleurs; l'autre était soulevée par une paire de roues légères, avec un siège où s'installa le conducteur. Les ambleurs s'élancèrent sur la route à un trot rapide, tandis que Casallo ajustait l'orientation du ballon pour qu'il offre le moins de résistance possible. La sensation produite était nettement différente de la progression d'un ballon soumis au vent, une impulsion rythmique étant communiquée au ballon par les cordages.

L'oscillation et une tension grandissante — ou peut-être éprouvait-il un sentiment de culpabilité? Sans que cela lui coûte beaucoup de peine, il aurait pu arriver plus vite au Camp Trois — mirent Etzwane d'humeur morose, irritable. Le désinvolte Casallo, dont l'unique souci était de distraire son ennui, sortit son khitan; persuadé de son talent de musicien et de l'admiration envieuse d'Etzwane, il se lança dans une mazurka du répertoire classique dont Etzwane connaissait une douzaine de variations. Casallo jouait l'air froidement et presque juste, mais sur une des modulations il utilisait avec persistance un accord faux, ce qui finit par provoquer chez Etzwane un tel état d'exaspération qu'il s'exclama : « Non, non et non! Si vous devez marteler cet instrument, plaquez au moins les accords justes! »

Casallo haussa les sourcils d'un air amusé. « Mon ami, vous entendez *l'Épanouissement de l'Hélianthe;* c'est ainsi qu'on le joue traditionnellement; vous n'avez pas l'oreille musicale, j'en ai peur.

— En gros, l'air est reconnaissable, mais je l'ai entendu maintes fois joué correctement. »

Casallo tendit le khitan d'un geste languissant. « Ayez donc la bonté de m'instruire, à mon immense gratitude. »

Etzwane saisit l'instrument, retendit la corde du pouce [1] qui donnait un dièse piqué, joua le passage correctement, avec peut-être un brio qui ne s'imposait pas. Ensuite, exécutant une seconde modulation, il joua une inversion de la mélodie dans un autre mode; puis, modulant encore, il exécuta une improvisation en staccato animé sur l'air original, plus ou moins en accord avec son humeur. Il termina par une coda à deux mains avec temps faibles rythmés sur la caisse et rendit le khitan à un Casallo tout déconfit. « Voilà l'air, avec un ou deux enjolivements. »

Le regard de Casallo alla d'Etzwane au khitan, qu'il suspendit alors d'un air sombre à une patère, et il se mit à huiler ses treuils. Etzwane s'approcha de la fenêtre d'observation.

Le paysage était devenu sauvage, presque hostile : des portions

1. Les cinq premières cordes du khitan sont nommées d'après les doigts de la main droite; les quatre cordes secondaires ont des noms dont la signification est inconnue : Ja, Ka, Si, La.

de forêt ombrophile noire et blanche se dressaient comme des îles sur un océan d'herbe-scie. A mesure qu'ils approchaient du sud, les jungles se faisaient plus sombres et plus denses, l'herbe-scie pourrissait par endroit et laissa bientôt la place à des bancs de cherfondus blanc-bleu. A l'avant luisait le fleuve Brunaï; la route s'en écartait légèrement pour obliquer vers l'ouest, montait à travers une coulée volcanique de roches grises pourries, puis contournait un vaste champ de ruines enfouies sous la verdure : Matrice, la cité assiégée et détruite par les Palasedrans deux mille ans auparavant, maintenant habitée par les énormes ahulphs bleu-noir du Sud-Glaiy, qui menaient leur vie selon une parodie d'urbanité humaine mi-comique mi-horrifiante. Les ruines de Matrice dominaient une pénéplaine d'un millier d'étangs et de marais; c'est là que poussaient les plus grands osiers du Shant, en bouquets de neuf à douze mètres de haut. Les travailleurs du Camp Trois coupaient, écorçaient, paraient et bottelaient l'osier, l'expédiaient par barges sur le Brunaï jusqu'à Port Palas, d'où des goélettes caboteuses le transportaient aux usines de ballons d'Éventail Pourpre.

Dans le lointain apparut une tache noire qui, dans les jumelles, devint le Camp Trois. A l'intérieur d'une palanque de six mètres de haut, Etzwane discerna un camp central, un alignement d'ateliers, un long dortoir d'un étage. A gauche, il y avait un ensemble de petites maisons indépendantes et de bâtiments administratifs.

La route bifurquait; l'attelage obliqua vers les bâtiments administratifs. Un groupe d'hommes s'approcha et, après un mot avec le conducteur, hala les cordages du ballon sur des poulies fixées à des poteaux de béton; les ambleurs avancèrent, amenant l'*Iridixn* au sol.

Etzwane sortit de la nacelle dans un monde d'humidité et de chaleur. Au-dessus de lui, Etta, Sassetta et Zael tournoyaient à travers des bandes de couleur; l'air miroitait au-dessus de ces solitudes; impossible de faire la différence entre les mirages et les myriades de fondrières et d'étangs.

Trois hommes s'approchèrent lentement : l'un grand, bien en chair, avec des yeux gris au regard dur; le second trapu, chauve, avec une mâchoire et un menton énormes; le troisième un peu plus jeune, agile et souple comme un lézard, avec des bouclettes noires incongrues et des yeux noirs comme du silex. Ils étaient bien accordés au paysage : des hommes rudes et moroses sans grâce ni confiance. Ils portaient un chapeau à large bord en herbe-scie blanchie et filée en cordelette, une tunique blanche, un pantalon gris, des brodequins en peau de chumpa [1]; à leur ceinture était suspendue une petite arbalète qui tirait des traits en bois de girier. Chacun d'eux dévisageait froidement Etzwane, qui ne comprenait pas leur hostilité presque palpable et qui en fut donc démonté pendant un instant. Il eut plus que jamais conscience de sa jeunesse, de son inexpérience et, surtout, de la précarité de sa situation. Il devait affirmer son autorité. D'une voix neutre, il dit :

« Je suis Gastel Etzwane, Adjoint de l'Anome. Je parle avec la voix de l'Anome. »

Le premier homme eut un lent hochement de tête ambigu, comme si un soupçon se trouvait confirmé. « Qu'est-ce qui vous amène ici au Camp Trois? Nous sommes des employés du Chemin d'air, dépendant de l'autorité de la Société de transport par ballons des Chemins d'air. »

Etzwane, quand il se trouvait en butte à l'hostilité, avait pris l'habitude de marquer un temps pour examiner le visage de son adversaire : une tactique qui bouleversait quelquefois le rythme psychologique dudit adversaire et donnait ces fois-là à Etzwane le temps de choisir entre plusieurs partis. Il s'arrêta donc pour étudier son vis-à-vis puis décida de faire comme s'il n'avait pas entendu la question. « Qui êtes-vous?

— Je suis le Gardien-chef du Camp Trois, Shirge Hillen.

— Combien d'hommes travaillent au Camp Trois?

— Tout le personnel compris : deux cent trois. » Le ton de Hillen était hargneux, à la limite de la grossièreté. Il portait un torque avec le code du chemin d'air; le service des Chemins d'air était toute sa vie.

« Combien d'hommes indenturés?

— Cent quatre-vingt-dix.

— Je veux inspecter le camp. »

Les coins des lèvres grises de Hillen s'étirèrent. « C'est imprudent. Nous avons des cas difficiles ici; c'est un camp de réfractaires. Si vous nous aviez avertis de votre venue, nous

1. *Chumpas :* créatures amphibies du Marécage Salé, cousins de l'ahulph mais plus grosses, glabres et un peu plus lentes dans leur comportement. Les chumpas, combinant la subtilité et la malice de l'ahulph avec un entêtement morbide, avaient résisté à toute tentative de domestication.

aurions pu prendre les précautions adéquates. En ce moment, je ne peux pas vous conseiller de faire votre inspection. Je vous donnerai tous les renseignements voulus dans mon bureau. Par ici, s'il vous plaît.

— Je dois obéir aux instructions de l'Anome, dit Etzwane d'une voix neutre. Pour la même raison, vous devez m'obéir ou perdre la tête. » Il sortit son émetteur d'impulsions et pressa des boutons. « A franchement parler, je n'aime pas votre attitude »

Hillen donna une secousse au bord de son chapeau. « Que voulez-vous voir?

— Je commencerai par les ateliers. » Etzwane regarda les deux autres hommes : le chauve plutôt petit, aux épaules d'une largeur démesurée et aux longs bras noueux qui en certains points semblaient tordus ou déformés. Le visage de cet homme était curieusement immobile et composé comme si ses pensées occupaient un niveau élevé. L'autre, aux boucles noires et aux yeux noirs, n'était pas défavorisé par la nature, à part un long nez crochu qui lui donnait une expression rusée, dangereuse. Etzwane s'adressa à eux collectivement : « Quelles sont vos fonctions? »

Hillen ne leur laissa pas le loisir de répondre. « Ce sont mes assistants; je donne des ordres qu'ils exécutent. »

Face aux trois hommes, Etzwane modifia ses intentions premières. Shirge Hillen avait apparemment été prévenu de sa visite. Auquel cas, par qui, dans quel but et pour quelle raison? D'abord une précaution. Tournant les talons, Etzwane alla rejoindre Casallo qui, mollement étendu à côté de l'*Iridixn,* contemplait un brin d'herbe-scie. « Il se passe quelque chose d'anormal ici, dit Etzwane. Faites monter le ballon; ne le redescendez pas tant que je n'agiterai pas la main gauche. Si je ne suis pas de retour avant le coucher du soleil, coupez vos cordages et partez au fil du vent. »

Le sang-froid de Casallo fut si peu ébranlé qu'il n'eut même pas un haussement de sourcils. « Certainement; bien sûr; comme vous voudrez. » Il jeta par-dessus l'épaule d'Etzwane un regard de dédaigneux dégoût. Etzwane pivota sur lui-même pour trouver Hillen la main près de son lance-trait, la bouche contractée... Etzwane recula lentement d'un pas, à une distance d'où il pouvait voir aussi Casallo. Dans un soudain éblouissement horrifiant, une autre constatation venait de s'imposer : Casallo avait été désigné pour conduire l'*Iridixn* par des fonctionnaires du Chemin d'air. Etzwane ne pouvait se fier à personne. Il était seul.

Mieux valait maintenir les apparences de la confiance; Casallo, somme toute, ne faisait peut-être pas partie du complot. Mais pourquoi n'avait-il pas prévenu que la main d'Hillen se trouvait tellement près de son lance-trait? Etzwane dit sur un ton de calme explication : « Restez sur vos gardes; s'ils nous tuent tous les deux, ils accuseront un des travailleurs et qui pourra prouver le contraire? Embarquez dans le ballon. »

Casallo obéit sans hâte. Etzwane l'observait attentivement et fut incapable de déchiffrer la signification du coup d'œil que Casallo jeta derrière lui. Etzwane appela du geste le conducteur de l'attelage : « Laissez monter le ballon. » Il attendit jusqu'à ce que l'*Iridixn* se balance à trois cents mètres au-dessus de leurs têtes, puis retourna vers les trois hommes.

Hillen grommela quelques mots par-dessus une de ses épaules puis par-dessus l'autre à ses acolytes, après quoi il fit face à Etzwane, qui s'était arrêté à une distance de six mètres. Au plus jeune des adjoints, Etzwane dit : « Allez, je vous prie, à votre bureau et apportez-moi ici la liste des travailleurs, avec l'état de leur indenture. »

Le jeune homme regarda d'un air interrogateur Hillen qui déclara : « Veuillez vous adresser à moi; moi seul donne les ordres au personnel du camp.

— Je parle avec la voix de l'Anome, répliqua Etzwane. je donne des ordres à mon gré et je dois être obéi, sans quoi les têtes quittent les cous. »

Hillen ne montra nulle émotion. Il eut un geste à l'adresse de son adjoint. « Allez chercher les registres. »

Etzwane s'adressa à l'homme de petite taille. « Quelles sont vos fonctions? »

L'homme regarda Hillen, l'air détaché et placide.

Hillen dit : « Il me sert de garde du corps quand je vais au milieu des travailleurs. Nous avons affaire à des hommes prêts à tout au Camp Trois.

— Nous n'aurons pas besoin de lui, dit Etzwane. Allez au bureau et restez-y jusqu'à ce qu'on vous appelle. »

Hillen fit un geste avec indifférence; l'homme courtaud s'éloigna.

Hillen et Etzwane attendirent en silence que revienne le plus jeune des adjoints avec un épais registre gris, qu'Etzwane prit. « Vous pouvez maintenant retourner au bureau et attendre là-bas; nous n'aurons plus besoin de vous. »

L'adjoint interrogea du regard Hillen qui secoua la tête et lui indiqua de la main le bureau. Etzwane les observa en plissant soudain les paupières : ces deux s'étaient trahis. « Une minute, dit-il. Hillen, pourquoi avez-vous secoué la tête? »

Pendant un instant, Hillen demeura interdit. Il haussa les épaules. « Je l'ai fait sans intention particulière. »

Etzwane déclara d'une voix mesurée : « En ce moment, nous atteignons une phase critique de votre existence. Soit vous coopérez avec moi à l'exclusion de toute autre personne, soit j'applique une peine sévère. Vous avez le choix. Quel sera-t-il? »

Hillen arbora un sourire d'une mauvaise foi patente. « Si vous êtes le représentant de l'Anome, je dois vous obéir. Mais où sont vos lettres de créance?

— Voici, dit Etzwane en présentant un protocole pourpre portant le sceau de l'Anome. Et voici. » Il montra l'émetteur d'impulsions. « Alors, répondez-moi : pourquoi avez-vous secoué la tête à l'intention de cet homme? Contre quoi le mettiez-vous en garde?

— L'insolence, dit Hillen d'un ton dont la neutralité était en soi une insulte.

— Vous avez été averti de ma venue, reprit Etzwane. N'est-ce pas exact? »

Hillen donna une secousse au bord de son chapeau. « Aucune notification de ce genre ne m'est parvenue. »

Tournant le coin de la palanque, un groupe de quatre hommes survint, portant des râteaux, des pelles et des outres d'eau en cuir. Et si l'un d'eux esquissait un geste de menace avec sa pelle et qu'Hillen, en braquant son lance-trait, atteigne Etzwane à sa place?

Etzwane qui détenait le pouvoir absolu dans le Shant était aussi d'une vulnérabilité absolue.

L'équipe des jardiniers traversa la place en traînant les pieds sans menaces. Rien à craindre ici. Mais peut-être lors d'une autre occasion?

Etzwane dit : « Vos lance-traits ne sont pas nécessaires. Jetez-les à terre, s'il vous plaît. »

Hillen grommela : « Au contraire, ils sont constamment nécessaires. Nous vivons et travaillons au milieu d'hommes capables de tout. »

Etzwane sortit le tube à impulsion diffusée, une arme destructrice d'une puissance terrible qui faisait exploser tous les torques à sa portée et pouvait en détruire un millier aussi facilement qu'un seul. « J'assumerai moi-même la responsabilité de votre sécurité et je dois veiller à la mienne. Jetez les lance-traits. »

Hillen hésita encore.

« Je vais compter jusqu'à cinq, dit Etzwane. Un... »

Avec dignité, Hillen déposa son arme sur le sol; son adjoint l'imita. Etzwane recula d'un pas ou deux et jeta un coup d'œil au registre. Chaque page indiquait le nom d'un travailleur, le code de son torque, un résumé de ses antécédents. Des chiffres indiquaient le statut fluctuant de son indenture.

Nulle part Etzwane ne vit le nom *Jerd Finnerack*. Bizarre. « Nous allons visiter le camp, dit-il à Hillen. Vous pouvez retourner au bureau. » Cette dernière phrase pour l'adjoint de Hillen.

Ils se dirigèrent à grands pas sous la clarté aveuglante de l'après-midi vers la haute palanque, dont le portail était ouvert. On n'était guère tenté de fuir dans ces terres saturées d'eau et infestées de chumpas, d'ahulphs bleu-noir et de vermine des marécages.

A l'intérieur de la palanque, la chaleur était concentrée et montait en vagues miroitantes. D'un côté, il y avait des réservoirs et des claies, de l'autre il y avait un vaste hangar où l'osier était écorcé, gratté, mesuré, durci et emballé. Derrière se trouvaient les dortoirs, les cuisines et le réfectoire. L'air prenait à la gorge : il était imprégné d'une odeur fétide qu'Etzwane attribua au traitement subi par l'osier.

Etzwane alla au hangar et parcourut du regard les tables alignées. Une cinquantaine d'hommes travaillaient là, avec une curieuse hâte apathique. Ils observèrent Etzwane et Hillen du coin de l'œil.

Etzwane inspecta les cuisines. Vingt cuisiniers occupés à des tâches diverses — épluchage de légumes, nettoyage de marmites en terre, désossage de la carcasse d'une bête à chair grise — leur lancèrent des regards détournés dépourvus d'expression, qui étaient plus éloquents que des coups d'œil furieux ou des cris de dérision.

Etzwane retourna lentement au centre de l'esplanade, où il s'arrêta pour réfléchir. L'atmosphère au Camp Trois était oppressante à l'extrême. Toutefois : à quoi d'autre pouvait-on s'attendre? L'indenture et la menace d'indenture garantissaient que chaque citoyen remplisse ses obligations; le système était reconnu comme étant une contrainte sociale utile. Nul doute, cependant, que dans des conditions rigoureuses de grandes souffrances en résultaient. Etzwane demanda à Hillen : « Qui coupe l'osier?

— Des équipes vont dans les bois. Quand elles ont coupé leur quota elles reviennent.

— Depuis combien de temps vous-même êtes ici?

— Quatorze ans.

— Combien y a-t-il de membres du personnel?

— Cela varie. »

Etzwane indiqua le registre. « Il y a peu d'hommes qui semblent diminuer leurs obligations. Ermel Gans, par exemple, en quatre ans n'a réduit sa dette que deux cent dix florins. Comment est-ce possible?

— Les hommes dépensent inconsidérément à la cantine pour boire, la plupart du temps.

— Pour un montant de cinq cents florins? » Etzwane désigna une inscription.

« Gans avait commis un acte de rébellion et avait été enfermé dans une cellule disciplinaire. Au bout d'un mois, Gans a décidé de payer une amende.

— Où se trouve l'annexe disciplinaire?

— C'est une annexe derrière la palanque. » La voix d'Hillen était devenue coupante.

« Nous allons inspecter cette annexe. »

Hillen s'efforça de garder un ton calme et raisonnable. « Ce n'est pas une bonne idée. Nous avons ici de graves problèmes de discipline. L'intervention de quelqu'un d'étranger risque de créer de l'effervescence.

— Je suis certain que c'est vrai, dit Etzwane. D'autre part, les abus — s'il y en a — ne sont découverts que si quelqu'un les remarque.

— Je suis un homme positif, répliqua Hillen. Je ne fais qu'appliquer les règlements de la société.

— Vraisemblablement, les règlements sont excessifs, dit Etzwane. Je vais visiter l'annexe.

Etzwane dit d'une voix étouffée : « Amenez ces hommes au grand air immédiatement. »

Le visage d'Hillen était comme une pierre. « Quelles sont vos intentions en ce qui concerne le Camp Trois?

— Vous l'apprendrez en temps voulu. Sortez les hommes de ces trous. »

Hillen donna un ordre laconique aux gardiens. Etzwane regarda quatorze hommes hagards sortir de l'annexe. Il demanda à Hillen : « Pourquoi avez-vous retiré du registre le nom de *Jerd Finnerack?* »

Hillen s'attendait apparemment à la question. « Il ne fait plus partie des travailleurs.

— Il a liquidé son indenture?

— Jerd Finnerack a été déféré aux autorités civiles. »

D'une voix neutre, Etzwane demanda : « Où se trouve-t-il à présent?

— En prison.

— Où cela? »

Hillen eut un mouvement brusque de la tête en direction du sud. « Là-bas.

— A quelle distance?

— Trois kilomètres environ.

— Commandez une diligence. »

Le chemin menant à la maison d'arrêt passait par un bas-fond sinistre, où s'entassaient les débris pourrissants résultant du traitement de l'osier, puis pénétrait dans une futaie d'énormes noyers gris. Après la palanque, et avec la perspective de la prison, la beauté du paysage semblait étrange et irréelle. Des masses de feuillage vert pâle flottaient très haut au-dessus de leurs têtes, aussi éthérées que des nuages; les frais espaces au-dessous faisaient penser à des grottes. Quelques frêles rayons de soleil traçaient dans la poussière de la route trois cercles en trèfle bleu pâle, blanc perle, rose.

Etzwane rompit le silence : « Avez-vous vu des Roguskhoïs dans le voisinage?

— Non. »

La forêt s'éclaircit et devint un fourré de trembles, de rubaniers et de similax rabougris, la route déboucha sur une lande noire imprégnée d'eau, d'où montaient des vapeurs aromatiques. Des insectes les frôlaient avec des reflets d'éclair, sifflant comme des flèches. Etzwane au début avait tendance à tressaillir et à baisser la tête; Hillen restait assis droit comme un i.

Ils approchèrent d'une construction basse en béton presque sans fenêtres. « La maison d'arrêt », dit Hillen.

Etzwane, remarquant son expression curieusement animée, sentit aussitôt s'éveiller sa méfiance. « Arrêtez la diligence ici. »

Hillen lui décocha un coup d'œil brûlant entre ses paupières plissées. Il regarda avec une colère rentrée le bâtiment de la prison, puis courba le dos. Etzwane sauta prestement à terre, sûr maintenant qu'Hillen avait projeté un mauvais coup. « Descendez, ordonna-t-il. Allez jusqu'au bâtiment, appelez les gardiens. Dites-leur de faire sortir Jerd Finnerack et de me l'envoyer ici. »

Hillen eut un haussement d'épaules fataliste; mettant pied à terre, il avança lourdement sur la route vers la prison, s'arrêtant à quelques mètres de l'entrée. Il appela d'une voix rude. Du bâtiment sortit un gros homme de petite taille, avec des mèches de cheveux noirs hirsutes pendant sur les joues. Hillen eut un geste sec, furieux; ils se retournèrent tous les deux vers Etzwane. Le gros posa tristement une question; Hillen lui répondit laconiquement. Le gros rentra à l'intérieur.

Etzwane attendit, l'esprit vibrant de tension. A la Bifurcation d'Angwin, Finnerack était un robuste jeune homme blond, doux et confiant. Par pure bonté, à ce qu'il semblait alors, Finnerack avait incité Etzwane à s'échapper et avait même offert de lui prêter assistance. Il ne s'était certainement pas attendu à la décision sensationnelle d'Etzwane qui, après exécution, avait coûté cher à Finnerack. Etzwane se rendait maintenant compte qu'il avait acquis sa liberté au prix des souffrances de Finnerack.

D'un bâtiment sortit en trébuchant un homme maigre et voûté, d'un âge indéterminé. Ses cheveux d'un blond presque blanc pendaient en vrilles devant ses oreilles. Hillen désigna Etzwane d'un geste sec du pouce. Finnerack se tourna pour regarder et, à cinquante mètres de là, Etzwane sentit la brûlure du regard bleu tirant sur le blanc. Avec lenteur, péniblement, comme s'il avait les jambes douloureuses, Finnerack avança sur la route. A six mètres derrière lui, Hillen venait d'un pas tranquille, les bras négligemment croisés.

Etzwane cria d'une voix sèche : « Hillen! Retournez à la prison! »

Hillen parut ne pas entendre.

Etzwane braqua l'émetteur d'impulsions. « Retournez! »

Hillen fit demi-tour et, gardant toujours les bras croisés, repartit lentement vers la prison. Finnerack regarda dans un sens puis dans l'autre avec un demi-sourire intrigué, puis continua sa marche vers Etzwane.

Finnerack s'arrêta. « Que me voulez-vous? »

Etzwane examina le visage buriné au teint hâlé, à la recherche du placide Finnerack d'autrefois. Visiblement, Finnerack ne le reconnaissait pas. Etzwane questionna : « Vous êtes le Jerd Finnerack qui était de service à la Bifurcation d'Angwin?

— C'est moi et je travaillais là-bas.

— Depuis combien de temps êtes-vous ici? » Etzwane indiqua la prison.

« Cinq jours.

— Pourquoi y avez-vous été amené?

— Pour qu'ils puissent me tuer. Pour quelle autre raison?

— Mais vous êtes encore vivant.

— Exact.

— Qui est à l'intérieur?

— Nous sommes trois prisonniers et deux gardiens.

— Finnerack, vous êtes à présent un homme libre.

— Tiens, tiens. Qui êtes-vous?

— Il y a un nouvel Anome dans le pays de Shant. Je suis son Adjoint. Et les autres prisonniers, de quoi sont-ils coupables?

— Trois tentatives de voies de fait contre un gardien. Je n'en ai commis que deux. Hillen ne sait plus compter jusqu'à trois. »

Etzwane se retourna pour regarder Hillen, qui marchait lentement d'un air morose dans l'ombre de la prison. « Hillen cache un lance-trait sous ses bras, du moins je le suppose. Avant mon arrivée, quelle a été la conduite des gardiens?

— Il y a une heure, ils ont reçu un message du Camp Trois et sont allés se poster à la fenêtre avec leurs armes. Puis vous êtes arrivés. Hillen a appelé pour qu'on me fasse sortir. Le reste, vous le savez. »

Etzwane cria à Hillen : « Ordonnez aux gardiens de venir au dehors. »

Hillen dit quelque chose par-dessus son épaule; deux gardiens apparurent, le premier gras, le second grand, le teint blafard et les oreilles tronquées.

Etzwane avança lentement de quelques pas. « Vous trois, tournez-vous et levez les mains en l'air. »

Hillen regardait dans le vide avec un visage fermé comme s'il n'avait pas entendu. Etzwane ne s'y trompa pas. Hillen calculait ses chances, qui étaient minces à tous égards. Hillen laissa choir dédaigneusement le lance-trait qu'il avait réussi à se procurer. Il se retourna et leva les mains en l'air. Les deux gardiens en firent autant.

Etzwane se rapprocha un peu plus. Il dit à Finnerack : « Commencez par fouiller les gardiens pour voir s'ils ont des armes, ensuite libérez les autres prisonniers. »

Finnerack s'en fut lui obéir. Des minutes passèrent, en silence excepté les bourdonnements d'insectes et quelques bruits étouffés provenant de l'intérieur du bâtiment. Les prisonniers sortirent : des hommes pâles, décharnés, qui clignaient des paupières en regardant Etzwane avec curiosité. « Ramassez le lance-trait, dit ce dernier à Finnerack. Emmenez Hillen et les gardiens dans les cellules; enfermez-les. »

Avec un calme ironique Finnerack fit signe aux trois fonctionnaires — avec des gestes sans doute calqués sur ceux que les fonctionnaires eux-mêmes employaient. Hillen, appréciant la chose, eut un sourire sardonique et pénétra dans la prison.

Quels que fussent ses défauts, songea Etzwane, Hillen acceptait l'adversité sans perdre sa dignité. Cette journée, du point de vue d'Hillen, avait été indéniablement marquée par un sort contraire

Etzwane conféra avec Finnerack et les deux anciens prisonniers, puis entra dans la prison fétide. Son estomac se souleva devant la saleté des cellules, dans lesquelles Hillen et ses acolytes étaient accroupis, la mine sombre et le moral à zéro.

Etzwane s'adressa à Hillen : « Avant d'arriver au Camp Trois, je ne vous voulais pas de mal, mais vous avez cherché d'abord à me mettre des bâtons dans les roues, puis à me tuer. Indubitablement, vous avez reçu des instructions d'une autre source. Quelle était cette source? »

Hillen se contenta de le regarder avec des yeux pareils à des balles de plomb.

Etzwane dit : « Vous avez fait un mauvais choix. » Il tourna les talons.

Le gros gardien, déjà ruisselant de sueur, s'écria d'une voix plaintive : « Et nous? »

Etzwane déclara calmement : « Ni Finnerack ni Jaime ou Mermiente ne plaident pour votre mise en liberté. Chacun estime que la clémence serait une erreur. Qui pourrait mieux le savoir qu'eux? Jaime et Mermiente ont accepté d'être vos geôliers; désormais vous devez vous adresser à eux.

— Ils nous tueront; est-ce cela, la justice de l'Anome?

— Je ne sais pas où est la justice, répliqua Etzwane. Peut-être viendra-t-elle d'elle-même, car vous recevrez sûrement autant de compassion que vous en avez accordé. »

Finnerack et Etzwane se dirigèrent vers la diligence, Etzwane mal à l'aise et regardant par-dessus son épaule. Où était la justice, effectivement? Avait-il agi avec sagesse et décision? Avait-il pris la voie facile, faible et sensiblarde? Les deux? Aucune? Il ne le saurait jamais.

« Dépêchez-vous, dit Finnerack. Au crépuscule, les chumpas sortent du marais. »

Dans la clarté déclinante, ils se mirent en route vers le nord. Finnerack commença à examiner Etzwane du coin de l'œil. « Je vous ai rencontré quelque part, dit Finnerack. Où? Pourquoi êtes-vous venu me chercher? »

Tôt ou tard, la question devrait obtenir une réponse. Etzwane expliqua : « Il y a longtemps, vous m'avez rendu un service que je suis finalement en mesure de rendre. C'est la première raison. »

Dans le visage buriné et hâlé de Finnerack, les yeux étincelèrent comme de la glace bleue.

Etzwane poursuivit : « Un nouvel Anome est venu au pouvoir. Je lui sers d'adjoint. J'ai de nombreux sujets de préoccupation; j'ai besoin d'avoir moi aussi un adjoint, un allié sur qui je puisse compter. »

Finnerack dit d'une voix à la fois impressionnée et surprise, comme s'il doutait soit de la santé mentale d'Etzwane, soit de la sienne : « Vous m'avez choisi pour ce poste?

— C'est exact. »

Finnerack eut un petit rire d'amusement farouche : comme si ses doutes étaient maintenant effacés — aussi bien Etzwane que lui-même étaient fous. « Pourquoi moi, que vous connaissez à peine?

— Un caprice. Peut-être parce que je me souviens de votre bonté envers un orphelin désespéré à Angwin.

— Ah! » Le son avait jailli des profondeurs de l'âme de Finnerack. L'amusement, la surprise avaient disparu, comme s'ils n'avaient jamais existé. Le corps osseux parut se ramasser sur le siège.

« Je me suis évadé, dit Etzwane. Je suis devenu musicien. Il y a un mois, le nouvel Anome a pris le pouvoir et a aussitôt décidé la guerre contre les Roguskhoïs. Il m'a requis d'appliquer cette décision et j'ai moi-même été doté de pouvoir. J'ai appris ce que vous étiez devenu, sans me douter toutefois de la dureté du Camp Trois. »

Finnerack se redressa sur son siège. « Imaginez-vous le risque que vous courez en me racontant cette histoire? Ou ma fureur envers ceux qui ont modelé ma vie? Savez-vous ce qu'ils m'ont imposé pour m'obliger à payer des dettes que je n'avais pas contractées? Savez-vous que je me juge fou : un animal qui a été rendu féroce? Savez-vous qu'il est tendu à craquer, le fil qui m'empêche de vous mettre en pièces et de revenir au pas de course infliger le même sort à Hillen?

— Retenez-vous, dit Etzwane. Le passé est le passé; vous êtes en vie et maintenant nous avons du travail à faire.

— Du travail? répéta ironiquement Finnerack. Pourquoi travaillerais-je?

— Pour la même raison que moi je travaille : pour sauver le Shant des Roguskhoïs. »

Finnerack eut un rire âpre. « Les Roguskhoïs ne m'ont nui en rien. Qu'ils fassent ce qu'ils veulent. »

Etzwane ne trouva rien à répliquer. Pendant un moment, la diligence roula sur la route en direction du nord. Ils entrèrent dans le bois de noyers et le soleil, maintenant nettement couleur de lavande, projetait de longues ombres vertes.

Etzwane reprit la parole. « Avez-vous jamais pensé à la façon dont vous rendriez le monde meilleur si vous en aviez le pouvoir?

— Bien sûr que si, dit Finnerack d'un ton un peu plus doux qu'avant. Je liquiderais ceux qui ont ruiné ma vie : mon père, Dagbolt, le satané gamin qui a pris sa liberté et qui m'en a fait payer le prix, les magnats du Chemin d'air, Hillen. Ils sont nombreux.

— C'est la voix de votre colère, dit Etzwane. En massacrant ces gens, vous n'accomplissez rien en réalité; le mal continue et quelque part d'autres Jerd Finnerack brûleront de vous liquider pour ne pas les avoir aidés quand vous en aviez le pouvoir.

— Très juste, rétorqua Finnerack. Les hommes sont des sacs de bassesse, moi compris. Que les Roguskhoïs tuent tout le monde.

— C'est folie de s'insurger contre un fait de nature, protesta Etzwane. Les hommes sont ce qu'ils sont, sur Durdane plus que partout ailleurs. Nos ancêtres sont venus ici pour donner libre cours à leurs idiosyncrasies; un excès d'extravagance est notre héritage. Viana Paizifiume l'a bien compris et nous a mis des torques autour du cou pour nous rendre plus traitables. »

Finnerack tira sur son torque avec une telle violence qu'Etzwane se recula précipitamment de peur d'une explosion.

« Je n'ai jamais été apprivoisé, dit Finnerack. J'ai été asservi.

— Le système a ses défauts, convint Etzwane. Toutefois, dans le Shant, les cantons sont en paix et les lois sont respectées. J'espère corriger les erreurs, mais il faut d'abord s'occuper des Roguskhoïs. »

Finnerack haussa simplement les épaules avec indifférence. Ils continuèrent à rouler en silence, sortant du bois de noyers pour traverser la prairie d'herbe-scie, maintenant silencieuse et mélancolique dans le crépuscule.

Etzwane dit pensivement : « Je me trouve dans une situation singulière. Le nouvel Anome est un homme de théories et d'idéaux; il s'en remet à moi pour prendre les décisions difficiles. J'ai besoin d'aide. J'avais pensé d'abord à vous, qui m'aviez aidé autrefois et à qui je devais de la reconnaissance. Mais votre attitude me décourage; peut-être faut-il que je cherche ailleurs. Je peux toujours vous donner la liberté et la fortune — pratiquement presque tout ce que vous voulez. »

Finnerack tirailla de nouveau le torque qui pendait autour de son maigre cou brun. « Vous ne pouvez pas m'enlever ma chaîne; vous ne pouvez pas me donner une réelle liberté. La richesse? Pourquoi pas? Je l'ai méritée. De préférence à tout, donnez-moi le gouvernement du Camp Trois, ne serait-ce que pour un mois.

— Que feriez-vous dans ce cas? questionna Etzwane avec l'espoir de déterminer l'état exact de l'esprit de Finnerack.

— Vous verriez un nouveau Finnerack. Il serait calme et judicieux et mesurerait chaque action selon une proportion rigoureusement juste.

« Tenez, Hillen va mourir d'ici une semaine ou deux, mais sa culpabilité mériterait bien plus. Sa politique a été de pousser les travailleurs à l'insolence, ou à l'insubordination, ou à la négligence dans le travail, à la suite de quoi ils étaient frappés d'une amende de travail forcé de trois mois ou de six mois ou d'un an. De mémoire d'homme, personne n'a liquidé son indenture en travaillant au Camp Trois. Je le garderais vivant au moins pendant le mois où je détiendrais le pouvoir, dans une cage où les hommes qu'il a maltraités viendraient le regarder et lui parler. Au bout du mois, je l'abandonnerais aux chumpas. Les adjoints, Hoffman et Kai, sont ignobles; ils méritent le pire. » La voix de Finnerack se mit à vibrer. « Ils passeraient l'osier dans les chaudières à lessive pendant la journée et iraient à l'annexe la nuit : cela pendant le reste de leur existence. Ils vivraient peut-être deux ou trois mois, qui sait?

— Et les gardiens?

— Il y en a vingt-neuf. Tous sont stricts. Cinq sont justes et enclins à la mansuétude. Dix sont indifférents et agissent de façon machinale. Les autres sont des brutes. Ceux-là iraient immédiatement à la prison et ne reviendraient pas. Les dix iraient à l'annexe pour une période quelconque — disons trois mois — et ensuite travailleraient l'osier pendant cinq ans. Les cinq bons gardiens... » Finnerack fronça ses sourcils décolorés par le soleil. « Ils présentent un problème. Ils ont fait ce qu'ils pouvaient mais n'ont pas pris de risque. Leur culpabilité n'est pas précise; néanmoins elle est réelle. Ils méritent une expiation — une année à travailler l'osier, puis ils seraient congédiés sans indemnité.

— Et les indenturés?

Finnerack se retourna pour le regarder avec surprise. « Vous parlez d'indenture? Tout le monde a payé dix fois ce qu'il devait. Chaque homme s'en irait librement, avec une prime égale à dix fois sa dette.

— Et qui coupera l'osier, alors? questionna Etzwane.

— Je me moque de l'osier, dit Finnerack. Que les magnats coupent leur osier eux-mêmes. »

Ils poursuivirent leur chemin en silence, Etzwane songeant que les dispensations de Finnerack n'étaient pas disproportionnées en regard des conditions qui les avaient suscitées. Devant eux, noire sur le crépuscule violet, se dressait la forme de la palanque du Camp Trois. L'*Iridixn* planait au-dessus.

Finnerack désigna un éboulis de roche pourrie à côté de la route. « On nous attend. »

Etzwane immobilisa la diligence. Pendant quelques secondes, il réfléchit. Puis il prit le tube à impulsion diffusée, le braqua sur les rochers et pressa le bouton. Une double explosion retentit dans le silence du soir.

Etzwane contourna les rochers, suivi par Finnerack; leurs yeux s'abaissèrent sur les corps sans tête. Finnerack eut un grognement écœuré. « Hoffman et Kai. Ils ont vraiment de la chance. »

A l'entrée de la palanque, Etzwane arrêta la diligence. Le Camp Trois était une indignité; justice devait être faite. Mais comment? Appliquée à qui? Par qui? Selon quelles lois? Etzwane fut envahi par la perplexité et demeura immobile, le regard fixé au-delà du portail vers l'endroit où stationnaient des hommes en petits groupes chuchotants.

Finnerack commença à s'agiter, à frissonner et à faire siffler l'air entre ses dents. Etzwane se rappela la série de jugements de Finnerack qui, encore que sévères, avaient paru appropriés. Il s'avisa alors d'un principe auquel, se dit-il, il aurait dû penser plus tôt, puisque ce principe était à la base de l'éthos du Shant : aux abus locaux, réparation locale. Pour les crimes du Camp Trois, justice du Camp Trois.

V

ETZWANE était monté à bord de l'*Iridixn* qui avait pris l'air. Fasciné, il regardait à la jumelle l'intérieur de la palanque. Le portail avait été fermé; les gardiens étaient confinés dans un hangar de stockage. A la lumière de lanternes fixées au mur et d'un feu de joie crépitant, des hommes déambulaient dans une sorte d'hébétude. La meilleure nourriture que le camp avait à offrir était étalée sur des tables — y compris toutes les friandises de l'intendance. Les hommes mangeaient comme à un banquet, se régalant d'anguille séchée et du vin clairet qu'Hillen avait vendu si cher. Certains commençaient à s'énerver; ils marchaient de long en large en parlant et en gesticulant. Finnerack se tenait un peu à part; il avait bu et mangé sobrement. A l'extérieur de la palanque, Etzwane aperçut les mouvements furtifs d'ombres noires : des ahulphs et des chumpas, attirés par ce remue-ménage inhabituel.

Les hommes étaient incapables d'avaler une bouchée de plus; le tonneau de vin était à sec. Ils se mirent à taper sur la table en chantant. Finnerack s'avança; il cria quelque chose; les chants diminuèrent et se turent. Finnerack parla assez longuement et les assistants devinrent mornes et silencieux, avec des haussements d'épaules impatients. Puis trois hommes bondirent en avant presque simultanément et poussèrent Finnerack de côté avec des gestes pleins de bonhomie. Finnerack eut un hochement de tête dégoûté mais ne dit plus rien.

Les trois hommes levèrent les bras pour obtenir le silence. Ils conférèrent entre eux et écoutèrent les suggestions des assistants. Par deux fois Finnerack se précipita pour soutenir passionnément un point de vue et en chaque occasion fut écouté avec respect. Etzwane eut l'impression que les divergences concernaient plus la tactique que la substance.

Le colloque devint animé, avec une douzaine d'hommes martelant la table en même temps.

De nouveau Finnerack s'avança et ses propositions mirent fin à la discussion. Un des hommes prit du papier et un style puis écrivit sous la dictée de Finnerack, tandis que d'autres dans l'assistance lançaient des suggestions et des variantes.

L'acte d'accusation — c'est ce qu'il paraissait être — fut achevé. Finnerack se retira une fois de plus sur le côté en observateur au front soucieux. Les trois hommes se chargèrent de diriger le procès. Ils désignèrent cinq d'entre eux qui allèrent au hangar et en revinrent avec un gardien.

La foule s'élança mais les trois hommes parlèrent d'un ton sévère et la foule recula. Le gardien fut placé debout sur une table pour affronter les hommes encore si récemment sous son autorité. Un des travailleurs s'avança et énuméra ses accusations, ponctuant chacune d'un index théâtralement pointé. Finnerack se tenait à l'écart, les sourcils froncés. Un autre homme s'approcha et formula à son tour ses doléances, un autre lui succéda puis un autre encore. Le gardien avait le visage agité de contractions nerveuses. Le trio annonça un verdict. Le gardien fut traîné de vive force jusqu'au portail de la palanque et jeté au-dehors. Deux ahulphs bleu-noir vinrent pour s'en emparer; pendant qu'ils discutaient, un chumpa gris pommelé surgit d'un pas lourd et emporta le gardien dans les ténèbres.

Quatorze des gardiens furent amenés du hangar. Certains vinrent indolents et résignés, certains dardaient des regards pleins de défi et de fureur, certains autres résistaient et se débattaient pour échapper aux hommes qui les escortaient, quelques-uns s'avancèrent avec espoir, souriant et plaisantant. Chacun fut hissé sur la table, exposé à la clarté du feu, où il fut jugé. Dans un cas, Finnerack bondit en avant pour protester, le bras levé en direction de l'*Iridixn.* Cet homme-là échappa aux terrains obscurs au-delà de la palanque où gémissaient des chumpas venus tardivement. A la place, on le fit aller vers les longues chaudières, où l'osier baignait dans une solution caustique, et on l'obligea à enlever les écorces.

Les gardiens restants furent amenés et accusés. L'un d'eux, après une importante discussion, le gardien plaidant lui-même sa cause, fut jeté dehors dans la nuit; les autres furent envoyés corroyer l'osier.

Tous les gardiens avaient maintenant été jugés. Un autre tonneau du vin de Hillen fut apporté, les hommes burent et se divertirent — et se moquèrent des ex-gardiens qui maintenant corroyaient l'osier. Quelques-uns, pris de torpeur, s'assirent pour paresser autour du feu. Les gardiens ôtaient les écorces et maudissaient le destin qui les avait amenés au Camp Trois.

Etzwane rangea les jumelles et alla à son hamac. Les événements, se dit-il sans conviction, s'étaient déroulés aussi bien qu'on pouvait l'espérer...

Peu après minuit, il regarda de nouveau dans la palanque. Les hommes étaient assis autour du feu, somnolents ou endormis. Un petit nombre restait debout à regarder les gardiens dresser l'osier, comme s'ils ne pouvaient pas se rassasier de ce spectacle.

Finnerack était assis sur une table de côté, le menton sur les genoux. Au bout de quelques instants, Etzwane retourna à son hamac.

Etzwane passa sa matinée à la tâche fastidieuse d'annuler des indentures et de signer des bons de caisse pour des indemnités plus ou moins arbitraires. La plupart des hommes ne voulaient plus entendre parler de couper l'osier; ils quittèrent le camp par petits groupes et entamèrent la longue marche pénible vers le nord en direction d'Orgala. Une vingtaine acceptèrent de rester comme surveillants; leurs ambitions n'allaient pas au-delà. Pendant des années, ils avaient envié aux gardiens leurs privilèges, à présent ils pouvaient en jouir pleinement.

L'*Iridixn* fut amené à terre; Etzwane y pénétra, suivi de Finnerack, que Casallo considéra avec stupeur et un effarement dégoûté; c'est un fait que la tenue de Finnerack était quelque peu négligée. Il ne s'était pas lavé et n'avait pas changé de vêtements; ses cheveux étaient emmêlés et trop longs; sa blouse était sale et déchirée.

L'*Iridixn* prit l'air, les ambleurs se mirent en route vers le nord. Etzwane eut l'impression de s'éveiller d'un cauchemar. Deux questions hantaient son esprit. Combien d'autres « Camp Trois » existaient dans le Shant? Qui avait averti Shirge Hillen de sa visite?

A Orgala, l'*Iridixn* retourna à la glissière et, profitant d'une jolie brise, fila au nord-ouest. A la fin du jour suivant, ils pénétrèrent dans le canton du Gorgash et, le matin d'après, atterrirent à la ville du Rêve-du-Seigneur-Benjamin. Etzwane ne trouva rien à redire à la milice du Gorgash; par contre Finnerack émit des critiques sardoniques sur l'état-major empanaché, presque égal en nombre aux soldats indifférents et apathiques. « C'est un début, dit Etzwane. Ils n'ont pas l'expérience de la chose. En comparaison des gens du Dithibel ou du Burazhesq ou du Shker, ceux-là s'y prennent avec intelligence et activité.

— Peut-être... mais lutteront-ils contre les Roguskhoïs?

— Nous le saurons quand le moment viendra. Quels changements apporteriez-vous?

— J'ôterais aux officiers leur uniforme et leur chapeau à plumes et je les mettrais à travailler aux cuisines. Les hommes de troupe, je les répartirais en quatre corps que je ferais batailler tous les jours les uns contre les autres pour les stimuler et cultiver leur violence. »

Etzwane songea qu'un procédé similaire avait transformé un placide jeune homme blond en ce réfractaire hâlé et buriné qui se trouvait maintenant à son côté. « Peut-être en arrivera-t-on là d'ici que ce soit fini. Pour le moment, je suis satisfait de leur voir une allure aussi pimpante. »

Finnerack éclata de son rire moqueur. « Quand ils découvriront ce qu'ils ont à combattre, ils le seront moins. »

Etzwane se rembrunit, peu satisfait d'entendre ses craintes secrètes formulées aussi ouvertement. Finnerack, songea-t-il, n'avait pas le moindre tact. De plus, c'était un compagnon de voyage moins que ragoûtant. Etzwane l'examina d'un œil critique. « Grand temps que nous remédiions à votre apparence qui, en ce moment, est cause de commentaires défavorables.

— Je n'ai besoin de rien, marmotta Finnerack. Je ne suis pas un homme vain de sa personne. »

Etzwane ne voulut rien entendre. « Vous n'êtes pas vain, c'est possible, mais vous êtes un homme. Consciemment ou non, vous êtes influencé par votre tenue. Si vous êtes négligé, hirsute et sale, cela finira par déteindre sur votre façon de penser et votre mode de vie en général.

— Encore vos théories psychologiques », grommela Finnerack.

Etzwane l'entraîna néanmoins vers les Arcades Seigneuriales où Finnerack se laissa de mauvaise grâce couper les cheveux, raser, baigner, manucurer et revêtir d'habits propres.

Quand ils revinrent enfin à l'*Iridixn,* Finnerack était maintenant un homme mince, musclé, avec un visage carré buriné, la tête couverte de boucles serrées couleur de bronze, au regard vif sans cesse en mouvement, une bouche étirée dans ce qui à première vue semblait un demi-sourire bon enfant.

A Maschein, dans le canton de Maseach, l'*Iridixn* arriva au terminus de l'itinéraire du Calme-Coucher-de-Soleil-Violet [1]. Casallo, s'accordant pour finir un brin d'extravagance, fit décrire subitement à l'*Iridixn* un grand arc s'achevant bout au vent, belle démonstration de maîtrise qui précipita Etzwane et Finnerack sur le plancher de la nacelle. Les hommes d'équipe de la gare halèrent l'*Iridixn* jusqu'au quai de débarquement. Etzwane sauta sans regret hors de la nacelle, suivi par un Finnerack à la mine sévère, qui n'avait pas pardonné à Casallo sa manœuvre intempestive.

Etzwane dit adieu à Casallo, tandis que Finnerack se tenait sombrement à l'écart, puis les deux se mirent en route pour aller dans la cité.

Un bachot, qui transportait des passagers sur les nombreux canaux de Maschein, les conduisit à l'Auberge de l'Ile du Fleuve qui, avec ses terrasses, ses jardins, ses berceaux de verdure et ses pergolas, occupait la totalité d'un îlot rocheux dans la Jardine. Au cours de ses séjours à Maschein, quand il était un Vert foncé-Azur-Noir-Rose impécunieux, Etzwane avait souvent et longuement contemplé de l'autre côté de l'eau cette hostellerie des plus plaisantes; il commanda un appartement de quatre pièces donnant sur un jardin privé avec des parterres de cyclamens, de paillettes bleues et de lurlinthes. Les pièces avaient des lambris en bois au grain serré, teinté vert cendré dans les chambres à coucher, un délicat aelsheur [2] dans le salon, avec les

1. La langue du Shant établit une distinction entre divers types de couchers de soleil. D'où :
feovhre — un coucher de soleil violet, calme et sans nuages.
arusch'thain — un coucher de soleil violet avec des nuages horizontaux vert pomme.
gorusjurhe — un coucher de soleil éblouissant dont le flamboiement envahit tout le ciel.
shergorszhe — le même, avec en plus des cumulus à l'est, illuminés et orientés vers l'ouest.
heinzen — une situation où le ciel est bouché à part un ruban de clarté à l'ouest, dans lequel le soleil se couche.
2. *Aelsheur* : littéralement couleur de l'air.

plus subtils voilages vert pâle, lavande et bleu sourd pour suggérer des prairies et des paysages d'eau.

Finnerack jeta un coup d'œil à l'appartement avec un retroussis des lèvres. Il s'assit, croisa une jambe sur l'autre, regarda froidement au-dehors couler lentement la Jardine. Etzwane se permit un petit sourire intérieur. Les agréments du Camp Trois étaient-ils si supérieurs?

Etzwane se baigna dans une piscine limpide du jardin, puis enfila une tunique de lin blanc. Finnerack était resté assis à contempler la Jardine. Etzwane le laissa tranquille. Finnerack devait s'adapter à sa façon.

Etzwane commanda un pichet de vin frappé et les journaux du pays. Finnerack accepta une coupe de vin mais ne montra aucun intérêt pour les nouvelles, qui étaient mauvaises. Des paragraphes tour à tour noirs, marron et jaune moutarde annonçaient que dans les cantons du Lor-Asphen, du Bundoran et du Surrume les Roguskhoïs étaient en marche, que le canton du Shkoriy était tombé tout entier au pouvoir des Roguskhoïs. Etzwane lut :

La décision de l'Anome d'évacuer les femmes vers les cantons maritimes est sans doute fondée; toutefois elle a eu pour effet d'inciter et de stimuler les Roguskhoïs à commettre des déprédations encore plus épouvantables pour pouvoir assouvir leur luxure apparemment insatiable. Où cette terrible marche s'arrêtera-t-elle? Si l'Anome dans sa puissance ne peut refouler ces effrayantes hordes là d'où elles sont venues, d'ici cinq ans le Shant fourmillera de Roguskhoïs. Vers quel endroit dirigeront-ils ensuite leurs pas? Vers le Caraz? C'est ce qu'on doit supposer, étant donné que les Palasedrans ne lanceraient pas sur le peuple de Shant une arme aussi terrible sans se réserver un moyen de contrôle.

Un autre article, entouré de rouge foncé et de gris, décrivait la milice du Maseach suffisamment en détail pour qu'Etzwane décide de ne pas s'en occuper. Avec une grimace de gêne, il lut les phrases de conclusion :

Nos vaillants se sont assemblés; ils s'initient maintenant aux finesses de la discipline, depuis longtemps tombée en désuétude et presque oubliée. Avec ardeur et espoir, ils attendent les armes puissantes que l'Anome prépare; galvanisés par son auguste leadership, ils frapperont les cruels bandits rouges et les feront fuir en hurlant comme des ahulphs échaudés.

« Ainsi donc ils attendent mes “ armes puissantes ”, mon “ auguste leadership ” », marmotta Etzwane. S'ils savaient ce qu'il était — un musicien désorienté, sans compétence, sans expérience ni aptitudes particulières —, ils seraient moins optimistes... Son regard tomba sur une information encadrée de gris et d'outremer. Etzwane lut :

Hier soir, le druithine Dystar est venu au Samarsande Argenté. Son repas avait été payé bien avant qu'il l'ait commandé et des cadeaux anonymes offerts à son attention indifférente. Comme d'ordinaire, il a récompensé l'assistance en lui donnant d'étonnants hurusthras [1] et parlé d'endroits où peu de gens ont la chance d'aller. Dystar reviendra peut-être ce soir au Samarsande Argenté.

Etzwane lut l'information une seconde et une troisième fois. Ces derniers temps, il ne s'était absolument pas préoccupé de musique; une vague de nostalgie le submergea : que s'était-il fait à lui-même? Allait-il devoir passer toute son existence dans cette atmosphère stérile? Le luxe, le vin frappé, les appartements de quatre pièces sur jardin — qu'était-ce en comparaison de la vie qu'il avait connue avec Frolitz et les Vert foncé-Azur-Noir-Rose?

Etzwane posa le journal de côté. En comparaison avec la vie que Finnerack avait menée, il avait eu de la chance. Il se tourna pour observer Finnerack, se demandant ce qui se passait derrière ce visage brun aux traits tendus. « Finnerack! dit Etzwane à haute voix. Avez-vous vu les nouvelles? » Il tendit le journal à son compagnon qui parcourut la feuille avec un froncement de sourcils impossible à interpréter. « Quelles sont ces armes puissantes que prépare l'Anome? questionna Finnerack.

— Pour autant que je le sache, elles sont inexistantes.

— Sans armes, comment espérez-vous tuer des Roguskhoïs?

— Les technistes sont au travail, dit Etzwane. S'il y a des armes, les hommes seront armés. Sinon, il leur faudra se battre

1. *Hurusthras* : approximativement panoramas et aperçus musicaux.

avec des lance-traits, des arcs et des flèches, des bombes et des grenades décapitantes, des lances et des piques.

— La décision de combattre est tardive.

— Je le sais. L'Ancien Anome refusait d'attaquer les Roguskhoïs, ni ne veut maintenant expliquer ses raisons. »

Finnerack manifesta un certain intérêt. « Il n'est donc pas mort?

— Non, il a été déposé et remplacé.

— Qui a accompli cet exploit remarquable? »

Etzwane ne vit aucune raison de garder le renseignement par-devers lui. « Vous connaissez la Terre?

— J'en ai entendu parler : la planète d'où l'humanité est originaire.

— Sur la Terre existe une organisation connue sous le nom d'Institut d'Histoire, où l'on se souvient de Durdane. Par hasard, j'ai fait la connaissance d'un homme nommé Ifness, membre de l'Institut d'Histoire, qui était venu étudier Durdane. Ensemble nous avons appris l'identité de l'Homme Sans Visage et nous avons insisté pour qu'il prenne des mesures contre les Roguskhoïs. Il a refusé, alors nous l'avons déposé et nous avons mis en application de nouvelles modalités.

Finnerack darda sur Etzwane des yeux étincelants : « Un Terrien est Anome de Shant?

— Je le voudrais bien, dit Etzwane. Malheureusement, il refuse le poste... L'Anome est quelqu'un d'autre. Je suis son Adjoint; j'ai moi-même besoin d'un assistant : peut-être vous, si vous avez le désir de servir le Shant?

— Le Shant ne m'a fait que du mal, dit Finnerack. Je dois vivre pour moi seul. »

Etzwane s'emporta. « Votre amertume est compréhensible mais ne vous faudrait-il pas mieux choisir son objectif? En travaillant avec moi, vous pourriez aider d'autres victimes. Si vous vous abstenez, vous devenez l'équivalent d'Hillen et bien pire que le commun des mortels pour qui vous avez tant de mépris. Qui ici dans Maschein, par exemple, connaît l'existence du Camp Trois? Personne. »

Finnerack haussa les épaules et contempla avec un visage fermé la Jardine, sur laquelle tombait la clarté violette du crépuscule.

Etzwane finit par dire, d'une voix qu'il s'efforça de maintenir neutre : « Ce soir, nous dînons au Samarsande Argenté, nous y entendrons un grand druithine.

— Qu'est-ce que c'est que ça? »

Etzwane se retourna pour le regarder avec stupeur. Rien n'aurait pu mieux illustrer l'étendue de ce dont Finnerack avait été privé. Etzwane expliqua avec plus de chaleur : « Un druithine est un musicien qui va de-ci de-là en solitaire. Il joue du gastaing, du khitan ou même de la derbince, et sa musique est ordinairement de haute qualité.

— Je ne sais pas distinguer une note de musique d'une autre », dit Finnerack sèchement.

Etzwane maîtrisa une nouvelle bouffée d'impatience. « Vous savourerez en tout cas un bon repas; les Maseachins sont célèbres pour l'excellence de leurs restaurants. »

Le Samarsande Argenté dominait la Jardine, derrière une file de hauts cyprès-styles — massive construction irrégulière en pierre, crépie et blanchie à la chaux, avec un vaste toit à multiples pentes couvert de tuiles moussues. A côté de l'entrée, cinq lanternes de couleur étaient suspendues les unes au-dessus des autres à la verticale : vert soutenu, rouge foncé fumeux, un gai vert clair, du violet et une fois encore du rouge sombre; et en bas, un peu décalée de côté, une petite lampe jaune stable, le symbole de tout ce qui vit : *Ne jamais négliger la merveille de l'existence consciente, qui trop tôt s'achève!*

Passant entre deux hauts vantaux de bois massif, Etzwane et Finnerack se retrouvèrent dans le vestibule, où un petit garçon donna à chacun une fiole de vin d'herbe et un morceau de poisson enrobé de sucre candi, en signe d'hospitalité. Une jeune fille souriante se porta à leur rencontre, revêtue des falbalas prune d'une antique ménade de Maseach; à chacun des jeunes gens elle coupa un bout de mèche de cheveux et leur effleura le menton avec de la cire de yorbane : une curieuse survivance des temps anciens où les Maseachins étaient célèbres pour leurs plaisirs extravagants.

Etzwane et Finnerack entrèrent dans la salle voûtée, encore presque vide, et prirent une table près du banc du musicien. Un plat de pastilles salées, piquantes, acides et amères fut posé devant eux. Poussé en partie par un malin désir de déconcerter Finnerack, Etzwane commanda le traditionnel Festin de Quarante-Cinq Plats et chargea aussi le maître d'hôtel de servir ce qu'il y avait de meilleur à Dystar au cas où il viendrait.

Le repas fut servi, plat après plat, Finnerack grommelant d'abord devant l'exiguïté des portions qu'il considérait comme exagérément réduites, jusqu'à ce qu'Etzwane lui fasse remarquer qu'il n'avait jusqu'à présent consommé que douze plats sur les quarante-cinq.

Les plats se succédaient conformément à la perfection édictée par un gastronome mort depuis quatre mille ans — les textures, l'arôme contrastant avec la saveur, la couleur et la présentation de chaque morceau conformes à l'antique stipulation dans le bol, sur l'assiette ou sur le plateau rituellement prévus. Avec chaque plat était apporté le vin, ou l'eau-de-vie, ou l'essence ou l'infusion qui correspondait. Les plaintes de Finnerack se firent plus rares; il devenait fasciné, ou peut-être subjugué... Au vingt-huitième plat, Dystar parut dans l'entrée : grand, mince, aux traits bien dessinés, portant un pantalon gris sous une tunique lâche gris anthracite. Il demeura un instant immobile à regarder la salle, puis se retourna et fit une remarque irritée à l'homme qui se tenait derrière lui, Shobin le propriétaire. Pendant un moment, Etzwane se demanda si Dystar n'allait pas simplement quitter les lieux, mais Shobin se précipita pour remédier à ce que Dystar avait trouvé défectueux : les lampes dans les niches voûtées près du banc du musicien brillaient de tous leurs feux; Dystar n'aimait pas les éclairages trop violents ou trop centrés. Shobin régla la lumière; Dystar avança, toujours pas de la meilleure humeur du monde. Il avait à la main un khitan et une derbince avec une plaque en jade vert; il les posa sur le banc, puis s'installa à une table à moins de deux mètres d'Etzwane et de Finnerack. Etzwane ne l'avait vu qu'une fois auparavant, et il avait alors été fasciné par l'aisance, la force, l'assurance de Dystar.

Le maître d'hôtel annonça que son repas avait été pris en charge, ce à quoi Dystar répondit par un hochement de tête indifférent. Etzwane l'examinait du coin de l'œil, s'efforçant de deviner le cours de ses pensées. Voici son père, la moitié de lui-même. Peut-être son devoir était-il de se présenter... Dystar avait probablement une douzaine de fils éparpillés dans le Shant, réfléchit Etzwane. La révélation risquait de seulement l'irriter.

Le maître d'hôtel apporta à Dystar des poireaux assaisonnés à l'huile et au vinaigre, le croûton d'un pain, une saucisse foncée faite de viandes et d'herbes, un pichet de vin : un repas modeste. Dystar avait été rassasié de fine cuisine à en être dégoûté, songea

Etzwane; la richesse n'était pas une nouveauté pour lui, ni l'intérêt des jolies femmes...

Des plats, des plats, encore des plats. Finnerack qui n'avait peut-être jamais de sa vie bu de bon vin s'était un peu détendu et examinait le cadre avec une réserve atténuée.

Dystar consomma la moitié de ce qu'on lui avait servi, poussa de côté le reste et s'adossa à son siège, les doigts repliés autour du pied de sa coupe. Son regard effleura au passage le visage d'Etzwane; en fronçant légèrement les sourcils il reporta ses yeux dans sa direction, comme intrigué par un souvenir fugitif... Il prit son khitan et pendant un instant l'examina avec l'air surpris de trouver entre ses mains un instrument aussi disgracieux et compliqué. Il le toucha avec légèreté çà et là, formant les accords les plus invraisemblables puis le délaissa pour la derbince. Il monta doucement la gamme, ajusta les aigus et les bourdons, exécuta une joyeuse petite gigue, d'abord avec une harmonie simple, puis à deux voix, puis à trois : un trait de virtuosité qu'il accomplit sans effort ou même sans grande attention. Il posa la derbince et médita en buvant son vin...

Les tables voisines étaient maintenant pleines, les gens les plus fins et les plus perceptifs de Maschein étaient venus s'enrichir l'esprit.

Etzwane et Finnerack examinèrent leur trente-neuvième plat : cervelle de medulla arborescente coupée en tranches sautées à la poêle, salées et servies croustillantes et nappées d'un sirop vert pâle, avec une boule de flan pourpre parfumé aux maroes et aux pygarguises et du sucre d'orge. Le vin qui l'accompagnait était un liquide subtil et vif, qui avait un goût de soleil et de grand air. Finnerack regarda Etzwane avec une expression déconcertée. « Jamais de ma vie je n'ai tant mangé. Pourtant... mon appétit reste entier.

— Nous devons finir les quarante-cinq plats, répliqua Etzwane. Sans quoi, ils ne seront pas autorisés à prendre notre argent, l'aimable fiction étant que les cuisiniers n'ont pas préparé les plats comme il le fallait, ou qu'ils les ont servis d'une manière fruste. Nous sommes donc obligés de manger.

— Si tel est le cas, je suis l'homme de la situation. »

Dystar se mit à jouer de son khitan : un doux air joyeux, sans thème évident mais, tandis qu'il jouait, l'oreille commença à savourer d'avance la plaisante corroboration. Jusqu'à présent il n'avait rien joué qu'Etzwane n'aurait aisément su jouer aussi...

Dystar plaqua une série d'accords bizarres et doux, puis commença à jouer la mélodie avec les accords résonnant en sourdine comme de plaintives cloches de brume... Etzwane s'interrogea sur la nature du talent de Dystar. Il provient en partie, songea-t-il, d'aisance et de simplicité, en partie de profondeur, en partie d'un détachement qui le rend indifférent à son auditoire, en partie d'une habileté qui lui permet de jouer quand la fantaisie l'en prend. Etzwane eut un pincement d'envie; pour sa part, il évitait souvent les passages dont il était incapable de prévoir la résolution, connaissant bien la fragile distinction entre félicité et fiasco... La musique s'acheva, sans accent ou emphase remarquable, les gongs marins s'étouffant dans la brume. Dystar posa de côté l'instrument. Prenant sa coupe, il contempla la salle; puis, comme si un souvenir se rappelait brusquement à lui, il reprit le khitan et essaya une série de phrases musicales. Il les joua de nouveau avec un changement d'harmonie et elles devinrent une mélodie tressaillante, excentrique. Il passa à un autre mode et la mélodie changea; avec aisance Dystar joua la première et la seconde ensemble en un contrepoint ironique. Pendant un instant, il parut s'intéresser à la musique et pencha la tête sur le manche du khitan... Il ralentit le tempo, les deux airs se fondirent en un seul, comme une paire d'images colorées se rejoignant pour créer l'illusion de la perspective...

Le dernier des quarante-cinq plats fut servi à Etzwane et à Finnerack : un sorbet aigre-doux dans des coquilles de laque pourpre, avec des coupes grandes comme un dé à coudre pleines de Nectar de Mille Ans.

Finnerack avala le sorbet et goûta le nectar. Son visage hâlé semblait moins décharné; le furieux scintillement bleu avait disparu de ses yeux. Tout à coup, il demanda à Etzwane : « Combien faut-il payer pour ce repas?

— Je ne sais pas... Deux cents florins, je suppose.

— Au Camp Trois, son indenture on ne parvenait pas toujours à la réduire de deux cents florins en un an. » Finnerack semblait plus mélancolique qu'exaspéré.

« Le système est archaïque, dit Etzwane. L'Anome fera des changements. Il n'y aura plus de Bifurcation d'Angwin d'ailleurs. »

Finnerack le jaugea d'un regard sévère. « Vous paraissez bien sûr des intentions de l'Anome. »

Faute de réponse appropriée, Etzwane ne releva pas la réflexion. Il appela d'un geste du doigt le maître d'hôtel, qui apporta un haut flacon de grès, velouté de poussière, dont il versa un vin clair et frais, doux comme de l'eau.

Etzwane but; Finnerack l'imita avec prudence.

Etzwane fit une allusion indirecte à la remarque de Finnerack. « Le nouvel Anome, à mon avis, n'est pas un homme ligoté par la tradition. Après que les Roguskhoïs seront liquidés, de grands changements interviendront.

— Bah! s'exclama Finnerack. Les Roguskhoïs ne sont pas un grand problème. L'Anome n'a qu'à jeter contre eux la force du Shant. »

Etzwane eut un petit rire triste. « Quelle force? Le Shant est faible comme un bébé. Le dernier Anome avait refusé de voir le danger. C'est vraiment très mystérieux; il n'est ni méchant ni stupide.

— Pas de mystère, répliqua Finnerack. Il préférait le loisir à l'effort.

— J'acquiescerais volontiers à cette conclusion, dit Etzwane, s'il n'y avait pas d'autres mystères : les Roguskhoïs eux-mêmes, pour commencer.

— Encore une fois, pas de mystère : ils sont l'émanation de la méchanceté palasedrane.

— Hum... Qui a informé Hillen de mon arrivée? Qui a donné l'ordre de me tuer?

— Est-ce douteux? Les magnats du Chemin d'air!

— Possible encore. Mais il y a d'autres mystères moins facilement expliqués. » Etzwane rappela l'attaque suicidaire de Garstang le Bénévole et la mutilation bizarre opérée sur son corps, comme si un rat avait creusé un trou dans sa poitrine.

Quelqu'un s'assit à leur table. C'était Dystar. « Je viens d'observer votre visage, dit-il à Etzwane. C'est un visage que je connais, et cela date de loin. »

Etzwane se ressaisit. « Je vous ai entendu jouer à Brassei; c'est peut-être là que vous m'avez remarqué par hasard. »

Dystar jeta un coup d'œil au torque d'Etzwane pour lire le code de la région. « Bastern, un étrange canton.

— Les Chilites n'adorent plus Galexis, dit Etzwane. Le Bastern n'est plus aussi étrange qu'autrefois. » Dystar, il le remarqua, portait le rose et le bleu sourd du Shkoriy. Il demanda : « Voulez-vous boire du vin en notre compagnie? »

Dystar acquiesça poliment. Etzwane fit signe au maître d'hôtel, qui apporta une autre coupe en diorite : mince comme une coquille d'œuf, polie jusqu'à atteindre la couleur et l'éclat de l'étain. Etzwane versa. Dystar leva un doigt. « Assez... Je ne prends pas plaisir à la nourriture ni au vin. Un défaut inné, je suppose. »

Finnerack partit de son brusque rire sec. Dystar lui lança un bref regard curieux. Etzwane expliqua : « Mon ami a dû faire du travail forcé par suite d'indenture dans un camp de réfractaires pendant de longues années et a vécu des temps pénibles. Comme vous-même, il ne tient ni au vin ni aux aliments recherchés mais pour des raisons diamétralement opposées. »

Dystar sourit, son visage tel un paysage d'hiver soudain illuminé par un rayon de soleil. « La satiété n'est pas mon ennemie. Je suis atteint, plutôt, de ce que j'appellerais une aversion pour les plaisirs qui s'achètent.

— Je suis content que ce soit à vendre, grommela Finnerack. Je n'en aurais guère autrement. »

Etzwane regarda mélancoliquement le coûteux flacon de vin. « Comment dépensez-vous alors votre argent?

— Sottement, répliqua Dystar. L'an dernier, j'ai acheté des terres dans le Shkoriy : une vallée haute avec un verger, un étang et une fermette, où je comptais passer ma vieillesse... Telle est la folie de la prévoyance. »

Finnerack goûta le vin, reposa sa coupe et inspecta la salle. Etzwane commença à se sentir mal à l'aise. Une centaine de fois il avait imaginé la rencontre entre Dystar et lui-même, toujours d'une façon dramatique. A présent, ils se trouvaient à la même table et l'occurrence succombait sous le prosaïsme. Que pouvait-il dire? « Dystar! Vous êtes mon père; dans mon visage vous voyez le vôtre! » Grandiloquent. En désespoir de cause, Etzwane déclara : « A Brassei, votre humeur était meilleure que ce soir; je me rappelle que vous aviez joué avec entrain. »

Dystar lui jeta un coup d'œil. « Cela se voit-il tellement? Ce soir, je suis vidé; des événements m'ont tourmenté.

— Les raids dans le Shkoriy? »

Dystar resta silencieux un instant, puis hocha la tête. « Les sauvages se sont emparés de ma vallée, où j'allais souvent, où rien n'a jamais changé. » Il sourit. « La mélancolie incite à la musique; dans des circonstances réellement tragiques, je deviens simplement insipide... J'ai la réputation d'être un homme qui ne joue que par caprice. Toutefois il y a ici deux cents personnes qui sont venues pour m'entendre et je ne voudrais pas les décevoir. »

Finnerack maintenant ivre, la bouche distendue dans un sourire narquois, dit : « Mon ami Etzwane professe d'être musicien. Vous devriez l'embaucher.

— « Etzwane »? répéta Dystar. Le maître musicien du vieil Azume? Vous le connaissiez? »

Etzwane acquiesça d'un signe de tête. « Ma mère habitait sur la Route des Rhododendrons. Je suis né sans nom et j'ai pris celui de " Gastel Etzwane ". »

Dystar médita un instant, peut-être plongé dans ses souvenirs personnels de la route des Rhododendrons. Cela s'est passé il y a trop longtemps, songea Etzwane, il ne doit plus rien se rappeler.

« Il faut que je joue. » Dystar retourna à son banc. Il prit la derbince pour exécuter une série de mélodies assez banales, qu'on aurait aussi bien pu entendre dans les salles de bal de la Côte-Matinale. Juste au moment où Etzwane commençait à s'en désintéresser, Dystar modifia l'âme du cromorne pour établir un tout nouvel environnement : les mêmes mélodies, le même rythme mais, maintenant, elles racontaient une histoire tourmentée de départs égoïstes et de rires moqueurs, de démons des toits et d'oiseaux des tempêtes. Dystar mit une sourdine aux aigus, étrangla les âmes et ralentit le tempo. La musique proclama la fragilité de tout ce qui est plaisant et brillant, le triomphe de l'obscurité, et s'acheva dans un sombre accord vibrant... Une pause, puis une soudaine coda soulignant que, d'autre part, les choses pouvaient fort bien être exactement le contraire.

Dystar se reposa un instant. Il plaqua quelques accords, puis exécuta une antiphonie complexe : des glissandos s'élevant au-dessus d'une mélodie placide. Son expression était absorbée, ses mains se déplaçaient sans effort. Etzwane songea que sa musique devait plus au calcul qu'à l'émotion. Les paupières de Finnerack se fermaient; il avait absorbé trop de nourriture et de vin. Etzwane appela le maître d'hôtel et paya la note; puis Finnerack et lui quittèrent le Samarsande Argenté et retournèrent à l'Auberge de l'Ile du Fleuve.

Etzwane sortit dans le jardin et, debout dans le soir paisible, leva la tête pour contempler la Schiafarilla derrière laquelle, d'après la légende, se trouvait la vieille Terre... Quand il revint au salon, Finnerack était parti se coucher. Etzwane prit un style et sur une carte écrivit un message circonspect où il apposa le sceau de l'Anome.

Il appela un groom. « Portez ce message au Samarsande Argenté, remettez-le entre les mains de Dystar le Druithine et de nul autre. Ne répondez à aucune question : donnez le message et allez-vous-en. Avez-vous compris?

— Oui. » Le garçon prit le message et s'en fut, et Etzwane peu après partit se coucher à son tour... Quant au Festin de Quarante-Cinq Plats, il doutait de jamais dîner encore d'aussi somptueuse façon.

VI

AIGUILLONNÉ par l'incertitude et l'anxiété, Etzwane décida de laisser tomber l'inspection des cantons lointains de l'ouest et de revenir tout de suite à Garwiy. Il s'était absenté plus longtemps qu'il n'en avait eu l'intention; dans Garwiy, la situation évoluait plus vite que n'importe où ailleurs dans le Shant.

Il n'y avait pas de liaison par ballon entre Maschein et Brassei, du fait de vents contraires et d'un terrain qui ne s'y prêtait guère, mais le fleuve Jardine accomplissait à peu près le même office. Plutôt que d'attendre le bateau régulier, Etzwane loua une pinasse rapide, avec deux voiles latines et un équipage de dix hommes pour manier les avirons ou tirer sur la corde de halage en cas de besoin.

Ils naviguèrent d'abord vers l'est, en suivant une grande boucle au milieu des contreforts boisés du Lor Ault, puis vers le nord, le long du Val de Méthel enserré entre des montagnes. A Griave dans le Belpré, ils retrouvèrent la Ligne de la Grande Crête du chemin d'air — mais pour apprendre que tous les ballons en direction du nord avaient été retardés par des vents de tempête soufflant de la Sualle. Continuant jusqu'à la Bifurcation de Brassei, ils embarquèrent dans le ballon *Fiyedeser*. Les bourrasques de la Sualle s'étaient apaisées; les vents de Fleurs-de-Coquille fournirent une splendide traite; le *Fiyedeser* fila vers le nord le long de la glissière à une allure régulière de près de cent à l'heure. A la fin de l'après-midi, ils se faufilèrent dans le Vallon du Silence, par la Trouée de Jardine, et cinq minutes plus tard atterrirent à la Gare de Garwiy.

C'est au coucher du soleil que Garwiy atteignait le maximum de sa beauté, avec la lumière basse des trois soleils inondant le verre des hautes tours, engendrant de la couleur avec prodigalité. De toutes les directions, en haut et en bas, sur les dalles de verre pur ou à travers elles, sur et à travers les coupoles, les bulbes, les bosses et les ornements sculptés, au milieu et autour des balustrades des balcons haut perchés, des rangées d'arcades et d'arcs-boutants, des volutes de cristal et des colonnes prismatiques —, de partout affluaient les vagues de riches couleurs : pourpres purs pour charmer l'esprit; verts limpides, profonds et riches, vert d'eau, vert feuille, vert émeraude; bleus clairs et foncés, avec l'outremer, le smalt et la gamme des bleus intermédiaires; reflets et images récurrentes de rouge, ombres internes de lumière impossibles à définir; ou proche des surfaces l'éclat du temps : l'oxydation en pellicules métalliques. Pendant qu'Etzwane et Finnerack se dirigeaient lentement vers l'est, les soleils disparurent; les couleurs se voilèrent d'une teinte de perle et s'estompèrent rapidement. Etzwane songea : de toute cette antique splendeur me voilà maître. Je peux satisfaire le moindre caprice; je peux prendre, je peux donner, je peux bâtir ou laisser aller les choses... Il sourit, incapable d'accepter ces idées; elles étaient artificielles et irréelles.

Finnerack n'avait sûrement jamais vu Garwiy auparavant; Etzwane se demanda quelles étaient ses réactions. En apparence du moins, Finnerack n'était nullement impressionné. Il avait embrassé d'un coup d'œil la ville entière, après quoi il avait semblé plus intéressé par les passants courtois qui déambulaient sur l'Avenue Kavalesko.

A un kiosque, Etzwane acheta un journal. Les couleurs noir, ocre et brun, lui sautèrent aussitôt aux yeux. Il lut :

Dramatiques nouvelles en provenance du Marestiy! La milice et une bande de Roguskhoïs se sont livré bataille. Les sauvages envahisseurs, après avoir commis de terribles ravages dans le canton du Shkoriy, que l'on doit compter maintenant comme entièrement contrôlé par les Roguskhoïs, ont envoyé une colonne de reconnaissance dans le nord. A la frontière, une troupe de Marest a refusé fermement de livrer passage aux envahisseurs et un combat s'est ensuivi. Bien que nettement inférieures en nombre, les folles brutes rouges ont avancé. Les hommes de Marest ont tiré des flèches, tuant ou au moins incommodant une partie des ennemis. Les autres ont continué leur marche en avant comme si de rien n'était. La milice de Marest, adoptant une tactique de décrochement, s'est repliée dans la forêt où ses flèches et ses tampons boutefeux ont empêché les Roguskhoïs de pénétrer. Ces traîtres de barbares ont renvoyé les boutefeux qui ont incendié la forêt et la milice a été obligée de ressortir à découvert. Là, elle a été attaquée par une autre bande de sauvages, rassemblés précisément dans ce but sanguinaire. La milice a éprouvé de nombreuses pertes, mais les survivants ont résolu de prendre une revanche éclatante quand l'Anome leur en aura fourni les moyens. Tous sont convaincus que les détestables créatures seront vaincues et repoussées.

Etzwane montra l'article à Finnerack, qui lut avec une indifférence à demi méprisante. Entre-temps, l'attention d'Etzwane avait été attirée par un encadré souligné du bleu pâle et du pourpre des déclarations sagaces :

Voici les réflexions de Mialambre : Octogone, le respecté Grand Arbitre de Galle :

Les années de la Quatrième Guerre palasedrane et celles qui ont suivi ont été décisives; à cette époque s'est forgée l'âme du héros Viana Paizifiume. Il a été justement appelé le promoteur du Shant moderne. La Guerre de Cent Ans a découlé indéniablement de sa politique; toutefois, si atroce qu'il ait été, ce siècle ne semble maintenant qu'une ombre sur l'eau. Paizifiume a créé la terrible autorité de l'Anome et, en corollaire logique, l'emploi du torque codé. C'est un système merveilleux dans sa simplicité — une rigueur sans équivoque contrebalançant la responsabilité, l'économie, l'efficacité — qui dans l'ensemble a été bénéfique pour le Shant. En général, les Anomes se sont montrés compétents; ils ont fait face à tous leurs engagements — envers les cantons, en permettant à chacun de garder son style traditionnel; envers les patriciens, en n'imposant pas de restrictions arbitraires; envers la masse populaire, en ne l'accablant pas de demandes exorbitantes. Les guerres cantonales et les déprédations antérieures sont presque oubliées et sont inconcevables actuellement.

Les esprits critiques découvriront des failles dans le système. La justice, une invention humaine, est aussi protéiforme que la race elle-même et varie de canton à canton. Le voyageur doit rester sur ses gardes afin de ne pas enfreindre un règlement local ignoré. Je cite ces infortunés touristes qui, passant devant un sanctuaire dans le canton du Haviosq, ont négligé le signe du ciel, de l'estomac et du sol, pour leur malheur; de même les vierges assez étoudies pour entrer dans le canton du Shalloran sans certificat. Le système de l'indenture a ses défauts; les vices scandaleux du canton de Glirris sont foncièrement mauvais. Cependant, tout bien pesé, nous avons connu de nombreux siècles paisibles.

Si l'étude des interactions humaines pouvait devenir une science, j'imagine qu'on découvrirait peut-être un axiome irréfutable disant ceci : *Tout agencement social crée une disparité des avantages.* De plus : *Toute innovation destinée à corriger les disparités, si altruiste qu'elle soit dans sa conception, n'aboutit qu'à créer une nouvelle et différente série de disparités.*

Je fais ces remarques parce que le grand effort qui doit secouer maintenant le Shant changera indiscutablement notre vie, d'une façon encore inimaginable.

Etzwane chercha des yeux une nouvelle fois qui avait écrit le texte. Mialambre : Octogone de Galle... Finnerack s'enquit d'un ton quelque peu irrité : « Combien de temps comptez-vous rester debout à lire dans la rue? »

Etzwane appela du geste une diligence qui passait. « Au Palais Sershan. »

Au bout d'un instant, Finnerack prit la parole : « Nous sommes suivis. »

Etzwane le regarda avec surprise : « Vous êtes sûr?

— Quand vous vous êtes arrêté pour acheter le journal, un homme en cape bleue s'est effacé de côté. Pendant que vous lisiez, il est resté le dos tourné. Lorsque nous sommes repartis, il a fait de même. Maintenant une diligence roule derrière nous.

— Intéressant », dit Etzwane.

La diligence tourna à gauche et, quittant l'Avenue Kavalesko, s'engagea sur la Promenade des Reyans-Chama. Une diligence qui ne se trouvait pas loin derrière tourna aussi.

« Intéressant », dit encore Etzwane.

Ils roulèrent un moment sur la promenade, puis remontèrent la Métempe, une avenue de marbre reliant le centre de Garwiy aux trois terrasses de l'Ushkadel. Des arbres similax dressés contre le ciel projetaient une ombre couleur de prune sur la pierre claire. Derrière, mine de rien, venait la deuxième diligence.

Une route s'embranchait d'un côté, sous des rubaniers et des similax. Etzwane cria au conducteur : « Tournez ici! »

Le conducteur donna une tape sur le cou de l'ambleur aux longues jambes; la diligence vira à gauche lestement, sous des rubaniers si abondants et souples que leur feuillage frôlait le toit de la diligence. « Arrêtez », dit Etzwane. Il sauta à terre. « Continuez lentement. »

La diligence se remit à rouler, l'ambleur allant au pas. Etzwane revint en courant au croisement.

Silence, à part le bruissement des rubans, puis le tintinnabulement d'une diligence qui approchait. Le son s'amplifia; la diligence atteignit le croisement, s'arrêta. Un visage en lame de couteau examina la route secondaire... Etzwane s'avança; l'homme se tourna vers lui d'un air stupéfait, puis dit un mot bref à son conducteur. La diligence s'éloigna à vive allure sur la Métempe.

Etzwane rejoignit Finnerack, qui lui décocha un regard en coin exprimant des émotions variées : l'aversion, la revendication, un sombre amusement et ensemble, dans une combinaison inattendue, la curiosité mêlée à l'indifférence. Etzwane, d'abord enclin à garder ses affaires pour lui, conclut que si ses plans devaient être mis en application mieux valait informer Finnerack le plus complètement possible. « Le Discriminateur en chef de Garwiy est disposé à intriguer. Du moins est-ce ce que je suppose. Si je suis tué, il est le premier à soupçonner. »

Finnerack émit un grognement évasif. Etzwane regarda en arrière le long de la Métempe; personne ne semblait leur donner la chasse.

La diligence s'engagea dans la Moyenne Corniche au moment où les réverbères à étincelle verte s'allumaient. Ils longèrent longtemps le flanc arrondi de l'Ushkadel, passant devant l'alignement des palais des Esthètes, et arrivèrent enfin au portail des Sershan. Une lampe en verre massif lançait par intermittence des lueurs bleu pâle et violettes [1]. Etzwane et Finnerack descendirent; la diligence s'éloigna dans la pénombre en cliquetant.

1. Dans le Shant, aucune couleur ne pouvait être utilisée arbitrairement. Une lampe d'entrée verte signifiait une fête et, en conjonction avec des lustres pourpres ou rouge sombre, dispensait un accueil hospitalier à tous les arrivants. Les ors grisés annonçaient un deuil;

Etzwane traversa la vaste loggia, suivi — d'un pas nonchalant — par Finnerack. Etzwane s'arrêta pour écouter. De l'intérieur provenait ce bourdonnement presque imperceptible qui évoque la routine et une calme occupation. N'était-ce pas le crissement de nouvelles fibres dans un cor sylvestre? Etzwane fit la grimace; il n'avait pas d'inclination innée pour l'intrigue, la coercition, les grands desseins. Quelle incroyable situation que lui, Gastel Etzwane, soit maître du Shant! Toutefois mieux valait encore lui que Finnerack, fut le message qui monta du fin fond de son esprit.

Etzwane écarta ses appréhensions. Il conduisit Finnerack à l'entrée dont, en réponse à son signal, un valet de pied fit glisser la porte de côté.

Etzwane et Finnerack pénétrèrent dans le hall de réception, dans un environnement magique de panneaux de vitran opposés où des nymphes s'ébattaient dans des paysages idylliques. Aganthe s'approcha lentement. Il paraissait épuisé et même un peu négligé dans sa tenue, comme si les événements avaient entamé son moral; il regarda Etzwane avec une lueur d'espoir. Ce dernier demanda : « Les choses se sont-elles bien passées?

— Pas bien! déclara Aganthe d'une voix vibrante. L'antique Palais Sershan n'a jamais encore été aussi maltraité. Les musiciens jouent des gigues et des ballintrys dans le Salon aux Réseaux de Perle; les enfants se baignent dans la fontaine du jardin; les hommes ont rangé leurs caravanes le long de la Promenade des Ancêtres. Ils attachent de la corde à linge entre les Arbres Porteurs de Nom; ils sèment des détritus sans remords. Le Seigneur Sajarano... » Aganthe suspendit le flot de ses paroles.

« Eh bien? l'incita Etzwane. Qu'a fait le Seigneur Sajarano?

— Une fois encore je parlerai avec sincérité puisque c'est ce que vous demandez. J'ai souvent pensé que le Seigneur Sajarano souffrait d'une maladie nerveuse et je m'étais étonné de ses

le violet indiquait la solennité et le désir de ne recevoir que les intimes; le bleu, ou le bleu avec du violet, impliquait le repliement dans la retraite. Le terme *kial'etse,* mélange de violet et de bleu, pouvait être utilisé comme épithète, par exemple *Is Xhiallinen kial'etse :* les snobs et hyper-esthètes xhiallinens. Une lumière blanche présidait aux cérémonies.

étranges occupations. Je n'ai pas vu le Seigneur Sajarano depuis quelque temps et je crains une tragédie.

— Conduisez-moi au musicien Frolitz, dit Etzwane.

— Il doit être dans le Grand Salon. »

Etzwane trouva Frolitz en train de boire du vin d'églantine dans une mogue de cérémonie en argent et de regarder d'un air morose trois enfants de la troupe qui se disputaient la possession d'une géographie du Caraz Occidental enluminée à la main. A la vue d'Etzwane et de Finnerack, il s'essuya la bouche et se leva. « Où êtes-vous resté si longtemps?

— J'ai fait un grand circuit dans le sud, s'excusa Etzwane avec la timidité de toujours. Naturellement en toute hâte. J'espère que votre repos vous a été profitable?

— Ce genre de profit n'est que de la blague, riposta sèchement Frolitz. La troupe se rouille.

— Et Sajarano? questionna Etzwane. Vous a-t-il donné du mal?

— Aucun mal; en fait, il a disparu. Nous avons quasiment perdu la tête de stupéfaction. »

Etzwane se laissa choir dans un fauteuil. « Comment et quand a-t-il disparu?

— Il y a cinq jours, de sa tour. L'escalier était bloqué; il n'avait pas eu l'air plus bizarre que d'ordinaire. Quand on est venu lui servir son repas du soir, la fenêtre était ouverte; il était parti comme un *eirmelrath* [1]. »

Les trois hommes montèrent à l'appartement privé de Sajarano. Etzwane regarda par la fenêtre. Tout en bas, il y avait des parterres de mousse.

« Pas une marque! déclara Frolitz. Pas un oiseau n'a dérangé l'ordonnance de la verdure! »

Un unique escalier étroit reliait la tour aux étages inférieurs. « Et Mielke était assis là, sur ces marches mêmes, faisant un brin de causette avec une soubrette. D'accord : ils ne pensaient pas à la possibilité que Sajarano les enjambe dans sa fuite vers la liberté; néanmoins, cela ne semble guère probable.

— Y avait-il une corde dans la pièce? N'aurait-il pas déchiré les rideaux ou les draps du lit?

— Même avec une corde, il aurait laissé des traces dans la

1. *Eirmelrath* : un esprit malicieux du canton de la Pierre Verte.

mousse. Les draps étaient intacts. » Frolitz se leva d'un bond. Les bras écartés, les doigts crispés et frémissants, il demanda : « Alors comment s'en est-il allé? J'ai connu bien des mystères étranges mais aucun aussi étrange que celui-ci. »

Sans mot dire, Etzwane sortit son émetteur d'impulsions. Il enregistra le code des couleurs du torque de Sajarano et appuya sur la touche rouge « Recherche »; l'instrument émit aussitôt le léger sifflement indiquant le contact. Il fit décrire un arc au mécanisme; le sifflement s'amplifia puis décrut. « Par quelque moyen que Sajarano se soit évadé, il n'est pas allé loin, commenta Etzwane. Il semble être sur l'Ushkadel. »

En compagnie de Finnerack et de Frolitz, Etzwane se mit en marche dans la nuit. Ils traversèrent le jardin d'apparat tiré au cordeau et gravirent des marches d'albâtre, la Schiafarilla projetant une faible lueur blanche qui leur éclairait la route. Ils traversèrent un kiosque de verre blanc lisse, où se donnaient les fêtes secrètes des Sershan, puis se frayèrent un chemin au milieu d'un épais petit bois de similax, de cyprès géants et d'arbres à ivoire tout contorsionnés, qui ne s'arrêtait qu'à la lisière de la Haute Corniche où ils débouchèrent. L'émetteur d'impulsions ne les entraîna ni à droite ni à gauche mais droit devant eux dans la forêt sombre qui montait au-dessus de la Haute Corniche.

Frolitz commença à grommeler. « Par formation et inclination, je suis un musicien, pas un coureur des bois ni un chercheur de créatures à qui il prend fantaisie de s'éclipser seules ou accompagnées.

— Je ne suis pas musicien, dit Finnerack dont le regard levé plongeait dans la forêt. Cependant je juge sage de ne continuer qu'avec des lanternes et des armes. »

Frolitz réagit vivement aux implications latentes dans la remarque de Finnerack. « Un musicien ne connaît pas la peur! Parfois il tient compte des réalités; est-ce de la peur? Vous parlez comme un homme dont la tête est au-dessus des nuages.

— Finnerack n'est pas musicien, dit Etzwane. C'est un fait acquis. Toutefois, allons chercher des armes et de la lumière. »

Une demi-heure plus tard, ils étaient de retour sur la Haute Corniche, avec des lanternes de verre et d'antiques épées en toile-de-fer forgée. Etzwane s'était également muni du pistolet électrique donné par Ifness.

Sajarano de Sershan n'avait pas changé de position. Trois cents mètres plus haut sur l'Ushkadel, ils découvrirent son cadavre étendu sur des touffes de libertines blanches et grises.

Les trois hommes firent tourner leurs lanternes dont les rayons plongèrent nerveusement dans les ombres et les recoins. L'un après l'autre, ils revinrent à la forme gisant à leurs pieds. Sarajano, qui n'avait jamais été gros ni imposant, paraissait un gnome enfant, avec ses minces jambes allongées, son dos arqué comme par la souffrance, son beau front de poète rejeté en arrière dans les libertines. La veste de velours violet était en désordre; la poitrine osseuse était nue, montrant une horrible blessure béante.

Etzwane avait déjà vu ce genre de blessure sur le corps du Bénévole Garstang, le lendemain de sa mort.

« Ce n'est pas beau à voir », commenta Frolitz.

Finnerack grogna comme pour dire qu'il avait vu pire, bien pire.

« Les ahulphs sont peut-être déjà venus, marmotta Etzwane. Il y a un risque qu'ils reviennent. » Il promena de nouveau le rayon de sa lanterne dans l'ombre. « Mieux vaut que nous l'enterrions. »

Avec la lame de leurs épées et leurs mains, ils creusèrent une tombe peu profonde dans l'humus; et bientôt Sajarano de Sershan, naguère Anome du Shant, fut recouvert et devint invisible.

Les trois compagnons redescendirent péniblement jusqu'à la Haute Corchiche où, d'un même mouvement, ils se retournèrent pour jeter un dernier coup d'œil vers le haut de la colline. Puis ils continuèrent à descendre vers le Palais Sershan.

Frolitz ne voulut pas franchir les grandes portes de verre. « Gastel Etzwane, déclara-t-il, je ne veux plus du Palais Sershan. Nous nous sommes régalés de ce qu'il y a de mieux comme nourriture et comme alcool; nous possédons les plus beaux instruments du Shant. Cependant ne nous leurrons pas : nous sommes des musiciens, pas des Esthètes, et il est temps que nous partions.

— Votre tâche est accomplie, acquiesça Etzwane. Il est préférable que vous repreniez vos habitudes.

— Et vous? s'exclama Frolitz avec humeur. Désertez-vous la troupe? Où vais-je trouver un remplacement? Dois-je jouer votre partie en même temps que la mienne?

— Je suis engagé contre les Roguskhoïs, dit Etzwane, une

situation encore plus urgente qu'un bon équilibre dans la troupe.

— D'autres ne peuvent-ils tuer des Roguskhoïs? grommela Frolitz. Pourquoi les musiciens du Shant doivent-ils se jeter au premier rang?

— Quand les Roguskhoïs seront partis, je rejoindrai la troupe et nous jouerons si bien que les ahulphs descendront des collines. En attendant...

— Je n'admets pas ça, déclara Frolitz. Tuez des Roguskhoïs pendant la journée si cela vous plaît mais le soir votre place est avec la troupe! »

Etzwane eut un faible rire, à demi convaincu que la suggestion de Frolitz était viable. « Vous partez pour l'Auberge de Fontenay?

— A l'instant même. Qu'est-ce qui vous retient ici? »

Etzwane leva les yeux vers le palais où la personnalité de Sajarano imprégnait toutes les pièces. « Allez à l'auberge, dit Etzwane. Finnerack et moi vous y rejoindrons.

— Voilà qui est parler comme un homme raisonnable! dit Frolitz d'un ton approbateur. Il n'est pas encore trop tard pour quelques airs! » En dépit de sa précédente déclaration, il entra à grands pas dans le palais pour rallier la troupe.

Finnerack dit d'une voix ironique : « Un homme s'éclipse d'une haute tour pour être retrouvé avec un trou dans la poitrine comme si un ahulph l'avait sondé avec un foret. Est-ce l'habitude dans Garwiy?

— Les événements dépassent ma compréhension, dit Etzwane, encore que j'aie déjà vu quelque chose de similaire.

— C'est possible... Donc maintenant vous voilà Anome, sans discussion ni restriction. »

Etzwane dévisagea froidement Finnerack. « Pourquoi dites-vous cela? Je ne suis pas Anome. »

Finnerack éclata d'un rire brutal. « Alors pourquoi l'Anome n'a-t-il pas découvert la mort de Sajarano il y a cinq jours? C'est une affaire grave. Pourquoi n'avez-vous pas communiqué avec l'Anome? S'il existait, vous ne penseriez à rien d'autre; au lieu de cela, vous discutez avec Frolitz et vous tirez des plans pour jouer vos musiques. Que Gastel Etzwane soit Anome est assez étrange; qu'il ne le soit pas est trop difficile à croire.

— Je ne suis pas Anome, dit Etzwane. Je suis un substitut de fortune qui ne sait où donner de la tête, un homme en lutte contre ses propres lacunes. L'Anome est mort; un vide existe. Je dois créer l'illusion que tout va bien. Je peux y parvenir pendant un temps; les cantons se dirigent eux-mêmes. Mais le travail de l'Anome s'accumule : les pétitions ne reçoivent pas de réponse, les têtes ne tombent pas, les crimes restent impunis; tôt ou tard, quelqu'un d'intelligent comme Aun Sharah comprendra la vérité. Entre-temps, je suis bien obligé de mobiliser de mon mieux le Shant contre les Roguskhoïs. »

Finnerack émit un grognement cynique. « Alors qui sera Anome? Le Terrien Ifness?

— Il est retourné sur la Terre. J'ai deux personnes en tête : Dystar le Druithine et Mialambre : Octogone. L'un ou l'autre ferait l'affaire.

— Hum... Et quel rôle ai-je dans vos projets?

— Vous devez protéger mes arrières. Je ne veux pas mourir comme Sajarano.

— Qui l'a tué? »

Le regard d'Etzwane se perdit dans l'obscurité. « Je ne sais pas. Beaucoup d'événements étranges se produisent dans le Shant. »

Finnerack découvrit ses dents dans un rictus. « Je ne veux pas mourir non plus. Vous me demandez de partager vos risques, qui sont manifestement importants.

— Exact. Mais n'avons-nous pas tous les deux des raisons d'agir? Nous voulons l'un et l'autre la paix et la justice pour le Shant. »

Finnerack émit de nouveau son grognement bref; Etzwane n'avait rien de plus à dire. Ils entrèrent dans le palais. Aganthe vint à leur appel. « Maître Frolitz et sa troupe quittent le palais, annonça Etzwane. Ils ne reviendront pas; vous pouvez remettre les choses en ordre. »

Le visage lugubre d'Aganthe s'illumina. « Bonne nouvelle, en vérité! Mais qu'est-il advenu du Seigneur Sajarano? Il n'est nulle part dans le palais. Le fait me cause de l'inquiétude.

— Le Seigneur Sajarano s'en est allé en voyage, répliqua Etzwane. Fermez bien la maison; veillez que personne ne s'y introduise. Dans un jour ou deux, je prendrai d'autres dispositions.

— Je suis à vos ordres. »

Quand ils se remirent en marche, Frolitz et la troupe partaient déjà, dans un vacarme de roues et de plaisanteries.

Etzwane et Finnerack descendirent lentement l'Escalier du Koronakhe. La Schiafarilla avait disparu derrière l'Ushkadel; Gorcula le Poisson-Dragon avait surgi avec ses yeux jumeaux orange, Alasen et Diandas, dardant leur feu éclatant sur Durdane. Finnerack se mit à regarder par-dessus son épaule. Etzwane fut gagné par sa nervosité. « Voyez-vous quelqu'un?

— Non. »

Etzwane pressa le pas; ils atteignirent l'étendue claire de la Plaza Marmione; ils s'y arrêtèrent dans l'ombre près de la fontaine. Personne ne survint derrière eux. Un peu plus rassurés, ils continuèrent leur chemin le long de l'Avenue Galias et arrivèrent finalement à l'Auberge de Fontenay, sur les berges de la Jardine.

Sur le côté de la salle commune, Etzwane et Finnerack dînèrent de palourdes cuites à l'étouffée, de pain et d'ale. En regardant la salle bien connue, Etzwane devint enclin aux réminiscences. Il raconta ses aventures après son évasion de la Bifurcation d'Angwin. Il décrivit le raid des Roguskhoïs dans Bashon et les événements qui en découlèrent; il parla de son association avec Ifness, le froid et compétent Membre de l'Institut d'Histoire. Dans cette même salle, Etzwane avait rencontré l'ensorcelante Jurjin, morte à présent comme Sajarano et Garstang. « Ces événements sont noirs et jaunes de mystère. Je suis fasciné et déconcerté; je redoute aussi que l'éclaircissement de ce mystère soit terrible. »

Finnerack se tirailla le menton. « Je ne partage que partiellement votre fascination et pourtant je risque toutes conséquences de cet éclaircissement. »

Etzwane se crispa sous le coup de la frustration. « Vous connaissez maintenant les circonstances; quelle est votre décision? »

Finnerack but sa bière et posa la chope avec un bruit sec : le geste le plus véhément qu'Etzwane lui avait vu faire jusqu'à présent. « Je me joindrai à vous et pour cette raison : afin de servir d'autant mieux mes propres fins.

— Avant que nous allions plus loin, quelles sont ces fins?

— Vous devez déjà le savoir. Dans Garwiy, et ailleurs dans le Shant, des hommes riches vivent dans des palais. Ils ont acquis leur fortune en me dépouillant et en dépouillant d'autres comme moi de notre vie. Ils doivent rendre gorge. Cela leur coûtera cher, mais ils paieront, avant que je meure. »

Etzwane dit d'une voix neutre : « Vos buts sont compréhensibles. Pour le moment, il faut les laisser de côté, de peur qu'ils ne viennent à la traverse de questions plus importantes.

— Les Roguskhoïs sont les ennemis de l'heure, dit Finnerack. Nous les repousserons dans le Palasedra et ensuite nous rendrons aux magnats la justice qu'ils ont dispensée.

— Je ne promets rien d'aussi vaste que cela, repartit Etzwane. Une juste restitution, oui. La cessation des abus, oui. La vengeance, non.

— Le passé ne peut pas s'abolir », répliqua Finnerack d'un ton buté.

Etzwane ne poursuivit pas la discussion. Pour le meilleur et pour le pire, il devait s'accommoder de Finnerack, du moins présentement. Dans l'avenir?... Si nécessaire, il serait impitoyable. Il fouilla dans sa poche. « Je vous donne maintenant l'instrument que j'ai pris à Garstang le Bénévole. Voici comment coder un torque. » Etzwane fit la démonstration. « Attention! Voici l'opération critique! D'abord, il faut appuyer sur le bouton " Gris " pour désarmer la cellule d'autodestruction. Le " Rouge " est la " recherche ". Le " Jaune ", " la mort ". »

Finnerack examina la boîte. « Je la garde?

— Jusqu'à ce que je vous demande de me la rendre. »

Finnerack décocha à Etzwane son sourire en coin. « Et si j'étais affamé de puissance? Je n'aurais qu'à coder vos couleurs et appuyer sur le " Jaune ". Alors Jerd Finnerack serait Anome. »

Etzwane haussa les épaules. « Je me fie à votre loyauté. » Il jugea inutile d'expliquer que son torque, à la place de la décapitation, était muni d'un avertisseur vibrant.

Finnerack regarda l'émetteur d'impulsions avec une grimace. « En acceptant ceci, je me lie à vos entreprises.

— C'est le cas.

— Pour le moment, déclara Finnerack, nos vies vont dans la même direction. »

Etzwane se rendit compte qu'il ne pouvait rien attendre de mieux. « L'homme dont je me défie le plus, dit-il, est le Discriminateur en chef; lui seul était au courant de mon intérêt pour le Camp Trois.

— Et les dirigeants du Chemin d'air? Ils étaient sûrement au courant aussi et peut-être ont-ils réagi.

— C'est peu vraisemblable, dit Etzwane. Les Discriminateurs doivent faire souvent des enquêtes de ce genre dans la pratique de leur métier. Pourquoi le Chemin d'air se préoccuperait-il tout particulièrement de Jerd Finnerack? Seul Aun Sharah pouvait établir un lien entre vous et moi. Demain, je limiterai son rayon d'action... Tiens, voilà enfin Frolitz. »

Frolitz les vit aussitôt et s'approcha de leur table avec un air avantageux. « Vous avez changé d'avis; ce que je dis vaut tout de même quelque chose.

— J'en ai assez du Palais Sershan, répondit Etzwane. Nous pensons de même sur ce point.

— Sage! Et voici venir la troupe, traînant la patte comme des coolies du port. Etzwane, sur l'estrade! »

Etzwane se leva machinalement à l'ordre familier, puis retomba dans son fauteuil. « J'ai les mains raides comme des baguettes. Je ne peux pas jouer.

— Allons, allons, gourmanda Frolitz. Ça ne prend pas avec moi. Frictionnez-vous les jointures au guizol; Cune utilisera le tringolet; je jouerai du khistan.

— A franchement parler, je n'ai pas le cœur à la musique, dit Etzwane. Pas ce soir. »

Frolitz se détourna, écœuré. « Écoutez, alors! Durant ce dernier mois, j'ai modifié plusieurs passages; faites attention. »

Etzwane se renfonça dans son fauteuil. De l'estrade vinrent les sons bien-aimés d'instruments que l'on accorde, puis les instructions de Frolitz, une ou deux répliques marmottées. Frolitz hocha la tête, eut une détente du coude, et une fois encore le miracle familier : jaillie du chaos, la musique.

VII

ETZWANE et Finnerack prirent leur petit déjeuner dans un café de la Plaza de la Corporation. Finnerack avait accepté les fonds offerts par Etzwane et s'était aussitôt acheté de nouveaux vêtements : des bottes noires, une élégante cape noire avec un col rond et raide à l'ancienne mode. Etzwane se demanda si la nouvelle apparence de Finnerack dénotait un changement dans ses dispositions d'esprit ou si cette apparence témoignait simplement d'une condition antérieure.

Etzwane reporta son esprit sur les problèmes de l'heure. « Aujourd'hui, nous avons beaucoup à faire. D'abord : nous rendons visite à Aun Sharah, dont le bureau donne sur la place. Il sera absorbé dans ses réflexions; il aura échafaudé de nombreux projets et les aura tous rejetés, du moins je l'espère. Il aura eu connaissance de notre présence à Garwiy. Il sait probablement que nous sommes en ce moment assis ici en train de déjeuner. Il pourrait même se payer d'audace et venir nous trouver. »

Ils fouillèrent la place du regard mais n'aperçurent pas trace d'Aun Sharah.

Etzwane dit : « Branchez votre émetteur sur ce code. » Il récita les couleurs du torque d'Aun Sharah. « Appuyez sur le bouton gris d'abord, n'oubliez jamais... Bon. A présent, nous sommes armés. »

Ils traversèrent la place, pénétrèrent dans le Juridictionnaire, montèrent les marches conduisant aux bureaux des Discriminateurs.

Comme précédemment Aun Sharah vint accueillir Etzwane. Ce jour-là, il portait un élégant costume outremer foncé, avec des souliers en étoffe de la même couleur; un saphir étoilé était suspendu à son oreille gauche par une courte chaînette d'argent. Il s'exprima avec une cordialité pleine de naturel. « Je vous attendais. Voici, je pense, Jerd Finnerack. »

Ils entrèrent dans le bureau d'Aun Sharah. Etzwane demanda : « Depuis quand êtes-vous de retour?

— Cinq jours. » Aun Sharah relata les épisodes de son voyage; il avait rencontré toutes les situations, de la morne apathie à l'activité intense.

« J'ai fait pratiquement la même expérience, répliqua Etzwane. Tout est à peu près comme nous le prévoyions. Un épisode dans le canton de Glaiy, par contre, m'a étonné. Quand je suis arrivé au Camp Trois, le Gardien-chef, un certain Shirge Hillen, s'attendait à ma visite et a déployé une hostilité marquée. Qu'est-ce qui pourrait expliquer une telle conduite? »

Aun Sharah regarda pensivement la place.

« Les renseignements que j'ai demandés aux bureaux du Chemin d'air ont probablement propagé l'alarme jusqu'au Camp Trois. Ils sont chatouilleux en ce qui concerne leur administration du travail forcé.

— Il ne semble pas y avoir d'autre explication », dit Etzwane en jetant un coup d'œil à Finnerack, qui gardait un silence glacial. Etzwane s'enfonça dans son fauteuil. « L'Anome estime qu'il doit à présent opérer des changements radicaux. Il peut gouverner un Shant paisible; le déploiement d'activité d'un Shant en guerre outrepasse ses possibilités; il lui faut déléguer une partie de son autorité. Il estime qu'un homme de votre compétence est mal utilisé dans une situation aussi limitée que celle-ci. »

Aun Sharah eut un geste gracieux. « Je suis un homme limité dans une situation limitée; c'est ma niche; je n'ai pas de hautes ambitions. »

Etzwane secoua la tête. « Ne vous sous-estimez jamais; soyez certain que l'Anome ne vous sous-estime pas. »

D'un ton assez sec, Aun Sharah demanda : « Que projetez-vous, exactement? »

Etzwane réfléchit un instant. « Je veux que vous vous occupiez de la gestion des ressources en matières premières du Shant : métaux, fibres, verre, bois. La question est manifestement complexe; et j'aimerais que vous preniez du temps — trois ou quatre jours, une semaine même — pour vous faire une idée de vos nouvelles fonctions. »

Aun Sharah haussa ses sourcils en arcs interrogateurs. « Vous voulez que je quitte ce poste-ci?

— C'est bien cela. A partir de maintenant vous n'êtes plus Discriminateur en chef mais Directeur du Service des Approvisionnements en matériaux. Allez chez vous, réfléchissez à votre nouvel emploi. Étudiez les cantons du Shant et leurs productions, renseignez-vous sur les matières qui manquent et celles qui sont disponibles. Pendant ce temps, je m'installerai dans votre bureau; je n'en ai pas à moi. »

Aun Sharah demanda d'un ton de délicate incrédulité : « Vous voulez que je parte... maintenant?

— Oui. Pourquoi pas?

— Mais... mes dossiers privés...

— « Privés »? Des affaires ne concernant pas le bureau du Discriminateur en chef? »

Le sourire d'Aun Sharah devint quelque peu forcé. « Des effets personnels, des mémorandums... Tout cela paraît si soudain.

— Par nécessité. Les événements surviennent subitement; je n'ai pas le temps de faire des cérémonies. Où est la liste des Discriminateurs?

— Dans ce placard là-bas.

— Elle comprend ceux que vous employez à titre officieux?

— Pas tous.

— Vous avez une liste complémentaire? »

Aun Sharah hésita, puis fouilla dans sa poche et en sortit un carnet. Il le feuilleta, fronça les sourcils, arracha soigneusement une page et la plaça sur le bureau. Etzwane vit une douzaine de noms, chacun suivi d'un signe de code. « Ces personnes font quoi?

— Ce sont des spécialistes de l'information non officielle, si je puis dire. Celui-ci me renseigne sur les empoisonnements, celui-ci sur les indentures illicites; celui-ci et celui-ci sur les faits et gestes des Esthètes chez qui, chose surprenante, se commettent parfois secrètement des crimes. Ces trois-là sont des recéleurs de marchandises volées.

— Et cette personne, par exemple?

— C'est un propriétaire d'ahulphs, un traqueur.

— Et celle-ci?

— La même chose. Tous les autres également.

— Tous possèdent des ahulphs?

— Mes renseignements ne sont pas aussi précis. Peut-être certains obtiennent-ils des ahulphs par d'autres méthodes.

— Mais tous sont des traqueurs?

— Je le crois.

— Il n'y a pas d'autres espions ou traqueurs à disposition?

— Vous avez la liste complète, répliqua Aun Sharah d'un ton bref. Maintenant, je vais prendre quelques effets personnels. » Il ouvrit d'une secousse un casier de son bureau et sortit un registre gris, un lance-trait, une chaîne de fer décorative avec un médaillon de fer, quelques autres objets. Etzwane et Finnerack se tenaient à côté de lui et l'observaient. Finnerack prit la parole pour la première fois. « Le registre est un effet personnel?

— Oui. Des renseignements confidentiels.

— Confidentiels pour l'Anome?

— A moins qu'explorer ma vie privée ne l'intéresse. »

Finnerack ne dit plus rien.

Aun Sharah se dirigea vers la porte et s'y arrêta. « Les changements que vous opérez : ont-ils été conçus par l'Anome ou par vous?

— Ils émanent du nouvel Anome. Sajarano de Sershan est mort. »

Aun Sharah eut un rire bref. « Je ne m'attendais pas à ce qu'il survive.

— Il est mort d'une façon mystérieuse pour moi et aussi pour le nouvel Anome, répliqua Etzwane d'une voix neutre. Le Shant d'aujourd'hui est un pays étrange. »

Aun Sharah devint pensif. Il ouvrit la bouche pour parler, la referma. D'une détente brusque, il se détourna et quitta le bureau.

Etzwane et Finnerack se mirent aussitôt en devoir d'explorer les placards et les étagères. Ils étudièrent la liste du personnel et se cassèrent la tête sur les annotations sibyllines qu'Aun Sharah avait apposées à côté de beaucoup de noms. Ils découvrirent des cartes à grande échelle pour chaque canton du Shant et pour les villes de Garwiy, Maschein, Brassei, Ilwiy, Carbado, Whearn, Ferghaz et Oswiy. Une série de répertoires donnaient la liste des hommes importants de chaque canton, avec des références à un fichier central et encore des symboles d'Aun Sharah; il y avait des études également détaillées des Esthètes de Garwiy, toujours avec diverses références sibyllines.

« Pas grand intérêt, commenta Etzwane. Les notes d'Aun

Sharah seront dépassées dans un an. Elles se rapportent à l'ancien Shant; nous n'avons pas envie de connaître les secrets et les scandales. En tout cas, je veux réorganiser les Discriminateurs.

— Comment cela?

— Ils constituent maintenant une police civile et cantonale; ils collectent aussi des renseignements ailleurs dans le Shant. Je veux séparer cette dernière fonction et instituer une nouvelle agence opérant dans le pays entier pour fournir à l'Anome des informations détaillées concernant tout le Shant.

— C'est une idée intéressante. Je serais heureux de diriger une agence de ce genre. »

Etzwane rit sous cape en gardant visage de bois. Finnerack était parfois d'une merveilleuse transparence. « Notre premier problème est l'identité des hommes qui nous ont suivis hier soir. J'aimerais que vous organisiez cela, au moins. Mettez-vous en relation avec les Discriminateurs; rassemblez le personnel. Insistez sur le fait qu'Aun Sharah n'est plus Discriminateur en chef; que tous les ordres doivent maintenant venir de moi. Dès que possible, je veux passer en revue tous les agents d'exécution, tous les traqueurs officiels et officieux. Si je vois l'homme en question, je le reconnaîtrai. »

Finnerack hésita. « Tout cela est bel et bon, mais comment m'y prendrai-je? »

Etzwane réfléchit un instant. Sur le côté du bureau d'Aun Sharah, il y avait une rangée de boutons. Etzwane appuya sur celui du haut. Un employé entra aussitôt dans la pièce, un personnage grassouillet et anxieux, pas plus vieux qu'Etzwane.

Ce dernier déclara : « L'ancien Discriminateur en chef n'est plus en fonction, par décret de l'Anome. A l'avenir, vous ne recevrez d'ordres que de moi et de Jerd Finnerack, ici présent; vous comprenez?

— Oui.

— Quel est votre nom?

— Je suis Thiruble Archenway, employé avec le rang de lieutenant.

— Ce bouton du haut vous appelle. Et ces autres boutons? »

Archenway expliqua la fonction de chaque bouton, tandis qu'Etzwane prenait des notes. « J'ai plusieurs tâches qui doivent être accomplies immédiatement, reprit Etzwane. D'abord, je veux que vous présentiez Jerd Finnerack dans les bureaux. Il procédera à certaines modifications. Je veux ensuite que vous fassiez venir ici trois personnes, par ordre de l'Anome et le plus vite que cela leur sera loisible. Premièrement : Ferulfio le Maître Électricien. Deuxièmement : le techniste Doneis. Troisièmement : Mialambre : Octogone, Arbitre de Galle.

— Aussi rapidement que possible. » Thiruble Archenway s'inclina devant Finnerack. « Monsieur, veuillez venir par ici, s'il vous plaît...

— Une minute », dit Etzwane.

Archenway pivota sur lui-même. « Oui?

— Quelles sont vos fonctions habituellement?

— Des commissions comme celles que vous venez de me donner. Généralement, je m'occupe de l'agenda du Discriminateur en chef, j'organise des rendez-vous, trie le courrier, transmets des messages.

— Je vous rappelle qu'Aun Sharah n'a plus rien à voir avec les Discriminateurs. Je veux qu'il n'y ait absolument aucune fuite de renseignements, pas de bavardages, d'allusions ou d'implications en provenance de ce bureau, émanant de vous ou de qui que ce soit d'autre. Peut-être vaudrait-il mieux que vous fassiez circuler un bulletin à cet effet.

— Je me conformerai à votre demande. »

Ferulfio le Maître Électricien était un homme mince et pâle, aux yeux de vif-argent. « Ferulfio, dit Etzwane, vous avez la réputation d'être silencieux comme une monture d'éventail et deux fois plus discret.

— Je le suis.

— Vous et moi allons maintenant nous rendre au Palais Sershan; je vous introduirai dans une salle qui abrite le système de radio du précédent Anome. Vous transférerez le matériel dans ce bureau et l'installerez contre ce mur là-bas.

— Comme vous voulez. »

Etzwane, à qui le bureau d'Aun Sharah déplaisait, ordonna qu'on l'enleva. Il fit installer deux divans de cuir vert, deux chaises en bois de guède bleu tacheté de pourpre, recouvertes de cuir prune, et une longue table sur laquelle une jolie et mutine archiviste, en examinant Etzwane du coin de l'œil, déposa un bouquet d'irutianes et d'amaryls.

Archenway entra dans la pièce. Il promena son regard de côté et d'autre. « Très plaisant; un agréable changement. Vous avez aussi besoin d'un nouveau tapis. Que je réfléchisse... » Il se mit à marcher de long en large. « Un décor floral, peut-être la Quatrième Légende, en corail et violet? Un peu trop marqué, trop limitatif; après tout, vous désirez modeler vous-même votre humeur. Mieux vaut un des Concentriques d'Aubry, qui sont souvent ravissants. Les connaisseurs les jugent mal proportionnés, mais je trouve cette distorsion même originale et amusante... Peut-être après tout un Burazhesq serait préférable, en gris foncé, thracide [1] et ambre.

— Je suis d'accord, dit Etzwane. Commandez un de ces tapis. Nous devrions tous travailler dans une ambiance agréable.

— Exactement ma philosophie! déclara Archenway. Je suis navré de dire que mon propre bureau laisse à désirer. Je travaillerais avec plus d'efficacité dans un emplacement situé en façade, un peu plus grand et plus clair que le cagibi où je suis à présent.

— Y a-t-il des bureaux de ce genre qui soient vacants?

— Pas pour le moment, reconnut Archenway. Je recommanderai volontiers des changements. En fait, si vous le permettez, je vais à l'instant préparer un programme de modifications qui auraient dû intervenir depuis longtemps.

— Plus tard, dit Etzwane. Nous ne pouvons pas tout faire à la fois.

— J'espère que vous vous en souviendrez, répliqua Archenway. Je suis pour le moment presque noyé dans l'obscurité; la porte me frappe la jambe chaque fois qu'on l'ouvre et les couleurs, en dépit de mes efforts, sont stupides et déprimantes... Entre-temps, le techniste Doneis attend votre bon plaisir. »

Etzwane se retourna tout d'une pièce dans sa surprise. « Vous faites attendre Doneis pendant que vous discutez de tapis et de vos goûts pour les bureaux? Vous aurez de la chance s'il vous reste encore un bureau à la fin de la journée. »

Consterné, Archenway se précipita hors de la pièce, pour revenir avec Doneis, un homme de haute taille à la fine ossature.

1. Thracide : un carmin intense et acide.

Etzwane conduisit le techniste à un divan et s'assit en face. « Vous n'avez communiqué aucun rapport, dit Etzwane. Je suis désireux de savoir ce qui a été accompli. »

Doneis refusa de se détendre; il était assis raide comme un piquet sur le divan. « Je n'ai pas fait de rapport parce que nous n'avons abouti à aucun résultat valant d'être rapporté. Inutile que vous me rappeliez la nécessité d'aller vite; j'en suis intimement persuadé. Nous faisons de notre mieux.

— Vous n'avez absolument rien à me dire? insista Etzwane. Quels sont vos problèmes? Avez-vous besoin d'argent? De personnel supplémentaire? S'agit-il de problèmes d'éthique? Manquez-vous d'autorité? »

Doneis haussa ses maigres sourcils. « Nous n'avons besoin ni d'argent ni de personnel supplémentaire, à moins que vous ne puissiez nous fournir cinq douzaines de personnes d'une intelligence supérieure et hautement qualifiées. Des problèmes de discipline ont surgi au début; nous n'avons pas l'habitude de travailler en groupe. La situation s'est un peu améliorée maintenant. Nous suivons ce qui semble être des recherches prometteuses. Vous intéressez-vous aux détails?

— Bien sûr!

— Il y a une catégorie de matériaux connus depuis longtemps, reprit Doneis, qui sortent de la cornue sous l'aspect d'un corps blanc extrêmement dense à la texture cireuse et légèrement fibreuse. Nous les appelons les halcoïdes. Ils ont une propriété très curieuse. Quand un afflux d'électricité les traverse, ils se transforment en un solide cristallin translucide, avec un accroissement appréciable en volume. Dans le cas de l'Halcoïde Quatre, cette expansion est presque d'un sixième. Pas beaucoup, pourrait-on croire, mais le changement se produit instantanément et avec une force irrésistible; en fait, si l'Halcoïde Quatre n'est pas soumis à une pression, il développe sa surface à tel point qu'il explose littéralement. L'un d'entre nous a récemment produit l'Halcoïde Quatre avec des fibres parallèles, et nous l'avons appelé Halcoïde Quatre-Un. Sous une impulsion électrique, Quatre-Un ne s'expanse que longitudinalement, les surfaces terminales se déplaçant à une vitesse remarquable, qu'à mi-parcours nous avons jugé être environ le quart de la vitesse de la lumière. Il a été suggéré de former des projectiles avec l'Halcoïde Quatre-Un. Nous faisons des tests en ce moment, mais je ne peux pas avancer de conclusions préalables. »

Etzwane fut impressionné par cet exposé. « Quelles autres lignes de recherches explorez-vous?

— Nous produisons des flèches à tête décapitante, qui explose par contact; elles sont compliquées et peu sûres. Nous nous efforçons de perfectionner cette arme, car elle serait efficace à moyenne portée. Je ne peux guère vous donner d'autres indications; nous venons seulement de nous mettre au travail, en somme. Les anciens projetaient la lumière avec une force suffisante pour annihiler la vision, mais cet art s'est perdu; nos cosses à énergie durent longtemps mais ne fournissent que de faibles éclairs. »

Etzwane montra le pistolet électrique qu'il avait obtenu d'Ifness. « Voici une arme de la Terre. Pouvez-vous en apprendre quelque chose d'utile? »

Doneis examina soigneusement l'arme. « Ce travail dépasse nos capacités. Je doute que nous puissions en apprendre autre chose que la confirmation de notre propre décadence. Nous n'avons pas de métaux rares et variés, évidemment, bien que nous obtenions de beaux résultats avec nos verres et nos cristaux. » Un peu à regret, il rendit le pistolet à Etzwane. « Autre chose : les communications militaires. Là, les capacités ne manquent pas; nous savons contrôler les impulsions des courants électriques; nous fabriquons des torques codés par milliers. Mais les problèmes restent aigus. Pour fabriquer du matériel militaire, nous devons réquisitionner les installations et les ouvriers qualifiés qui fabriquent les torques. Si nous nous contentons de prendre les meilleurs ouvriers des usines de torques, alors nous risquons de produire des torques défectueux, avec l'éventualité de conséquences tragiques.

— Y a-t-il suffisamment de torques en stock?

— Jamais; c'est infaisable. Nous utilisons les codes des gens qui viennent de décéder pour les nouveaux torques afin de réduire la complexité du code. Si nous n'agissions pas ainsi, les codes s'étendraient à neuf, dix ou même onze couleurs : un inconvénient énorme et évident. »

Etzwane rumina le problème. « N'y a-t-il pas d'autre industrie de moindre urgence dont on pourrait réquisitionner les ouvriers?

— Aucune.

— Nous n'avons qu'une solution, déclara Etzwane. Les morts n'ont pas besoin de torque. Fabriquez les radios. Les jeunes doivent attendre pour avoir leur torque que les Roguskhoïs soient anéantis.

— C'est également ma conclusion, acquiesça Doneis.

— Une dernière chose, dit Etzwane. Aun Sharah est devenu Directeur du Service des Approvisionnements en matériaux pour tout le Shant. Vous devez maintenant vous adresser à lui quand vous aurez besoin de quelque chose. »

Doneis était parti. Etzwane s'accota au dossier du divan pour réfléchir. Une supposition que la guerre dure dix ans; que pendant dix ans, les enfants pubères ne reçoivent pas leur torque. Ils atteindraient alors presque son âge actuel avant d'affronter des responsabilités d'adultes. Abandonneraient-ils volontiers leur liberté sans frein? Ou toute une génération de houligans déferlerait-elle sur la structure complexe du Shant?... Etzwane appuya sur le bouton pour appeler Thiruble Archenway... Il appuya encore. Dans la pièce entra la jeune femme qui avait préparé le bouquet. « Où est Archenway?

— Il est sorti prendre son vin de l'après-midi. Il va rentrer d'ici peu. A propos, ajouta-t-elle d'une petite voix réservée, un gentilhomme distingué est assis dans le vestibule et il se pourrait qu'il soit venu parler au Discriminateur en chef. Archenway n'a pas laissé d'instructions.

— Ayez l'amabilité de le faire entrer. Quel est votre nom?

— Je suis Dashan de la maison des Szandales, employée dans le bureau d'Archenway.

— Depuis combien de temps exercez-vous cette fonction?

— Trois mois seulement.

— Désormais quand j'appuierai sur le bouton, vous répondrez. Thiruble Archenway est insuffisamment diligent.

— Je ferai de mon mieux pour assister Votre Seigneurie de toutes les manières possibles. »

En quittant la pièce, elle jeta un vif coup d'œil par-dessus son épaule, dont beaucoup ou peu pouvait être interprété selon l'humeur de la personne qui le voyait.

Dashan des Szandales frappa à la porte, puis passa d'un air modeste la tête par l'embrasure. « Le gentilhomme Mialambre : Octogone, Grand Arbitre de Galle. »

Etzwane se leva d'un bond; dans la pièce entra Mialambre : un homme petit et vigoureux, encore qu'un peu étroit de buste, dans une tunique austère grise et blanche. Sa tête altière se coiffait d'une brosse raide de cheveux blancs; son regard était intense et quelque peu comminatoire; il n'avait pas la mine d'un homme avec qui l'on se lie aisément.

Dashan des Szandales restait sur le seuil, attendant. Etzwane lui dit : « Apportez-nous des rafraîchissements, s'il vous plaît. » S'adressant à Mialambre : Octogone : « Je vous en prie, asseyez-vous; je ne vous attendais pas si tôt; je suis navré de vous avoir fait attendre.

— Vous êtes le Discriminateur en chef? » La voix de Mialambre était basse et rude; son regard évaluait chaque détail de l'apparence d'Etzwane.

« Pour le moment, il n'y a pas de Discriminateur en chef. Je suis Gastel Etzwane, Adjoint de l'Anome. Quand vous me parlez, vous vous trouvez pratiquement face à face avec l'Anome. »

Le regard de Mialambre devint, en quelque sorte, encore plus intense. Peut-être de par sa formation juridique, il ne fit rien pour faciliter la conversation et attendit en silence qu'Etzwane parle.

« Hier, l'Anome a lu vos observations dans le *Spectre,* dit Etzwane. Il a été très impressionné par l'étendue et la clarté de votre point de vue. »

La porte s'ouvrit; Dashan amena une table roulante avec une théière, des galettes croustillantes, des fruits de mer confits, une fleur vert pâle dans un vase bleu. Elle parla par-dessus son épaule à Etzwane sur un ton confidentiel : « Archenway est pâle de rage.

— Je lui parlerai plus tard. Servez ce qu'il désire à notre distingué visiteur, si vous voulez bien. »

Dashan versa le thé et quitta prestement le bureau.

« Je serai franc, déclara Etzwane. Un nouvel Anome a assumé la direction du Shant. »

Mialambre hocha gravement la tête, comme si certaines conjectures de sa part se trouvaient confirmées. « Comment le fait a-t-il été accompli?

— Pour être franc une fois encore, la coercition a été utilisée. Un groupe de personnes s'était alarmé de la politique passive de l'ancien Anome. Un changement a été opéré; nous entreprenons maintenant de défendre le pays.

— Pas un instant trop tôt! Qu'attendez-vous de moi?

— Des avis, des idées, de la coopération. »

Mialambre : Octogone serra les lèvres. « J'aimerais connaître vos doctrines avant de m'engager à cette collaboration.

— Nous n'avons pas de visées particulières, dit Etzwane. La guerre apportera obligatoirement des modifications et nous voulons qu'elles se produisent dans la bonne direction. Les conditions dans le Shker, le Burazhesq, le Dithibel, le Cap gagneraient certainement à être changées.

— Vous vous engagez là en terrain peu sûr, objecta Mialambre. La base traditionnelle du Shant est une association dépourvue de liens restrictifs. Appliquer une doctrine centrale altérera obligatoirement cette situation et pas nécessairement pour le mieux.

— J'en ai conscience, répliqua Etzwane. Des problèmes surgiront; nous avons besoin d'hommes capables pour les résoudre.

— Hum, combien en avez-vous recruté? »

Etzwane but son thé à petites gorgées. « Leur nombre n'excède pas encore celui des problèmes. »

Mialambre acquiesça d'un signe de tête plein de réserve. « Je peux donner une acceptation conditionnelle. Le travail est intéressant.

— Je suis heureux de vous l'entendre dire, répliqua Etzwane. Mon quartier général se trouve temporairement à l'Auberge de Fontenay. J'aimerais que vous veniez m'y rejoindre, nous conférerons plus à loisir.

— L'Auberge de Fontenay? » La voix de Mialambre était plus déconcertée que désapprobatrice. « N'est-ce pas une taverne au bord du fleuve?

— Effectivement.

— Comme vous voudrez. » Mialambre fronça les sourcils. « Je dois maintenant aborder une question pratique. Dans le pays de Galle, ma famille — qui se compose de sept personnes — subsiste sur un revenu de juriste qui n'est pas élevé. Pour exposer crûment les faits, j'ai besoin d'argent afin de payer mes dettes, sinon le shérif me décrétera en l'état d'indenture.

— Votre rémunération sera satisfaisante, dit Etzwane, nous en discuterons aussi ce soir. »

Etzwane trouva Finnerack assis à une table dans la salle centrale des archives, écoutant deux Discriminateurs de haut rang. Chacun s'efforçait d'avoir son oreille; chacun indiquait une série différente de documents. Finnerack écoutait avec patience et sévérité et, en voyant Etzwane, congédia les deux hommes d'un geste brusque; ils se retirèrent avec toute la dignité dont ils furent capables. Finnerack déclara : « Aun Sharah semble avoir été souple et peu exigeant. Ces deux-là étaient ses adjoints en second et en troisième. Je les utiliserai dans le Département de Discrimination Urbaine. »

Etzwane eut un haussement de sourcils surpris. Finnerack s'était apparemment attribué la tâche de réorganiser le service, activité qui semblait excéder ses instructions. Finnerack continua à détailler une autre de ses constatations. Etzwane l'écouta avec plus d'intérêt pour la façon dont Finnerack jugeait les choses que pour les choses elles-mêmes. Ses méthodes étaient directes au point d'être naïves et, comme telles, devaient impressionner les citoyens subtils de Garwiy, qui ne pouvaient qu'interpréter la simplicité comme de la majesté, le silence comme de la ruse. Etzwane fut amusé. Les Discriminateurs étaient une institution caractéristique de Garwiy : compliquée, tortueuse, arbitraire, une situation que Finnerack paraissait considérer comme un affront personnel. Etzwane, un musicien, enviait presque la force brutale de Finnerack.

Ce dernier conclut son exposé. « Ensuite, vous vouliez passer le personnel en revue.

— Oui, dit Etzwane. Si je reconnais quelqu'un, la loyauté d'Aun Sharah devient suspecte.

— Elle devient pire que cela », répliqua Finnerack. Il prit une de ses listes. « Si vous voulez, nous pouvons commencer maintenant. »

Aucun des Discriminateurs présents à ce moment-là ne ressemblait à l'homme au regard d'aigle qu'Etzwane avait aperçu par la portière de la diligence.

Les soleils étaient descendus bas sur l'horizon. Etzwane et Finnerack traversèrent à petits pas la Plaza de la Corporation jusqu'à un café où ils burent une verveine et regardèrent les habitants de Garwiy passer en flânant; et nul de ceux qui virent ces deux jeunes gens — l'un svelte, taciturne et brun, l'autre maigre avec des cheveux blonds décolorés par le soleil et des yeux comme des turquoises polies — ne pouvait savoir que le destin du

Shant dépendait d'eux. Etzwane ramassa le *Spectre* qui était sur une chaise voisine. Une rubrique encadrée d'ocre attira son regard. Il lut avec une sensation de malaise :

Du Marestiy par radio, on annonce un engagement entre la milice qui vient d'être organisée et une bande de Roguskhoïs. Les sauvages envahisseurs, après avoir causé d'affreux ravages dans le canton de Shkoriy, ont envoyé une expédition dans le nord. A la ville de Gasmal sur la frontière, une troupe de soldats lui a refusé le passage et ordonné de battre en retraite. Les brutes rouges n'ont tenu aucun compte de cette injonction légale et une bataille s'est ensuivie. Les défenseurs du Marestiy ont tiré des flèches et lancé des pierres, dont bon nombre ont incommodé l'ennemi et l'ont irrité au point de provoquer, comme l'a décrit un observateur, « une ruée de bêtes rouges en furie ». Une conduite aussi excessive ne prévaudra jamais contre les armes puissantes que forge l'Anome; consciente de ce fait, la milice du Marestiy a adopté la tactique du décrochement. Les derniers développements et l'issue finale ne sont pas encore connus.

« Ces créatures avancent, dit Etzwane. Même ceux qui se sont enfuis vers la mer ne sont pas en sécurité. »

VIII

DANS le soir couleur de prune de Garwiy, Etzwane et Finnerack cheminèrent sous des éclairages colorés vers l'Auberge de Fontenay. A la table du fond, Frolitz et la troupe consommaient un souper de fèves et de fromage, que partagèrent Etzwane et Finnerack.

Frolitz était de mauvaise humeur. « Les mains de Gastel Etzwane sont épuisées de fatigue. Puisque ses activités extérieures sont plus importantes que le bien de la troupe, je ne lui demanderai pas de jouer d'un instrument. S'il le désire, il peut faire cliqueter les histels ou claquer des doigts de temps à autre. »

Etzwane tint sa langue. Après le repas, quand la troupe sortit ses instruments, Etzwane la rejoignit sur l'estrade. Frolitz affecta un air de stupeur. « Qu'est ceci? Le grand Gastel Etzwane nous honore de sa présence? Nous sommes profondément reconnaissants. Voudriez-vous avoir la bonté de prendre votre cor sylvestre? Ce soir, je travaille le khitan. »

Etzwane souffla dans la vieille embouchure familière, tâta les clefs d'argent dont il avait naguère été si fier... Bizarre comme ses réactions étaient différentes! Les mains étaient les siennes, ses doigts se déplaçaient de leur propre mouvement du haut en bas des clefs, mais le point de vue se situait plus haut, les perspectives étaient plus amples, et il joua avec une augmentation presque imperceptible de tension pour suivre le rythme.

A la pause, Frolitz revint vers la troupe tout excité. « Regardez cet homme dans le coin là-bas — vous devinez qui est assis là en silence, sans son instrument? C'est le druithine Dystar! » La troupe détailla l'austère silhouette, chacun inquiet de ce que le grand druithine avait pensé de sa musique. Frolitz reprit : « J'ai demandé ce qu'il faisait ici; il a répondu qu'il était venu sur ordre de l'Anome. J'ai demandé alors s'il voudrait jouer avec la troupe. Il a dit que oui cela lui plairait. que notre travail l'avait mis en veine. Aussi maintenant se joint-il à nous. Etzwane, au gastaing; je prendrai le cor sylvestre. »

Fordyce, qui se trouvait à côté d'Etzwane, murmura : « Tu joues enfin au côté de ton père. Et il ne sait toujours pas?

— Il ne sait pas. » Etzwane prit le gastaing : un instrument plus grave que le khitan, avec une résonance stridente qui devait demeurer sous le contrôle de l'étouffoir pour que l'harmonie ne soit pas noyée. Au contraire de beaucoup de musiciens, Etzwane aimait le gastaing et les subtilités que l'on pouvait obtenir par d'habiles orientations et glissements de l'étouffoir.

La troupe s'arma de ses instruments et attendit sur l'estrade : le respect traditionnel dû à un musicien de la qualité de Dystar. Frolitz descendit de l'estrade, alla parler à Dystar; ils revinrent ensemble. Dystar s'inclina à l'adresse des musiciens et son regard s'attarda pensivement une seconde sur Etzwane. Il prit le khitan de Frolitz, frappa un accord, courba le manche, essaya la caisse. Comme le voulaient ses prérogatives, il attaqua un air, une mélodie agréable, trompeusement simple.

Frolitz et Mielke, sur le clairon, jouèrent les notes fondamentales, attentifs à demeurer harmonieusement à l'écart, tandis que le guizol et le gastaing plaquaient des accords discrets... La musique s'épanouit; le premier air s'acheva : un exercice où chaque participant explorait l'environnement musical... Dystar se redressa et but quelques gorgées du gobelet de vin qui avait été placé près de lui. Il fit un signe de tête à Frolitz qui, à son tour maintenant, souffla un thème dans l'embouchure de son cor sylvestre — une exposition haletante, rauque, sardonique, étrangère à la clarté fluide de l'instrument, que Dystar amplifia par de lents coups stridents de la caisse et la musique se déchaîna : une polyphonie mélancolique et lente, où chaque instrument de la troupe se distinguait nettement. Dystar jouait avec calme, son invention ouvrant à chaque instant de nouvelles perspectives dans la musique... La mélodie s'interrompit et s'altéra d'une manière que tous avaient prévue. Dystar exécuta un étonnant exercice, commençant dans le registre aigu et redescendant par une complexe combinaison d'accords, avec seulement de temps à autre une vibration du gastaing comme soutien; passant du registre aigu moyen au registre grave moyen, allant de l'un à l'autre comme une feuille d'arbre qui tombe, ici et là dans les tons graves, pour finir par un détour guttural de la caisse. Au cor sylvestre, Frolitz sonna un trémolo, un intervalle mineur en dessous, qui s'amenuisa et mourut dans la résonance du gastaing.

Alors, comme l'exigeaient les conventions, Dystar posa son instrument et alla s'attabler sur un côté de la salle. La troupe resta assise en silence une minute ou deux. Frolitz réfléchissait. Avec un plissement malicieux des lèvres, il tendit le khitan à Etzwane. « Nous allons maintenant jouer quelque chose de lent et de calme — comment s'appelle ce nocturne de la Vieille Côte-Matinale? *Zitrinilla*... Troisième mode. Attention, tous, au démarrage à la seconde phrase. Etzwane, la mesure et l'exposition... »

Etzwane courba le khitan, ajusta la caisse. L'espiègle Frolitz, il le savait bien, l'avait mis dans une situation que n'importe qui d'intelligent doit fuir : jouer du khitan après une des plus brillantes improvisations de Dystar. Etzwane resta un instant à réfléchir sur la façon dont il jouerait l'air. Il frappa un accord et joua l'exposition sur un rythme un peu plus lent que d'ordinaire.

L'air s'éleva, pensif et mélancolique, puis s'acheva. Frolitz sonna une phrase pour annoncer une variation à un rythme différent. Etzwane se retrouva jouant seul, situation qu'il avait espéré éviter : il devait maintenant rivaliser avec Dystar... Il joua de lents accords vite étouffés, créant un motif de son et de silence qui l'intéressa et qu'il rejoua en l'inversant. Résistant à la tentation des fioritures, il joua une musique austère, majestueuse. La troupe fournissait les notes fondamentales qui devinrent bientôt un large thème, enveloppant le khitan comme un flot de marée puis se retirant. Etzwane joua une série d'accords dissonants sonores et une douce résolution; la musique s'acheva. Dystar se leva et leur fit signe à tous de venir à sa table.

« Indubitablement, déclara Dystar, voici la première troupe du Shant. Tous sont forts, tous utilisent la sensibilité de la force. Gastel Etzwane joue comme moi-même à son âge je ne pouvais encore qu'espérer jouer; il a une grande expérience de la vie.

— C'est un obstiné, répliqua Frolitz. Avec un bel avenir comme Vert foncé-Azur-Noir-Rose, il préfère s'occuper d'Esthètes, d'*eirmelraths* et d'autres choses qui ne le regardent pas. Mes conseils comptent pour du beurre. »

Etzwane déclara d'une voix mesurée : « Frolitz fait allusion à la guerre contre les Roguskhoïs, qui retient une partie de mon attention. »

Frolitz ouvrit largement les bras dans un geste de justification. « De sa propre bouche vous l'avez entendu. »

Dystar hocha la tête avec gravité. « Vous avez sujet d'être en souci. » Il se tourna vers Etzwane. « A Maschein, j'ai parlé à vous et à votre ami qui est assis là-bas. Aussitôt après j'ai reçu de l'Anome l'ordre de me rendre ici à l'Auberge de Fontenay. Ces événements ont-ils un lien? »

Frolitz darda sur Etzwane un regard accusateur. « Dystar aussi? Faut-il que tous les musiciens du Shant partent en guerre contre les sauvages pour que vous soyez content? Nous les frapperons avec nos tringolets, nous les bombarderons de guizols... Ce plan est inepte! » Faisant signe à la troupe, il retourna à grandes enjambées vers l'estrade.

« Ce que dit Frolitz est hors de question, commenta Etzwane. Je suis effectivement engagé dans la lutte contre les Roguskhoïs mais sur cette base... » Il expliqua la situation dans les termes qu'il avait employés pour Finnerack. « J'ai besoin du soutien des personnes les plus avisées du Shant et pour cette raison je vous ai demandé de venir ici. »

Dystar paraissait légèrement amusé plutôt que surpris ou impressionné. « Donc : me voici. »

Une silhouette projeta son ombre sur la table. Etzwane leva les yeux et aperçut le visage glacial de Mialambre : Octogone.

« Je suis étonné par vos procédés, déclara Mialambre. Vous me demandez de vous rejoindre dans une taverne pour discuter de questions politiques; je vous trouve buvant de l'alcool en compagnie des musiciens de la taverne. S'agit-il d'une plaisanterie?

— Nullement, dit Etzwane. Voici Dystar, un éminent druithine et, comme vous-même, un homme de sagesse. Dystar, vous avez devant vous Mialambre : Octogone, qui n'est pas musicien mais un juriste et philosophe dont j'ai aussi sollicité l'assistance. »

Mialambre s'assit avec une certaine raideur. Le regard

d'Etzwane alla de l'un à l'autre : Dystar détaché et circonspect, un observateur plutôt qu'un participant; Mialambre sagace, exigeant, une personne reliant chaque fait de l'existence à tous les autres faits par un système basé sur l'éthique de la Galle. Ces deux-là, songea Etzwane, n'ont en commun rien d'autre que l'intégrité; chacun trouverait l'autre incompréhensible; cependant si l'un devenait Anome il gouvernerait l'autre. Lequel? N'importe lequel?... Etzwane tourna la tête et fit signe à Finnerack, qui était resté un peu à l'écart près du mur.

Finnerack s'était changé et avait endossé une austère tenue en twill noir, ajustée aux poignets et aux chevilles. Sans modification d'expression, il s'approcha de la table.

« Sous cette mine sombre, dit Etzwane, voici un homme probe et compétent. Son nom est Jerd Finnerack; il est partisan d'agir avec énergie. Nous sommes un groupe disparate, mais nos problèmes se situent à plusieurs niveaux et requièrent des talents disparates.

— Tout cela est bel et bon, ou du moins je le suppose, remarqua Mialambre. Cependant je trouve la situation irrégulière et le lieu où nous sommes incongru. Vous traitez le Shant tout entier avec encore moins de cérémonie que n'en mettent nos anciens pour s'occuper des affaires du village.

— Pourquoi pas? dit Etzwane. Le gouvernement du Shant a été et est un seul homme, l'Anome; qu'est-ce qui pourrait être moins cérémonieux que cela? Le gouvernement se déplace avec l'Anome; s'il était assis ici ce soir, ici serait le gouvernement.

— Le système a de la souplesse, convint Mialambre. Comment il fonctionne en période de crise reste à voir.

— Le système dépend des hommes qui l'appliquent, répliqua Etzwane, c'est-à-dire de nous. Un travail énorme nous attend. Je vais vous dire ce qui a été fait jusqu'à présent : nous avons mobilisé des milices dans soixante-deux cantons.

— Ceux qui ne sont pas encore envahis, précisa Finnerack.

— Les technistes de Garwiy mettent au point des armes; la population du Shant comprend enfin que les Roguskhoïs doivent être vaincus et le seront. Le revers de la médaille, c'est qu'il n'existe simplement pas d'organisation pour coordonner les initiatives nécessaires. Le Shant est un énorme animal avec soixante-deux bras et pas de tête. L'animal est sans défense, il se débat et frappe dans soixante-deux directions mais n'est pas de force à lutter contre l'ahulph qui lui ronge les entrailles. »

Sur l'estrade, Frolitz avait entraîné la troupe dans un nocturne en sourdine qu'il jouait seulement quand il était de mauvaise humeur.

Mialambre dit : « Nos lacunes sont réelles. Deux mille ans ont apporté beaucoup de changements. Viana Paizifiume a combattu les Palasedrans avec une armée courageuse, féroce même. Les hommes ne portaient pas de torque; la discipline devait présenter de sérieux problèmes. Même ainsi, ils ont porté des coups terribles aux Palasedrans.

— C'étaient des hommes à cette époque, répliqua Finnerack. Ils vivaient en hommes, ils se battaient en hommes et s'il le fallait mouraient en hommes. Ils n'appliquaient pas de « tactique de décrochement ».

Mialambre eut un hochement de sévère approbation. « Nous ne trouverons pas leurs pareils dans le Shant d'aujourd'hui.

— Pourtant, objecta Etzwane d'un ton méditatif, ce n'étaient que des hommes, ni plus ni moins que nous.

— Faux, affirma Mialambre. Les hommes d'alors étaient rudes et volontaires, responsables uniquement envers eux-mêmes. Ils étaient par conséquent sûrs d'eux et c'est là ce qu'ils ont en « plus ». Les gens d'aujourd'hui n'ont pas la possibilité d'en faire autant; ils se fient à la justice de l'Anome plutôt qu'à l'effet de leur propre force. Ils sont obéissants et soumis à la loi : c'est là ce que les hommes de jadis avaient en « moins ». Ainsi nous avons perdu et nous avons gagné.

— Les gains n'ont aucune valeur, dit Finnerack, si les Roguskhoïs détruisent le Shant.

— Cela ne se produira pas, déclara Etzwane avec fermeté. Nos milices doivent les repousser et elles les repousseront! »

Finnerack partit de son rude éclat de rire. « Comment les milices s'y prendront-elles? Des enfants peuvent-ils combattre des ogres? Un seul homme habite le Shant : l'Anome. Il ne peut pas se battre; il doit commander à ses enfants d'aller à la guerre. Les enfants ont peur; ils comptent sur l'homme seul et le résultat est couru d'avance. La défaite! Le désastre! La mort! »

Le silence s'établit, à part la lente, triste musique du nocturne.

« J'ai l'impression que vous exagérez, dit Mialambre d'une voix circonspecte. Voyons, le Shant ne peut pas être totalement dépourvu de guerriers; quelque part vivent des hommes braves qui sauront protéger leur foyer, attaquer et triompher.

— J'en ai rencontré quelques-uns, répliqua Finnerack. Comme moi, ils travaillaient au Camp Trois. Ils ne redoutaient ni la souffrance, ni la mort, ni l'Homme Sans Visage; que pouvait-on leur faire de pire que ce qu'ils connaissaient? Voilà des guerriers! Des hommes sans crainte du torque! Ces hommes-là étaient libres, comprenez-vous? Donnez-moi une milice composée de ces Vaillants Hommes Libres et je battrai les Roguskhoïs!

— Malheureusement, dit Etzwane, le Camp Trois n'existe plus. Nous pouvons difficilement torturer des gens jusqu'à ce qu'ils perdent leur crainte de la mort.

— N'y a-t-il pas une meilleure manière de libérer un homme? s'exclama Finnerack d'une voix rude. Je peux vous en citer une tout de suite! »

Mialambre fut déconcerté; Dystar, surpris. Seul Etzwane devina ce que voulait dire Finnerack. Indubitablement, il pensait à son torque, qu'il devait considérer comme la cause de ses souffrances.

Le groupe resta assis en silence, réfléchissant aux propos de Finnerack. Au bout d'un instant, Etzwane demanda d'un ton méditatif et rêveur : « En admettant qu'on vous ôte à tous le torque du cou, que se passerait-il? »

Le visage de Finnerack était de pierre; il ne daigna pas répondre.

Dystar déclara : « Sans mon torque, je serais fou de joie. »

Mialambre parut stupéfait tant par le concept que par la réaction de Dystar. « Comment serait-ce possible? Le torque vous représente, il est le signe de votre responsabilité envers la société.

— Je n'admets pas cette responsabilité, répliqua Dystar. La responsabilité est la dette de ceux qui prennent. Je ne prends pas, je donne. Par conséquent ma responsabilité est nulle.

— Pas du tout! s'exclama Mialambre. C'est un sophisme égotiste! Tout être vivant a contracté une énorme dette envers des millions de gens — envers ceux qui l'entourent et lui procurent une ambiance humaine, envers les héros morts qui lui ont donné ses pensées, sa langue, sa musique; envers les technistes qui ont construit les fusées qui l'ont amené sur Durdane. Le passé est une tapisserie précieuse; chaque être est un nouveau fil qui s'insère dans le tissage ininterrompu; un fil par lui-même n'a ni sens ni valeur. »

Dystar l'approuva généreusement. « Ce que vous dites est vrai.

J'ai tort. Néanmoins mon torque m'importune; il m'oblige à vivre la vie que je préférerais vivre de mon plein gré.

— Supposons que vous êtes Anome : quelle serait votre politique à cet égard? demanda Etzwane.

— Il n'y aurait plus de torques. Les gens vivraient sans crainte, en liberté.

— « En liberté »? répéta Mialambre avec une fougue inhabituelle chez lui. Je suis aussi libre que possible! J'agis comme je veux, dans les limites de la légalité. Les voleurs et les assassins manquent de liberté; il leur est interdit de voler et de tuer. Le torque de l'honnête homme est sa protection contre ce genre de « liberté ».

Dystar concéda encore une fois au juriste son point de vue. « Toutefois je suis né sans torque. Quand le Maître de la guilde du Sanhédrin m'a emprisonné le cou, mon esprit a été accablé d'un poids qui ne s'en est jamais allé.

— Ce poids est réel, dit Mialambre. Quelle est l'autre option de l'alternative? L'illégalité et la rébellion. Comment ferait-on respecter nos lois? Par un corps de coercition? Des espions? Des prisons? La torture? L'hypnotisme? Des drogues? Les hommes sans contrainte sont des ahulphs. J'affirme que la faille n'est pas dans le torque; elle réside dans la disposition humaine qui rend le torque nécessaire. »

Finnerack objecta : « La justesse de vos remarques repose sur un postulat.

— Qui est?

— Vous tenez pour un fait acquis l'altruisme et le bon jugement de l'Anome.

— C'est vrai! déclara Mialambre. Depuis deux mille ans nous avons eu cette condition générale.

— Les magnats seront d'accord. Au Camp Trois, nous pensions le contraire; et c'est nous qui avons raison, pas vous. Quel homme juste permettrait l'existence d'un Camp Trois? »

Mialambre ne se tint pas pour battu. « Le Camp Trois était un furoncle dans les parties intimes, de la poussière sous le tapis. Il n'y a pas de système qui n'ait ses failles. L'Anome se borne à appliquer la loi cantonale; il n'édicte pas de loi lui-même. Les coutumes du canton de Glaiy sont marquées par l'insensibilité; peut-être est-ce la raison pour laquelle le Camp Trois était situé dans le Glaiy. Si j'étais Anome, imposerais-je de nouvelles lois au Glaiy? Un dilemme pour tout homme réfléchi. »

Etzwane dit : « La question est oiseuse, du moins pour le moment. Les Roguskhoïs sont sur le point de nous anéantir. Il n'y aura plus de torques, plus d'Anome, plus d'hommes, si nous ne nous battons pas avec efficacité. Nos résultats jusqu'à présent n'ont pas été bons.

— L'Anome est le seul homme libre du Shant, répliqua Finnerack. Libre, moi aussi je me battrais; une armée d'hommes libres serait capable de vaincre les Roguskhoïs. »

Mialambre déclara : « L'idée est irréaliste, pour plus d'une raison. Et d'abord des années séparent de la maturité les enfants non bridés.

— Pourquoi attendre? s'insurgea Finnerack. Nous n'avons qu'à débrider nos soldats. »

Mialambre rit discrètement. « Ce n'est pas possible. Heureusement. Nous aurions subi la Guerre de Cent Ans pour rien. Les torques ont maintenu la paix. Rien ne vaut la contrainte du torque; je vous donne en exemple le chaos du Caraz.

— Même si c'est au prix de la virilité? protesta Finnerack. Envisagez-vous un avenir infini de paix idyllique? Le pendule qui est allé doit revenir. Les torques doivent être détachés. »

Dystar demanda : « Comment cela se fera-t-il? »

Finnerack désigna Etzwane d'une saccade du pouce. « Un Terrien lui a enseigné la manière. Il est un homme libre; il peut faire ce qu'il veut.

— Gastel Etzwane, ordonna Dystar, enlevez donc ce torque de mon cou. »

La décision se forma dans l'esprit d'Etzwane par un processus indirect et émotionnel. « J'enlèverai vos torques. Vous serez des hommes libres comme moi. Finnerack dirigera une armée de Vaillants Hommes Libres. Aucun enfant ne sera désormais bridé par un torque... ne serait-ce que pour cette raison : les fabricants de torques fournissent maintenant des radios à la nouvelle milice. »

Mialambre conclut avec abattement : « Pour le meilleur ou pour le pire, le Shant entre dans une nouvelle ère de convulsions.

— Pour le meilleur ou pour le pire, reprit Etzwane, les convulsions sont déjà là. La force de l'Anome décline; il ne peut plus contrôler les spasmes. Mialambre et Dystar, vous devez travailler ensemble. Mialambre, avec l'équipe que vous constituerez, vous parcourrez le Shant et rectifierez les abus les plus graves : les Camp Trois, les Temple Bashon, les trafiquants d'indenture, le système même de l'indenture. Vous ne pouvez pas éviter les conflits et les controverses; ils sont inévitables. Dystar, seul un grand musicien peut faire ce que je requiers à présent de vous. Seul, ou avec les assistants que vous choisirez, vous devez parcourir le Shant pour faire comprendre aux gens par la parole et par la force de la musique de notre héritage commun l'unité qui doit devenir la nôtre, faute de quoi les Roguskhoïs nous précipiteront tous dans la Beljamar. Les détails de ces opérations — corriger et unifier, instaurer la justice et l'unité d'action — c'est à vous de les déterminer. Maintenant montons dans ma chambre où vous deviendrez tous des hommes libres comme moi.

IX

Les jours passèrent. Etzwane loua un appartement au quatrième niveau du Roseale Hrindiana, du côté est de la Plaza de la Corporation, à trois minutes à pied du Juridictionnaire. Finnerack s'installa avec lui mais, deux jours plus tard, prit un appartement un peu moins luxueux dans les Tours Païennes de l'autre côté de la place. Les plaisirs de la richesse ne recélaient aucune fascination pour Finnerack; il mangeait de façon simple et frugale; il ne buvait ni vin ni alcools; sa garde-robe comprenait quatre tenues relativement dépourvues de recherche, chacune toute noire. Frolitz avait emmené sans cérémonie sa troupe dans l'Éventail Pourpre; Mialambre : Octogone avait rassemblé une équipe de spécialistes, bien qu'il n'eût pas encore surmonté toutes ses appréhensions concernant les changements qu'il devait apporter au Shant.

Etzwane avait expliqué : « Notre but n'est pas l'uniformité; nous voulons supprimer seulement les institutions qui oppriment les gens sans appui : les théologies grotesques, l'indenture, les hospices de vieillards du Cap. Alors que naguère l'Anome imposait la loi, dans les temps nouveaux il devient une source de recours.

— Si les torques ne sont plus utilisés, la fonction de l'Anome change nécessairement, commenta Mialambre d'une voix sèche. L'avenir est indéchiffrable.

Dystar était parti seul, sans rien dire à personne.

Mialambre : Octogone ou Dystar le Druithine? L'un ou l'autre était en mesure de faire office d'Anome; chacun manquait de ce qui était la force de l'autre... Etzwane aurait aimé pouvoir prendre rapidement une décision et se décharger de sa tâche; il n'avait aucun goût pour l'autorité.

Entre-temps, Finnerack réorganisait les Discriminateurs avec une ardeur qui ne s'embarrassait pas de nuances. Les confortables vieilles routines volèrent en éclats; un coup de balai emporta les lèche-bottes du pouvoir, y compris Thiruble Archenway; les départements et les bureaux furent consolidés. La nouvelle Agence de Renseignements était l'objet des soins particuliers de Finnerack, situation qui causait parfois de l'inquiétude à Etzwane. Conférant avec lui dans son bureau, Etzwane étudia la silhouette mince, le visage buriné, la bouche aux coins tombants, les yeux bleus brillants, et s'interrogea sur l'avenir. Finnerack à présent ne portait pas de torque; l'autorité d'Etzwane ne s'exerçait que dans la mesure où Finnerack acceptait de la reconnaître.

Dashan des Szandales entra dans le bureau avec un plateau de rafraîchissements. Finnerack, se souvenant soudain d'une des dispositions qu'il avait prises, lui adressa une question : « Les hommes que j'ai convoqués... ils sont ici?

— Ils sont ici. » Le ton de Dashan était bref. Elle ne sympathisait pas avec Finnerack et se considérait comme dépendant uniquement d'Etzwane.

Finnerack, indifférent aux détails sans importance, lui ordonna d'un ton péremptoire : « Rassemblez-les dans le bureau du fond; nous irons dans cinq minutes. »

Dashan sortit avec indignation. Etzwane la regarda partir avec un demi-sourire triste. Finnerack serait un homme difficile à dominer. L'inciter à plus de tact était du temps perdu. Etzwane demanda : « Qui sont ces hommes?

— Les derniers de la liste. Vous avez vu tous les autres. »

Etzwane avait presque oublié Aun Sharah qui, dans son poste actuel, se trouvait à une distance rassurante des sources du pouvoir.

Ils se rendirent tous les deux dans le bureau du fond. Là, quatorze hommes attendaient : les traqueurs et espions de la liste secrète d'Aun Sharah. Etzwane alla de l'un à l'autre en s'efforçant de se rappeler les contours exacts du visage qu'il avait aperçu par la vitre de la diligence : un nez sec et droit, un menton carré, des yeux écartés au regard dur.

Devant lui se tenait un homme qui avait ces traits. Etzwane demanda : « Votre nom, s'il vous plaît?

— Je suis Ian Carle. »

S'adressant aux autres, Etzwane dit : « Merci, vous pouvez disposer. » A Carle : « Venez dans mon bureau, je vous prie. »

Il sortit, suivi par Carle, et Finnerack ferma la porte coulissante. Etzwane indiqua le divan à Carle; celui-ci obéit en silence.

Etzwane questionna : « Êtes-vous déjà venu dans ce bureau? »

Carle regarda Etzwane droit dans les yeux pendant cinq secondes. Il répondit : « Oui. »

Etzwane reprit : « Je veux apprendre quelque chose concernant votre dernière mission. C'est de l'Anome directement que je détiens le pouvoir de poser des questions; je peux vous montrer mon mandat si vous désirez confirmation. Votre conduite personnelle n'est pas en cause. »

Ian Carle fit un signe d'assentiment sans s'émouvoir.

« Il y a peu de temps, continua Etzwane, vous avez reçu instruction d'attendre à la Gare de Garwiy le ballon *Fiyedeser* afin d'identifier une certaine personne — moi-même en l'occurrence — et de la suivre jusqu'à sa destination. Est-ce bien cela? »

Carle n'hésita que deux secondes. « C'est bien cela.

— Qui vous a donné ces instructions? »

Carle répondit d'une voix égale : « Le Discriminateur en chef d'alors, Aun Sharah.

— Vous a-t-il donné des explications ou une raison pour votre mission.

— Aucune. Ce n'était pas son habitude.

— Quelles étaient exactement vos instructions?

— Je devais suivre l'homme en question, observer qui il rencontrait; si je voyais le grand homme d'un certain âge aux cheveux blancs, je devais abandonner Gastel Etzwane pour filer l'homme aux cheveux blancs. Je devais naturellement rassembler tous les renseignements supplémentaires présentant de l'intérêt.

— Quel a été votre rapport?

— Je l'ai informé que le sujet, manifestement sur le qui-vive, n'avait pas eu de mal à me repérer et avait tenté d'entrer en contact avec moi, ce que j'ai évité.

— Quelles autres instructions Aun Sharah vous a-t-il alors données?

— Il m'a dit de me poster près du Palais Sershan, d'être constamment prudent, de ne pas m'occuper du sujet précédent mais de guetter le grand homme aux cheveux blancs. »

Etzwane s'assit sur le divan et jeta un coup d'œil à Finnerack qui était resté debout, les mains dans le dos, et dardait des yeux perçants sur le visage de Ian Carle. Etzwane se sentit déconcerté. Le renseignement avait été donné; les activités d'Aun Sharah avaient été élucidées. Qu'est-ce que Finnerack voyait ou pressentait qui lui avait échappé? Il questionna :

« Quel autre rapport avez-vous fait à Aun Sharah?

— Je n'ai pas fait d'autre rapport. Quand je suis venu avec mes renseignements, Aun Sharah n'était plus Discriminateur en chef.

— Vos renseignements? » Etzwane fronça les sourcils. « Quels renseignements aviez-vous apportés ce jour-là?

— Ils étaient de nature générale. J'avais vu sortir du Palais Sershan un homme de taille moyenne, aux cheveux gris, que je pensais être la personne en question. Je l'ai suivi jusqu'à l'Auberge de Fontenay, où je l'ai identifié comme étant Frolitz, un musicien. Je suis revenu sur mes pas et, en remontant l'Avenue Galias, je vous ai croisé en compagnie de ce monsieur près de la fontaine. En m'engageant dans la Moyenne Corniche, j'ai rencontré un homme de haute taille, à la chevelure blanche, qui marchait en direction de l'est. Il a hélé une diligence et demandé à être conduit à la Splendeur de Gebractya. J'ai suivi aussi vite que j'ai pu, mais je ne l'ai pas rejoint.

— Depuis, avez-vous vu l'homme aux cheveux blancs ou Aun Sharah?

— Ni l'un ni l'autre. »

Aun Sharah, songea Etzwane, s'était procuré quelque part une description d'Ifness, à qui il s'était vivement intéressé. Ifness avait regagné la Terre; l'homme aux cheveux blancs que Ian Carle avait suivi était probablement un Esthète d'un des palais de la Moyenne Corniche.

— Etzwane demanda : « Quels vêtements portait le grand homme aux cheveux blancs?

— Un manteau gris, un bonnet gris. »

C'était la tenue préférée d'Ifness. Etzwane questionna : « Était-ce un Esthète?

— Je ne le pense pas; il se comportait comme quelqu'un d'un autre canton. »

Etzwane essaya de se rappeler un trait caractéristique permettant d'identifier Ifness. « Pouvez-vous décrire sa physionomie?

— Pas en détail.

— Si vous le voyez de nouveau, mettez-vous immédiatement en rapport avec moi.

— Bien. » Ian Carle s'en alla.

Finnerack déclara d'un ton caustique : « Voilà votre Aun Sharah, Directeur du Service des Approvisionnements. Si vous m'en croyez, noyez-le ce soir dans la Sualle. »

L'un des pires défauts de Finnerack, songea Etzwane, était la violence et une tendance aux réactions excessives, ce qui transformait les rapports avec lui en une lutte constante pour la modération. « Il n'a fait que ce que vous et moi aurions fait à sa place, répliqua Etzwane d'un ton bref. Il a recueilli des renseignements.

— Oh? Et le message à Shirge Hillen, au Camp Trois?

— Il n'y a pas de preuve que le message émanait de lui.

— Bah. Quand j'étais enfant, je travaillais dans le champ de groseilliers de mon père. Si je trouvais une mauvaise herbe, je l'arrachais. Je ne la contemplais pas avec l'espoir qu'elle deviendrait un plant de groseillier. Je réglais tout de suite son compte à la mauvaise herbe.

— Vous vous assuriez d'abord que c'en était une », répliqua Etzwane.

Finnerack haussa les épaules et sortit de la pièce à grands pas. Dashan des Szandales entra et frissonna en regardant par-dessus son épaule la silhouette de Finnerack qui s'éloignait. « Cet homme me fait peur. Porte-t-il toujours du noir?

— C'est un homme pour qui ont été inventées la constance et la fatalité du noir. » Etzwane attira la jeune fille sur ses genoux. Elle y demeura malicieusement une seconde, puis se remit debout d'un bond. « Vous êtes un terrible coureur de jupons. Que dirait ma mère si elle savait ça?

— Je ne m'intéresse qu'à ce que dit la fille.

— La fille dit qu'un homme des Terres Sauvages vous a apporté une caisse d'animaux sauvages et que ces bêtes vous attendent sur la rampe de débarquement. »

Le Chef de la Gare de triage de Conceil avait amené à Garwiy ses rejetons de Roguskhoïs. Il dit : « Il y a un mois que vous êtes venu dans les Terres Sauvages. Mes petits favoris vous plaisaient; qu'en pensez-vous maintenant? »

Les petits êtres qu'Etzwane avait vus à Conceil avaient grandi de trente centimètres. Debout derrière les barreaux en bois dur de la cage, ils dardaient des yeux furibonds. « Ils n'ont jamais été des anges de douceur, déclara le Chef. Maintenant ils sont en passe de devenir de vrais démons. A droite vous avez Musel; à gauche, Erxter. »

Les deux créatures soutenaient le regard d'Etzwane avec des yeux hostiles qui ne cillaient pas. « Passez le doigt entre les barreaux et ils vous l'arracheront, commenta le Chef avec humour. Ils sont mauvais comme la gale et n'y vont pas par quatre chemins. J'avais pensé d'abord les bien traiter pour les apprivoiser. Je leur ai donné à manger des friandises; je les ai installés dans une jolie cage; j'ai dit « Mimi mimi » et j'ai sifflé de petits airs. J'ai essayé de leur apprendre à parler et j'ai eu l'idée de récompenser la bonne conduite avec de la bière. Sans résultat. Chacun d'eux s'est escrimé sur moi à coups de griffes et de dents toutes les fois que je lui en ai laissé l'occasion. J'ai donc décidé d'en avoir le cœur net. Je les ai séparés et, Erxter, j'ai continué à le gâter et le traiter avec douceur. L'autre, le pauvre Musel, je me suis mis en devoir de le mater. Quand il m'attaquait, je lui donnais une claque. Quand il mordait la main, je le repoussais avec un bâton; que de corrections il a méritées et reçues! Pendant ce temps-là, Erxter mangeait comme un prince et faisait la sieste à l'ombre. A la fin de l'expérience y avait-il une différence dans leur sauvagerie? Pas ça. Ils étaient comme avant.

— Hum! » Etzwane recula comme les deux êtres approchaient des barreaux. « Parlent-ils? Ont-ils des mots?

— Aucun. S'ils me comprennent, ils n'en laissent rien voir. Ils ne veulent ni coopérer ni accomplir la plus petite tâche que ce soit pour le plaisir ou pour se nourrir. Ils dévorent la moindre croûte que je leur jette, mais ils mourraient de faim plutôt que de tirer sur un levier pour se procurer de la viande. Alors, démons! » Il tapa sur les barreaux de la cage. « Qu'est-ce que vous diriez de ma cheville pour la ronger? » Il se retourna vers Etzwane. « Ces gredins savent déjà la différence entre masculin et féminin! Vous devriez les voir se démener quand une femme passe à côté — et si jeunes encore. J'estime que c'est une honte. »

Etzwane demanda : « Comment discernent-ils qu'il s'agit d'une femme? »

Le Chef resta perplexe. « Comment discerne-t-on qu'il s'agit d'une femme?

— Par exemple, si un homme passe vêtu en femme ou une femme vêtue en homme : qu'est-ce qui se produit? »

Le Chef secoua la tête dans son étonnement devant les subtilités d'Etzwane. « Je n'en sais pas tant.

— C'est quelque chose qu'il nous faut apprendre », déclara Etzwane.

Dans tout le Shant apparurent des affiches, en bleu foncé, écarlate et blanc :

Pour combattre les Roguskhoïs, un corps d'armée a été spécialement constitué :

LES VAILLANTS HOMMES LIBRES

Ils ne portent pas de torque.
Si vous êtes courageux
Si vous ne voulez plus du torque
Si vous voulez combattre pour le Shant :

Vous êtes invités à rejoindre les Vaillants Hommes Libres.

C'est un corps d'élite.

Présentez-vous au bureau de la ville de Garwiy.

X

ILS descendirent des hauteurs du Houan, les Roguskhoïs, et pour la première fois ils avançaient nettement en formation de marche sous les ordres d'un commandement, à la stupeur de tous. Qui avait instruit les sauvages rouges? Encore plus mystérieux : d'où tenaient-ils leurs cimeterres massifs, forgés d'un alliage d'une douzaine de métaux rares? Quoi qu'il en fût, les Roguskhoïs fonçaient vers le nord à un pas de course allongé infatigable : ils étaient quatre compagnies de deux cents guerriers chacune. Ils s'enfoncèrent dans le Ferriy, semant la panique parmi les ferronniers qui s'enfuirent. Sans un regard pour les cuves de fer et les réservoirs de précieuses cultures nouvelles, les Roguskhoïs tournèrent en direction du Cansume. A la frontière, la milice du Cansume, une des plus fortes du Shant, attendait avec ses piques aux pointes décapitantes. Les Roguskhoïs avancèrent avec une prudence sinistre, le cimeterre brandi. Dans la plaine dégagée, les hommes du Cansume n'avaient pas d'autre choix que la retraite : les cimeterres projetés de près les fendraient en deux. Ils reculèrent dans Brandvade, le village voisin.

Pour y attirer les Roguskhoïs la milice poussa en avant une troupe de femmes effrayées et les Roguskhoïs, faisant la sourde oreille aux beuglements de leurs chefs, se laissèrent inciter à attaquer. Ils assaillirent le village où, parmi les huttes de pierre, leurs cimeterres ne pouvaient pas être lancés. Les têtes de piques pénétrèrent leur cuir rouge calleux : les pointes décapitantes explosèrent et en quelques minutes cinquante Roguskhoïs étaient morts.

Leurs officiers les reprirent en main; les colonnes se retirèrent et poursuivirent leur marche vers Waxone, la ville principale du Cansume. Le long du chemin, des unités de francs-tireurs de la milice organisèrent des embuscades, lançant des flèches de canne avec un résultat négligeable. Les Roguskhoïs s'engagèrent au petit trot dans les champs de melons devant Waxone, et là ils s'arrêtèrent net en se trouvant face à face avec le déploiement de troupes le plus imposant que les hommes du Shant avaient réussi jusque-là à réunir. Un régiment entier de la milice leur barrait la route, renforcé par quatre cents Vaillants Hommes Libres montés sur des ambleurs. Les Vaillants Hommes Libres portaient des uniformes dans le style des Gardes du Palais Pandamon : pantalon bleu clair avec galon pourpre sur les côtés; vareuse bleu foncé avec des brandebourgs pourpres, casque en fibres de verre agglomérées. Ils étaient armés chacun d'une pique à tête décapitante, d'un couple de grenades à main, d'une courte et lourde épée en boisglai, avec un tranchant en toile-de-fer forgée. La milice était armée de haches, de grenades et de boucliers rectangulaires en bois et cuir; les miliciens avaient reçu l'ordre de marcher sus à l'ennemi en se protégeant et en protégeant la cavalerie des cimeterres roguskhoïs. A une distance de quinze mètres, ils devaient lancer leurs grenades, puis ouvrir leurs rangs pour laisser passer la charge des Vaillants Hommes Libres.

Les Roguskhoïs se tenaient à une extrémité du champ de melons, dardant des regards furieux sur les boucliers des miliciens. Les quatre chefs roguskhoïs étaient postés sur leurs flancs, se distinguant des simples guerriers par la bande de cuir noir qu'ils portaient autour du cou et à laquelle était suspendu un plastron en mailles de métal. Ils paraissaient plus âgés que les soldats; leur peau était plus mate et plus sombre; des excroissances de peau ou de muscle, ressemblant à des fanons, pendaient sous leur menton. Ils regardèrent approcher la milice avec une légère perplexité, puis ils proférèrent une série de sons rudes; les quatre compagnies impassibles avancèrent au trot. De la milice monta un son grêle et les boucliers frémirent. Les Vaillants Hommes Libres qui étaient derrière poussèrent des clameurs rauques et la milice se raffermit. A cent mètres, les Roguskhoïs s'arrêtèrent, abaissèrent leurs cimeterres et leur firent décrire un cercle en arrière; leur système musculaire se noua et se raidit. Dans cette attitude, les Roguskhoïs étaient effrayants à voir. La ligne des miliciens plia; par réflexe, quelques-uns lancèrent leurs grenades, qui explosèrent à mi-chemin des parties en présence.

De l'arrière, les officiers du Cansume, quelque peu isolés, embouchèrent leur clairon pour sonner « En avant »; la ligne des boucliers se mit en marche, pas à pas. Les Roguskhoïs de même s'avançèrent et d'autres grenades furent lancées sans résultat. Des boucliers de l'aile gauche fléchirent, laissant les Vaillants Hommes Libres sans protection. Pendant une demi-seconde ils hésitèrent, puis chargèrent, plongeant dans la grêle de cimeterres qui déferla aussitôt, abattant les hommes et leurs montures avant qu'ils aient parcouru six mètres. Néanmoins des grenades furent lancées par des bras mourants; des Roguskhoïs disparurent dans la poussière et les flammes.

Le reste de la ligne fléchit mais garda sa cohésion. Un clairon sonna « Chargez »; les miliciens maintenant démoralisés hésitèrent et rompirent trop vite; de nouveau les boucliers s'écartèrent, laissant les Vaillants Hommes Libres exposés aux cimeterres tourbillonnants. Les survivants chargèrent, des piques s'enfoncèrent dans des poitrines cuivrées. Explosion! fumée, puanteur; une mêlée. Les gourdins s'abattaient sans relâche; des faces de gargouilles grimaçaient et rugissaient; des grenades montaient en chandelle au-dessus de la ligne de bataille, engendrant des explosions, des fontaines de poussière, des tourbillons de jambes et de bras détachés. Un affreux vacarme s'enflait et s'apaisait : sonneries de clairon frénétiques, grognements et beuglements de Roguskhoïs, braiement affolé des ambleurs blessés, désespoir des soldats mourants... La poussière retomba. Morts étaient la moitié des Roguskhoïs et la totalité des Vaillants Hommes Libres. La milice du Cansume courut se réfugier dans Waxone. Les Roguskhoïs avancèrent lentement; puis, changeant de direction, obliquèrent vers le Ferriy où ils entrèrent.

Finnerack fit un compte rendu angoissé de la bataille. « Ils gisent là, les meilleurs hommes du Shant, dans un bourbier de sang noir! Alors qu'ils auraient pu battre en retraite, ils ont refusé; par orgueil, ils ont chargé vers la mort. Cette liberté qu'ils avaient si bien gagnée : à quoi leur a-t-elle servi? »

Etzwane fut surpris par l'intensité du chagrin de Finnerack. « Nous savons maintenant que nos hommes sont aussi braves que ceux d'antan, dit Etzwane. Tout le Shant le saura aussi. »

Finnerack ne paraissait pas avoir entendu. Il allait de long en large, serrant et desserrant les poings. « Les miliciens ont manqué à leur devoir. Ils ont agi en traîtres; ils iraient couper l'osier, si j'avais à les juger. »

Etzwane ne répondit rien, préférant ne pas dévier sur lui-même l'énervement de Finnerack. Ce dernier ne devrait jamais être autorisé à juger qui que ce soit.

« Nous ne pouvons pas approcher de ces créatures pour les combattre, reprit Finnerack. Et nos technistes? Où sont leurs armes?

— Asseyez-vous; dominez votre détresse, dit Etzwane. Je vais vous parler de nos armes. Les technistes sont retardés par de grandes forces qu'il leur faut contrôler. Un éclat de matériau se propulse à une vitesse énorme et par conséquent provoque un recul très important. Pour être utilisés comme armes de poing les éclats doivent être taillés si minces qu'ils en deviennent presque invisibles et, pour absorber le recul, du lest doit être éjecté à l'arrière. Les projectiles atteignent la limite ultime du froid en s'expansant, sinon ils se détruiraient instantanément eux-mêmes; ou plutôt ils poussent devant eux une rafale d'air chaud qui augmente l'impact. J'ai vu des tests de canon fixe; jusqu'à une portée de quinze cents mètres les canons seront mortels. Au-delà de cette distance le projectile se désintègre.

« Les fusils que j'ai vus ne sont nullement légers ou compacts, du fait du lest nécessaire. Il se peut que l'on parvienne à fabriquer des armes plus petites; ce n'est pas encore certain. Les grosses armes sont réalisables, mais elles doivent être accotées à un arbre ou à un rocher ou à des poteaux de butée, et ne sont donc pas très pratiques. Toutefois il y a du progrès.

« De plus, nous fabriquons de très ingénieuses flèches de verre. Les têtes contiennent un électro-aimant qui, au moment de l'impact, produit une charge électrique, laquelle à son tour fait détoner une charge meurtrissante ou même mortelle de décapitant. Le problème ici, m'a-t-on dit, est le contrôle de la qualité.

« Enfin nous produisons des lance-roquettes : des appareils très simples, très bon marché. Le tube est en fibres de verre agglomérées, le projectile est lesté soit avec un cylindre de pierre soit avec une charge détonée de décapitant. C'est une arme à courte portée; sa précision laisse à désirer.

« Au total, il y a de quoi être optimiste. »

Finnerack restait assis dans une immobilité absolue. Il était devenu un homme aussi différent de la créature hirsute et hâlée du Camp Trois que cette créature l'était du Jerd Finnerack de la Bifurcation d'Angwin. Son corps s'était étoffé; il se tenait droit comme un i. Ses cheveux n'étaient plus une masse crêpée recuite par le soleil et s'appliquaient sur sa tête en petites boucles bronze doré; ses traits s'affirmaient sans compromis; l'éclat fou de ses yeux s'était transformé en un scintillement bleu. Finnerack était un homme sans chaleur, sans humour, sans indulgence, et ne possédant que peu de grâces mondaines; il ne portait que le noir de l'implacabilité et de la condamnation, une idiosyncrasie qui lui avait valu le surnom de « Finnerack le Noir ».

L'énergie de Finnerack ne connaissait pas de bornes. Il avait réorganisé les Discriminateurs avec une indifférence féroce à l'égard des coutumes établies, des statuts antérieurs ou des situations acquises, suscitant moins de ressentiment que de stupeur et de respect. Le Service de Renseignements devint son affaire personnelle; dans toutes les villes du Shant, il installa des sous-agences, reliées par radio à Garwiy. Quant aux Vaillants Hommes Libres, il s'en empara plus complètement encore et porta un uniforme de Vaillant Homme Libre (noir au lieu de bleu clair et foncé) à l'exclusion de tous ses autres vêtements.

Les Vaillants Hommes Libres avaient instantanément enflammé l'imagination de tout le Shant. Des hommes accoururent par centaines à Garwiy, de tous âges et de toutes sortes, en nombre bien supérieur aux capacités de détorquage d'Etzwane. Il porta l'appareil d'Ifness à Doneis, qui convoqua une équipe de technistes électroniciens. Avec précaution, ils démontèrent la boîte pour examiner les composants inconnus, leur agencement exact, les inépuisables cellules électriques. Cet appareil, conclurent-ils, décelait les mouvements des électrons et produisait des impulsions magnétiques qui annulaient leur action.

Après de nombreuses expériences, les technistes furent en mesure de reproduire la fonction du mécanisme d'Ifness, bien que sous une forme moins réduite. Cinq de ces appareils furent installés dans le sous-sol du Juridictionnaire; des équipes de fonctionnaires travaillèrent jour et nuit à enlever le torque des personnes acceptées dans le corps des Vaillants Hommes Libres. Finnerack lui-même examinait les postulants; ceux qu'il éliminait protestaient souvent avec énergie, à qui Finnerack opposait la même réponse : « Apportez-moi la tête d'un Roguskhoï et son cimeterre; je ferai de vous un Vaillant Homme Libre. » Une fois par semaine, peut-être, un des postulants refusés revenait dédaigneusement jeter à ses pieds tête et cimeterre, sur quoi Finnerack, sans commentaire, faisait choir tête et cimeterre dans un vide-ordures et enrôlait l'homme. De ceux qui avaient essayé de conquérir une tête de Roguskhoï et qui avaient échoué nul ne connaissait le nombre.

L'énergie de Finnerack était si frénétique qu'Etzwane avait parfois l'impression d'être un spectateur plutôt qu'un participant aux grands événements. Cette situation était la conséquence de sa propre efficacité comme chef, se disait-il. Pour autant que les affaires se développaient dans la bonne direction, il ne pouvait pas se plaindre. Quand Etzwane posait des questions, Finnerack répondait avec clarté, encore que de façon laconique, ne semblant ni content ni irrité de l'intérêt d'Etzwane : ce qui accentuait plutôt le malaise de ce dernier; Finnerack le considérait-il comme futile, comme un homme que les événements avaient rattrapé et dépassé?

Mialambre : Octogone avait emmené ses équipes de la Justice du Shant dans les cantons; Etzwane recevait des rapports sur ses activités par les dépêches des services de renseignements.

Les nouvelles de Dystar étaient moins détaillées. De temps à autre un écho parvenait de quelque coin éloigné, toujours de la même teneur : Dystar était venu, il avait joué une musique d'une inimaginable grandeur, exaltant tous ceux qui l'entendaient, puis il avait passé son chemin.

Finnerack avait disparu. A son appartement de la Tour Païenne, au Juridictionnaire, aux camps des Vaillants Hommes Libres, Finnerack restait introuvable.

Trois jours passèrent avant qu'il revienne. Aux questions d'Etzwane, il répondit d'abord de façon évasive puis déclara qu'il était « allé se promener dans la campagne pour se reposer ».

Etzwane ne posa pas d'autres questions, mais il était loin d'être satisfait. Y avait-il une femme dans la vie de Finnerack? Etzwane ne le pensait pas. Ses actions n'en témoignaient nullement. Finnerack se remit au travail avec son ancienne verve, mais Etzwane eut l'impression qu'il était légèrement moins sûr de lui, comme s'il avait appris quelque chose qui le déconcertait ou le désarçonnait.

Etzwane était désireux de connaître les activités de Finnerack mais aurait été contraint de s'adresser au Service de Renseignements, ce qui semblait non seulement déplacé mais stupide aussi... Devait-il alors organiser un second système de renseignements en compétition avec l'autre pour lui apporter ses informations? Ridicule!

Le lendemain du retour de Finnerack, Etzwane rendit visite aux ateliers des technistes près de l'estuaire de la Jardine. Doneis l'emmena le long d'une série de bancs où étaient montées les nouvelles armes. « Les projectiles d'Halcoïde Quatre-Un pur ne se sont pas révélés utilisables, dit Doneis. Ils se dilatent presque instantanément, produisant un recul inacceptable. Nous avons essayé trois mille variations et nous employons maintenant une matière qui s'expanse à environ un dixième de la vitesse de Quatre-Un. En conséquence, l'arme ne requiert qu'un lest de trente livres. De plus, l'Halcoïde-Prax est plus dur et moins sensible à la friction atmosphérique. Le nouveau projectile n'a toujours que la dimension d'une aiguille... Ici, la détente est fixée sur la crosse... Voici les bandes élastiques qui empêchent le lest de filer à l'arrière... L'électro-aimant est inséré; le lest est installé... Le mécanisme est essayé... Voici le banc de tir où les mires sont montées. Nous avons constaté que l'arme a une trajectoire essentiellement rectiligne tout au long de sa portée qui excède légèrement quinze cents mètres. Aimeriez-vous essayer cette arme? »

Etzwane la souleva, la posa sur son épaule. Un point jaune dans la mire optique, juste devant son œil, indiquait la zone d'impact.

« Faites tomber le magasin dans cette alvéole, bloquez avec cette cale. Quand vous pressez la détente, le lest heurte l'électro-aimant, produisant une impulsion qui stimule le projectile. Préparez-vous au recul; campez-vous. »

Etzwane regarda dans la lunette de visée et plaça le point jaune sur la cible de verre. Il pressa le bouton jaune et ressentit aussitôt un choc qui le fit reculer brutalement.

Au bout du stand apparut une traînée de feu blanc qui s'abattait sur la cible maintenant brisée.

Etzwane reposa l'arme. « Combien pouvez-vous en produire?

— Aujourd'hui, nous n'en finissons que vingt, mais nous devrions bientôt tripler ce nombre. Le principal problème est le lest. Nous avons réquisitionné du métal dans tout le Shant, mais il est lent à arriver. Le Directeur du Service des Approvisionnements m'informe qu'il a le métal mais qu'il n'a pas de moyens de transport. Le Directeur des Transports me dit le contraire. Je ne sais lequel croire. Quoi qu'il en soit, nous ne recevons pas notre métal.

— Je vais m'occuper de la question, dit Etzwane. Vous aurez très rapidement votre métal. En attendant, j'ai un problème un peu différent à soumettre à votre attention : un couple de rejetons roguskhoïs, qui ont entre six mois et un an, déjà méchants, déjà conscients de la présence des femmes. Je pense que nous devrions apprendre comment et pourquoi ils sont ainsi stimulés, quels processus sont impliqués. Bref, sont-ils affectés par un facteur visuel, par une odeur, par la télépathie ou quoi?

— Je vois ce que vous voulez dire. Le problème est d'une importance évidente; je vais mettre tout de suite nos biologistes au travail.

Etzwane conféra d'abord avec l'Esthète Brise, le Directeur des Transports, puis avec Aun Sharah. Comme l'avait dit Doneis, chacun d'eux rejeta le blâme sur l'autre pour l'absence de grosses quantités de métal à Garwiy. Etzwane étudia minutieusement la situation et conclut qu'il s'agissait d'un problème de priorité. Aun Sharah avait mis la haute main sur les navires disponibles pour transporter de la nourriture à destination des cantons maritimes bondés de réfugiés.

« La santé des gens est importante, expliqua Etzwane à Aun Sharah, mais notre préoccupation primordiale est de tuer des Roguskhoïs, ce qui implique qu'il faut du métal à Garwiy.

— Je le comprends très bien », répliqua Aun Sharah d'un ton bref. Son aimable aisance avait disparu, son teint avait perdu sa couleur unie. « Je fais du mieux que je peux; rappelez-vous, ce n'est pas le métier de mon choix.

— Nous en sommes tous là, non? Je suis musicien; Mialambre est juriste; Brise est un Esthète; Finnerack est un coupeur d'osier. Nous avons tous la chance d'être adaptables.

— Peut-être bien, dit Aun Sharah. J'ai appris que vous aviez grandement changé mes vieux Discriminateurs.

— Oui, nous les avons changés. Tout le Shant change : j'espère que ce n'est pas pour le pire. »

Les Roguskhoïs avançaient irrésistiblement dans le centre-nord et le nord-est du Shant, parcourant à leur fantaisie le Cansume, la majeure partie du Marestiy et de grandes portions du Faible et de la Pierre Pourpre. Par trois fois, ils essayèrent de traverser à la nage le fleuve Maure pour entrer dans la Pierre Verte; à chaque tentative, la milice régionale s'embarqua sur des bateaux de pêche pour lancer des grenades décapitantes sur les envahisseurs. Dans l'eau, les Roguskhoïs étaient incapables de se défendre; les hommes connurent l'enivrement de massacrer leurs adversaires auparavant invincibles. Ces succès toutefois étaient sans valeur réelle; les Roguskhoïs étaient insensibles tant à leurs propres pertes qu'à l'allégresse humaine; ils remontèrent de quarante-cinq kilomètres jusqu'aux Sables-d'Opale, où le Maure n'avait qu'un mètre de profondeur, et traversèrent en force. Leur intention était nettement d'envahir la Pierre Verte, le Cap, le Galwand et le Glirris pour broyer les survivants et les troupes roguskhoïs déjà dans l'Azume. Ils détruiraient ainsi des millions d'hommes, captureraient des millions de femmes et contrôleraient tout le nord-est du Shant — un désastre aux proportions incalculables.

Etzwane conféra avec Finnerack, Brise et San-Sein, ce dernier étant le chef nominal des Vaillants Hommes Libres. Deux mille Vaillants Hommes Libres environ étaient maintenant armés de lance-halcoïdes : un corps que Finnerack avait eu l'intention d'envoyer à travers le Belpré jusqu'aux contreforts de Sable au pied du Houan, pour tenir le Seamus et le Bastern et dresser des embuscades pour harasser les Roguskhoïs quand ils descendraient du Houan. Le nord-est, déclarait-il, devait être passé par profits et pertes; il ne voyait pas ce qu'on gagnerait à des demi-mesures héroïques vouées à l'échec. Pour la première fois, Etzwane était en désaccord avec Finnerack sur une décision importante; pour Etzwane, ne pas réagir dans le nord-est équivalait à trahir des millions de gens; il jugeait l'idée inacceptable.

Finnerack ne s'émut pas. « Des millions doivent mourir; la guerre est cruelle. Si nous voulons gagner, nous devons nous endurcir à l'idée de la mort et penser en termes de grande stratégie au lieu d'une série d'opérations frénétiques de petite envergure.

— Le principe est juste, dit Etzwane. D'autre part, nous ne pouvons pas nous laisser emprisonner dans les limites d'une doctrine préconçue. Brise, quels bateaux sont ancrés actuellement dans la Baie des Fleurs-de-Coquille?

— Des petits navires, le paquebot de Brise-Pierre, quelques bateaux de commerce, des barques de pêche : pour la plupart dans le port de Château-de-Mer. »

Etzwane déploya ses cartes. « Les Roguskhoïs remontent vers le nord la vallée du Maure. La milice les retardera avec des grenades et des mines enterrées. Si nous débarquons nos troupes de nuit dans le village de Thran, ici, elles peuvent occuper cette crête au-dessus de Bouche-du-Maure. Alors quand les Roguskhoïs surgiront, nous leur réglerons leur compte. »

San-Sein examina les cartes. « Le plan est réalisable. »

Finnerack grogna et se retourna à demi sur son siège.

Etzwane s'adressa à San-Sein : « Conduisez vos hommes à Château-de-Mer, embarquez sur les bateaux que Brise vous procurera; partez aussitôt pour l'est.

— Nous ferons de notre mieux; mais en aurons-nous le temps?

— La milice doit tenir trois jours, par n'importe quelle ruse ou tactique. Trois jours de vent favorable devraient vous conduire au port de Thran. »

Quarante-deux pinasses, barques de pêche et chalutiers, chacun transportant trente Vaillants Hommes Libres, se mirent en route pour aller au secours du nord-est. San-Sein en personne commandait l'opération. Pendant trois jours, le vent souffla régulièrement; le troisième soir, le vent tomba, au grand dam de San-Sein qui avait souhaité entrer de nuit au port. L'aube trouva la flotte encore à un demi-mille au large, avec tous les avantages imaginables d'une arrivée furtive ou de l'effet de surprise passés par-dessus bord. Maudissant le calme plat, San-Sein examina le rivage à la lunette d'approche et se figea soudain de consternation. L'oculaire de la lunette montrait un sinistre remue-ménage invisible à l'œil nu. Des Roguskhoïs fourmillaient autour des maisons du front de mer du village de Thran. La milice n'avait pas tenu. Les Roguskhoïs avaient opéré une percée jusqu'à la mer, pour y dresser leur propre embuscade.

Une brise s'était levée avec l'aube et créait des vaguelettes qui dansaient à la surface de l'eau. San-Sein fit signe à ses bateaux de se regrouper et leur donna de nouveaux ordres. Poussée par la brise fraîchissante, la flottille entra dans le port de Thran; au lieu de s'amarrer à quai ou de jeter l'ancre, elle alla s'échouer sur la plage de galets. Les Vaillants Hommes Libres débarquèrent, se formèrent en tirailleurs; ils avancèrent lentement vers les maisons bordant le port, d'où les masques de démons des Roguskhoïs se montraient maintenant ouvertement.

Les Roguskhoïs jaillirent soudain comme les fourmis d'une fourmilière démolie pour foncer vers la plage. Leur charge fut accueillie par un millier d'éclairs d'air incandescent et ils furent anéantis.

Par la radio du Service de Renseignements, San-Sein rendit compte de l'opération à Etzwane et à Finnerack. « Nous n'avons pas perdu un homme; nous en avons tué six cents. Six cents autres ont battu en retraite vers Bouche-du-Maure et en amont de la vallée du Maure. Il n'y a maintenant plus de doute; avec les lance-halcoïdes, nous pouvons pourchasser ces créatures comme si elles étaient des ahulphs estropiés. Ce n'est pas tout cependant. Nous avons réussi mais uniquement par un coup de chance. Si nous avions débarqué à Thran de nuit comme prévu, je ne serais pas ici pour rendre compte du désastre. Les Roguskhoïs étaient au courant de notre arrivée : ils avaient été prévenus. Qui nous a trahis? »

Etzwane demanda : « Qui connaissait les plans?

— Quatre seulement : ceux qui les ont établis. »

Etzwane s'absorba dans ses cogitations; Finnerack considéra le micro avec des yeux furibonds.

« Je vais étudier la question, reprit Etzwane. En attendant, nous avons sauvé le nord-est : une cause de réjouissance. Pourchassez ces créatures; réduisez-les aux abois mais soyez prudent; attention aux embuscades et aux défilés. L'avenir est enfin prometteur. »

Finnerack eut un reniflement sardonique. « Vous, Gastel Etzwane, vous êtes un optimiste qui ne voit pas plus loin que le bout de son nez. Les Roguskhoïs ont été envoyés ici pour nous anéantir; croyez-vous que leurs parrains, et c'est des Palasedrans que je parle, se soumettront aussi aisément? L'avenir ne tient rien de bon en réserve.

— Nous verrons, répliqua Etzwane. Je dois dire que jamais encore on ne m'avait qualifié d'optimiste. »

En rendant compte du raid à Brise, Etzwane s'enquit d'une fuite possible. Brise fut déconcerté et indigné. « Me demandez-vous si j'ai informé quelqu'un de l'attaque projetée? Me prenez-vous pour un imbécile? La réponse est un non catégorique.

— J'ai posé la question par manière d'acquit, répliqua Etzwane. Pour en finir avec cette affaire, il n'y a pas eu de contact ou de collaboration entre vous et le Bureau des Approvisionnements? »

Brise hésita, puis choisit ses mots avec soin. « Il n'a été fait absolument aucune allusion à un raid. »

Les sens d'Etzwane étaient aux aguets de la plus légère différence d'intonation. « Je vois. De quoi avez-vous discuté, exactement?

— D'une affaire sans importance. Le Directeur voulait que des navires soient envoyés à Oswiy, par coïncidence juste à la date du raid. Je lui ai répondu que non et, par plaisanterie, j'ai suggéré qu'à la place il fasse partir son chargement de Bouche-du-Maure. » Brise hésita. « Peut-être cela pourrait-il d'une certaine manière passer pour une indiscrétion, si j'avais parlé à quelqu'un d'autre que le Directeur des Approvisionnements.

— Précisément, dit Etzwane, A l'avenir, je vous en prie, ne plaisantez avec personne. »

Finnerack vint trouver Etzwane le lendemain. « Et alors, Brise? »

Etzwane avait déjà réfléchi à sa réponse. Se montrer évasif ou dissimuler serait compromettre son intégrité. « Brise prétend qu'il a observé une discrétion absolue. Toutefois il a demandé par plaisanterie qu'Aun Sharah envoie ses cargaisons embarquer à Bouche-du-Maure. »

Finnerack émit un son guttural. « Ah! maintenant, nous savons!

— Ça en a l'air. Il faut que j'envisage ce qu'il y a à faire. »

Finnerack haussa ses sourcils blonds dans une mimique incrédule. « Ce qu'il y a à faire? Cela pose-t-il des questions?

— Ma foi, oui. En admettant que, comme Sajarano, Aun Sharah favorise une victoire des Roguskhoïs, l'intéressant c'est de connaître le « pourquoi ». Sajarano et Aun Sharah sont tous deux des hommes du Shant, où ils sont nés et ont grandi. Qu'est-ce qui leur donne cette mentalité à part? La soif du pouvoir ou de la richesse? Impossible dans le cas de Sajarano; que pouvait-il vouloir de plus? Les Palasedrans les ont-ils fascinés au moyen d'une drogue? Ont-ils mis au point une méthode télépathique pour imposer l'obéissance? Nous devons aller au fond de ces choses avant que ces techniques soient appliquées à vous et à moi. Somme toute, pourquoi serions-nous immunisés? »

Finnerack sourit de son sourire en coin marquant la colère. « Cette question m'a souvent traversé l'esprit, notamment quand vous êtes indulgent envers nos ennemis.

— Je ne suis pas indulgent; soyez-en certain, répliqua Etzwane. Mais je dois être subtil.

— Et le châtiment? s'insurgea Finnerack. Aun Sharah a provoqué la mort de douze cents Vaillants Hommes Libres! Y échappera-t-il à cause de la subtilité?

— Sa culpabilité n'est pas prouvée. Tuer Aun Sharah sur un soupçon, ou par colère, ne donnerait absolument rien de bon. Il faut que nous découvrions ses mobiles.

— Et les Vaillants Hommes Libres, alors? tempêta Finnerack. Doivent-ils risquer leur vie tout de même? Je suis responsable envers eux et je dois les protéger.

— Finnerack, vous n'êtes pas responsable envers eux mais envers l'autorité centrale du Shant, c'est-à-dire moi. Vous ne devez pas laisser l'énergie et l'émotion dominer votre raison. Qu'il n'y ait pas de malentendu entre nous sur ce point. Si vous estimez que vous ne pouvez pas travailler à un plan à long terme, mieux vaut que vous vous détachiez du gouvernement et que vous vous fixiez sur une autre occupation. » Etzwane soutint le regard bleu flamboyant de Finnerack. « Je ne me crois pas infaillible, continua-t-il. En ce qui concerne Aun Sharah, je suis d'accord qu'il est probablement coupable. Ce qui est absolument essentiel c'est que nous apprenions ce qui motive sa manière d'agir. »

Finnerack riposta : « Le renseignement ne vaut pas la vie d'un seul homme.

— Qu'en savez-vous? protesta Etzwane. Nous ne connaissons pas ses raisons; comment pouvez-vous l'affirmer?

— Je n'ai pas le temps de m'occuper de ça pour le moment, grommela Finnerack. Les Vaillants Hommes Libres m'absorbent entièrement. »

C'était l'occasion que guettait Etzwane. « Je vous accorde que vous avez beaucoup trop de travail. Je vais charger quelqu'un d'autre du Service de Renseignements et je vais vous donner de l'aide pour les Vaillants Hommes Libres. »

Le sourire de Finnerack devint féroce. « Je n'ai nul besoin qu'on m'aide en ce qui concerne les Vaillants Hommes Libres. »

Etzwane feignit de n'avoir pas entendu. « Entre-temps, nous allons surveiller attentivement Aun Sharah et nous ne lui laisserons pas la latitude de nous nuire. »

Finnerack s'en était allé. Etzwane resta assis à réfléchir. Les événements semblaient se dérouler favorablement. Les nouvelles armes étaient efficaces; Mialambre et Dystar, chacun à sa façon, contribuaient à former la nouvelle nation que le Shant devait maintenant devenir. Finnerack avec sa violence et son obstination posait le problème le plus immédiat; il n'était pas homme à se laisser facilement tenir en bride, ou même influencer... Etzwane partit d'un éclat de rire sardonique. Quand, seul et terrifié, il aspirait à avoir un homme loyal et fidèle pour le seconder, l'image du garçon blond et placide de la Bifurcation d'Angwin s'était imposée à son esprit. Le Finnerack qu'Etzwane avait finalement recruté était un homme qui ne répondait en rien aux besoins d'Etzwane; il était obstiné, volontaire, bourru, entêté, secret, morose, inflexible, vindicatif, intolérant, pessimiste, rebelle, peut-être ni fidèle ni loyal. Finnerack avait fait de l'excellent travail avec les Vaillants Hommes Libres et le Service de Renseignements, d'accord, mais ce n'était pas la question. La crainte première d'Etzwane s'était dissipée à présent. Quoi qu'il advienne de lui-même, la guerre contre les Roguskhoïs avait acquis son élan propre. Le nouveau Shant était une réalité irrévocable. Dans vingt ans, pour le meilleur ou pour le pire, les torques seraient des pièces de musée et l'Anome exercerait une sorte de pouvoir différent. (Qui serait alors Anome? Mialambre : Octogone? Dystar? San-Sein?)

Etzwane alla regarder la Plaza de la Corporation. Le crépuscule tombait. Ce soir, il devait réfléchir à la tactique à adopter envers Aun Sharah.

Il quitta son bureau et descendit sur la place. Les habitants de Garwiy étaient maintenant au courant de la grande victoire de Bouche-du-Maure; tout en marchant, Etzwane entendait des fragments de conversations enthousiastes. Les prévisions lugubres de Finnerack lui revinrent en mémoire; il y avait des chances pour que Finnerack ait raison. Le pire était peut-être encore à venir.

Etzwane monta à son appartement dans le Roseale Hrindiana, où il avait l'intention de prendre un bain, de dîner, de lire les rapports des agents de renseignements, peut-être de badiner un brin avec Dashan des Szandales... Il ouvrit la porte. L'appartement était obscur, presque noir. Inhabituel! Qui avait éteint les lumières? Il entra et posa la main sur la baguette-allumeuse. Aucune illumination ne s'ensuivit. Etzwane sentit sa tête tourner. L'air avait une curieuse odeur piquante, acide. Il alla en trébuchant vers un divan puis, renonçant à se relaxer, se dirigea vers la porte. Ses sens le trahirent. Il essaya de tendre la main et de tâtonner; il toucha la serrure... Une main prit son bras et le fit rentrer tout flageolant dans la pièce.

Quelque chose n'était pas normal, songeait Etzwane. Il se sentait bizarrement mal à l'aise, encore fatigué et engourdi comme si son sommeil avait été interrompu par des rêves. Il se redressa dans son lit, inexplicablement faible; peut-être avait-il réellement rêvé : l'obscurité, la torpeur, la main sur son bras puis... les voix.

Etzwane se leva et alla regarder les jardins de l'Hrindiana. La matinée commençait à peine : à peu près l'heure où il se levait d'ordinaire. Il alla dans la salle de bains et considéra avec stupeur le visage défait reflété par le miroir. Sa barbe saillait en chaume sombre; ses pupilles étaient noires, dilatées. Il se baigna, se rasa, s'habilla et descendit dans le jardin, où il prit son petit déjeuner. Il se découvrit littéralement affamé et mourant de soif aussi... Étrange. Avec son petit déjeuner avait été apporté un exemplaire du journal du matin. Il remarqua par hasard la date — shristday? Hier avait été zaelday; aujourd'hui était ettaday... Shristday? Quelque chose ne tournait pas rond.

Il se rendit à pas lents au Juridictionnaire. Dashan l'accueillit avec joie et inquiétude. « Où étiez-vous donc? Nous étions tous morts d'anxiété!

— Je suis allé me promener, répliqua Etzwane. Quelque part.

— Pendant trois jours? Vous auriez dû me prévenir », gronda Dashan.

Finnerack aussi avait été parti trois jours, se dit Etzwane. Étrange.

XI

A Garwiy, un sentiment nouveau imprégnait l'atmosphère, fait d'espoir et de joie mêlés de mélancolie pour la fin d'une longue période de paix. Les enfants ne prenaient plus le torque et il était entendu que toutes les personnes méritantes se verraient enlever leur torque après la guerre. Qu'adviendrait-il alors de la loi et de la discipline? Qui maintiendrait la paix quand l'Anome aurait perdu le dernier de ses pouvoirs coercitifs? En même temps que la joie, partout régnait une certaine inquiétude. Etzwane médita de longues heures sur cette situation. Il était en train, il le craignait, de préparer pour le nouvel Anome une kyrielle de problèmes épineux.

Dystar vint à Garwiy et se présenta à Etzwane. « Au mieux de mes capacités, j'ai fait ce que vous m'avez demandé. Ma tâche est terminée. Le peuple du Shant est uni; les événements l'ont unifié. »

Etzwane s'avisa subitement que son indécision était artificielle. L'Anome du Shant devait être un homme possédant la plus grande ouverture d'esprit possible, la plus profonde imagination. « Dystar, déclara Etzwane, votre tâche est finie mais une autre attend, que vous seul êtes en mesure d'accomplir.

— J'en doute, répliqua Dystar. Quelle est cette tâche?

— Vous êtes maintenant Anome du Shant.

— Quoi?... Ridicule! Je suis Dystar. »

Etzwane fut déconcerté par le mécontentement de Dystar. Il dit avec raideur : « Je ne pense qu'à l'avenir du Shant. Il faut que quelqu'un soit Anome; je croyais avoir choisi le meilleur. »

Dystar, maintenant à demi amusé, parla d'une voix radoucie :

« Je n'ai ni goût ni facilité pour ce genre d'affaire. Qui suis-je pour juger le vol d'un bœuf ou pour calculer la taxe sur les chandelles? Si j'avais du pouvoir, mes actes seraient extravagants et ruineux : des tours au milieu des nuages, des barges de plaisance longues d'un kilomètre pour emporter les musiciens parmi les îles de la Beljamar, des expéditions au Royaume Perdu de Caraz. Non, Gastel Etzwane, votre imagination l'emporte sur votre sens pratique : c'est souvent le cas chez les musiciens. Prenez pour votre Anome le sage Mialambre ou, mieux encore, n'employez personne; à quoi sert un Anome quand il n'y a pas de torques à faire exploser?

— Tout cela est bel et bon, dit Etzwane, froissé, mais — pour en revenir au sens pratique dont je suis si lamentablement dépourvu — qui gouvernera dans ce cas? Qui ordonnera? Qui punira? »

Dystar ne se souciait plus de la question. « Ce sont des tâches destinées à des spécialistes, à des gens qui s'intéressent à ce genre d'affaire... Quant à moi, je dois me retirer, peut-être dans le Shkoriy. Je ne peux plus jouer de musique; je suis fini. »

Etzwane se pencha en avant dans sa surprise. « Vous ne vous attendez tout de même pas à ce que je croie cela! Quelles sont vos raisons? »

Dystar sourit et haussa les épaules. « J'ai échappé au torque. J'ai connu l'exaltation de la liberté, à ma grande mélancolie.

— Hum... Mais n'allez pas ruminer dans le Shkoriy; qu'y aurait-il de plus futile? Partez à la recherche de Frolitz, attachez-vous à sa troupe; voilà un remède à la mélancolie, je vous le garantis.

— Vous avez raison, répliqua Dystar. C'est ce que je vais faire. Je vous remercie de votre sage conseil. »

Pendant deux secondes, le secret frémit sur la langue d'Etzwane, mais il se contenta de dire : « J'aimerais pouvoir me joindre à vous. » Sûrement qu'un soir de liesse dans quelque taverne lointaine, pendant que la troupe boira du vin en devisant, Fordyce ou Mielke, ou Cune, ou même Frolitz, mettra Dystar au courant de ses liens avec Etzwane.

Dystar s'en était allé. Histoire de passer le temps, Etzwane essaya d'imaginer un gouvernement théorique qui servirait le Shant aussi bien qu'un Anome plein de sagesse et de décision. Il s'intéressa à son élaboration, il raffina et modifia et, finalement, aboutit à ce qui semblait un arrangement viable.

Il prévoyait deux organes de gouvernement conjugués. Le premier, un Conseil de Patriciens, comprendrait les Directeurs des transports, du commerce et de l'économie, des communications, de la législation et de la justice, des forces militaires, un Esthète de Garwiy, un musicien, un savant, un historien, deux personnalités éminentes et deux personnes choisies par le second conseil. Le Conseil des Patriciens assurerait lui-même son recrutement, choisissant ses propres membres, les congédiant par un consensus des deux tiers. L'un du groupe serait élu Premier Personnage du Shant pour une durée de trois ans à moins qu'il ne soit démis de ses fonctions à la suite d'un vote obtenu par un consensus des deux tiers.

Le second corps, le Conseil des Cantons, comprendrait des représentants de chacun des soixante-deux cantons et des délégués supplémentaires des villes de Garwiy, Brassei, Maschein, Oswiy, Ilwiy et Whearn.

Le Conseil des Cantons proposerait au Conseil des Patriciens actes et mesures et de plus pourrait obtenir l'expulsion d'un des membres du Conseil des Patriciens par un vote des deux tiers. Un Collège de Justice séparé garantirait l'équité à chaque citoyen du Shant. Le Directeur de la Législation et de la Justice, siégeant au Conseil des Patriciens, serait choisi parmi les membres du Collège de Droit.

Etzwane réunit Mialambre : Octogone, Doneis, San-Sein, Brise et Finnerack, et exposa ses propositions. Tous s'accordèrent à dire que le système méritait au moins un essai, et seul Finnerack souleva de graves objections. « Vous oubliez une chose : les magnats qui vivent en liberté dans le Shant et qui ont acquis leur aisance par la peine des autres. Le concept d'indemnisation ne devrait-il pas être codifié dans le nouveau système?

— C'est plutôt un problème qu'il appartient à la justice de régler », dit Etzwane.

Finnerack s'anima. « De plus, pourquoi des gens travailleraient-ils pour une bouchée de pain alors que des sybarites aux longs doigts savourent des Festins de Quarante-Cinq Plats? Les bonnes choses devraient être partagées; nous devrions démarrer le nouveau système sur une base d'égalité. »

Mialambre répliqua : « Vos sentiments sont généreux et vous font honneur. Tout ce que je puis dire, c'est que des redistributions radicales de ce genre ont déjà été tentées, avec toujours pour résultat le chaos et une tyrannie cruelle d'une sorte ou de l'autre. C'est la leçon de l'Histoire dont il nous faut tenir compte à présent. »

Finnerack ne proposa plus rien.

Sept compagnies de Vaillants Hommes Libres, augmentées de la milice maintenant enthousiaste, attaquèrent les Roguskhoïs sur quatre vastes fronts. Les Roguskhoïs, s'adaptant à leur vulnérabilité nouvelle, se déplacèrent de nuit, s'abritèrent dans des forêts et des lieux sauvages, attaquèrent par surprise, toujours à la recherche de femmes et parfois au prix de gros risques pour eux-mêmes. A contrecœur, ils évacuèrent la côte et se replièrent à travers les cantons du Marestiy et du Faible.

Etzwane reçut un rapport de Doneis, le Directeur des Réalisations Techniques. « Les rejetons roguskhoïs ont été longuement étudiés. Ils se sont révélés des créatures d'une espèce très curieuse et leur apparence humaine s'explique malaisément; néanmoins ils ont besoin d'une femme humaine comme hôtesse pour leur progéniture. Dans quel environnement de notre connaissance peuvent-ils avoir évolué de cette façon?

— Dans le Palasedra, d'après ce qu'on suppose.

— C'est possible. Les Palasedrans ont mis au point depuis longtemps une espèce guerrière. Certains marins du Caraz prétendent avoir vu ces créatures. C'est une grande énigme.

— Avez-vous découvert comment les Roguskhoïs identifient les femmes?

— Aucun problème sur ce point. L'une des senteurs féminines exerce de l'attraction sur eux. Ils sont attirés aussi sûrement qu'un ahulph l'est par une charogne; ils détectent la bouffée la plus évanescente et foncent à travers n'importe quel obstacle pour se satisfaire. »

Les Vaillants Hommes Libres étaient maintenant plus de cinq mille. Finnerack était plus que jamais replié sur lui-même et obsédé par une unique idée; la haine semblait brûler en lui comme le feu dans un fourneau. Le malaise d'Etzwane grandit en proportion. Pour réduire l'étendue du pouvoir de Finnerack, Etzwane fragmenta l'autorité en cinq sections. Finnerack le Noir devint Capitaine de la Stratégie; San-Sein était Capitaine des Opérations militaires; de plus, il y avait des Capitaines de Logistique, de Recrutement et d'Entraînement, et d'Armement.

Finnerack piqua une rage froide devant cette nouvelle situation. « Vous rendez toujours les choses plus malaisées! Au lieu d'un Anome, vous nous donnez une centaine de politiciens; à un seul chef responsable et efficace vous substituez un comité de cinq personnes. Est-ce raisonnable? Je m'interroge sur vos mobiles!

— Ils sont simples, dit Etzwane. Un Anome ne peut plus tenir le Shant en main; une centaine d'hommes sont nécessaires. La guerre, les armées du Shant, leurs stratégie, tactique et buts ont également trop d'ampleur pour dépendre d'un seul homme. »

Finnerack ôta son chapeau noir et le jeta dans un coin. « Vous me sous-estimez.

— Ce n'est pas le cas, je vous l'assure », dit Etzwane.

Les deux hommes se dévisagèrent un instant sans bienveillance. Etzwane dit : « Asseyez-vous une minute; je veux vous demander quelque chose. »

Finnerack alla vers un divan, s'accota au dossier, allongea ses bottes noires sur le tapis de Burazhesq. « Quelle est votre question?

— Voici peu de temps, vous avez disparu pendant trois jours. A votre retour, vous n'avez rien dit de ce que vous aviez fait. Que vous est-il arrivé pendant ce temps? »

Finnerack émit un grognement désagréable. « C'est sans importance.

— Je ne suis pas de cet avis, dit Etzwane. Il n'y a pas longtemps, je suis allé dans mon appartement et j'ai été anesthésié par une espèce de gaz, ou du moins je le suppose. Je me suis réveillé trois jours après, sans savoir ce qui s'était passé. Est-ce ce qui vous est arrivé?

— Plus ou moins. » Finnerack prononça les mots à contrecœur.

« Avez-vous constaté des conséquences de cet incident? Ressentez-vous une différence quelconque? »

Finnerack marqua de nouveau un temps avant de répondre.

« Bien sûr qu'il n'y a pas de différence. En ressentez-vous?
— Non. Absolument aucune. »

Finnerack était parti; Etzwane n'avait toujours aucune idée de ce qui se passait dans la tête de Finnerack. Il n'avait pas de faiblesses apparentes : pas d'aspiration au bien-être, à la richesse, à la boisson, aux jolies femmes, à la vie facile. Etzwane ne pouvait pas en dire autant pour lui-même, bien qu'il s'efforçât de vivre dans une relative austérité parce qu'il était conscient des dangers d'une vie de sybarite. Dashan des Szandales, de sa propre initiative ou de celle d'Etzwane — il n'avait jamais su exactement ce qu'il en était —, était devenue sa maîtresse. La situation plaisait à Etzwane parce qu'elle était commode. En temps voulu, quand il redeviendrait musicien, nul doute que cette situation se modifierait.

San-Sein, le Capitaine des Opérations militaires, entra un matin dans le bureau d'Etzwane avec un rouleau de cartes. « Nous avons une occasion très prometteuse qui se présente, déclara-t-il. Les Roguskhoïs ont lâché pied; ils battent en retraite vers le Houan. Une horde se dirige vers le sud à travers l'Ascalon et le Seamus, une autre dans le Ferriy a reculé jusque dans le Bastern, et cette colonne qui vient du Cansume est entrée dans le Sud-Marestiy et marche vers Bundoran. Voyez-vous où elles veulent aller?

— Si elles projettent de retourner dans les Terres Sauvages, il y a de fortes chances qu'elles remonteront la Gorge de la Fimée.

— Exactement. Alors voici mon plan, que j'ai déjà discuté et mis au point avec Finnerack. Nous harcelons la colonne sur ses arrières, suffisamment pour tenir l'ennemi en haleine mais ici, dans la Gorge de la Fimée, nous montons une embuscade.

— Fort bien, dit Etzwane, mais comment amènerez-vous des soldats dans la Gorge de la Fimée?

— Vous voyez le chemin d'air et les vents dominants? Si nous chargions quarante ballons à Oswiy et que nous les laissions aller librement, ils atteindraient la Gorge de la Fimée en six heures. Le machiniste n'aurait qu'à atterrir pour débarquer les hommes, puis continuer vers le sud et l'Itinéraire de la Grande Crête. »

Etzwane réfléchit. « L'idée est séduisante. Mais, et les vents? Je suis né à Bashon et d'après mes souvenirs ils soufflent aussi souvent en amont qu'en aval de la Fimée. Avez-vous pris contact avec les météorologues?

— Pas encore. Voici les flèches indicatrices des vents sur la carte.

— Le projet dépend beaucoup trop du hasard. Supposez que nous soyons encalminés. Les calmes plats se produisent souvent à cette saison. Nous aurions quarante chargements de soldats perdus au cœur des Terres Sauvages. Plutôt que des ballons, nous avons besoin de planeurs. » Etzwane se rappela soudain les constructeurs du canton de Whearn. Il médita un moment, puis se pencha sur la carte. « La Gorge de la Fimée est le trajet tout indiqué. Supposez que les Roguskhoïs soient prévenus de l'embuscade? Ils pourraient bien se détourner vers Bashon et se diriger vers l'ouest, en passant devant Kozan, avant de tourner au sud pour entrer dans les Terres Sauvages. Nous pouvons amener des troupes à Kozan sans difficulté, le chemin d'air passe à trente-cinq kilomètres seulement à l'ouest. C'est ici sur les falaises de Kozan que nous devons préparer notre traquenard.

— Mais comment mettrons-nous les Roguskhoïs au courant du piège de la Fimée pour qu'ils s'en détournent?

— Laissez-moi faire. Je connais une méthode subtile. Si elle réussit, parfait. Si elle échoue, nous n'aurons rien perdu. Voici vos instructions : ne confiez à personne que l'embuscade de la Gorge de la Fimée n'est que de la frime. Le secret doit rester entre vous et moi. Rassemblez vos troupes à Oswiy; chargez les ballons mais, au lieu de les laisser dériver, envoyez-les au sud par le chemin d'air jusqu'au Seamus.Débarquez, marchez jusqu'aux falaises de Kozan et postez-vous en embuscade. »

San-Sein était parti. Le complot était ourdi. Une fois encore Brise serait le truchement de la fuite vers Aun Sharah.

Etzwane alla à son téléphone et appela l'opérateur radio du Service de Renseignements. « Établissez le contact avec Pelmonte, dans le canton de Whearn. Demandez que le Surintendant vienne au microphone et prévenez-moi. »

Une heure plus tard, Etzwane entendit la voix du Surintendant du Whearn. Il demanda : « Vous rappelez-vous que Gastel Etzwane, l'Adjoint de l'Anome, est passé par Whearn il y a plusieurs mois?

— Oui, certes.

— A ce moment-là, j'avais recommandé que vous construisiez des planeurs. Quels progrès avez-vous faits dans cette direction?

— Nous avons exécuté vos ordres. Nous avons construit des planeurs du meilleur modèle. Avec une douzaine complète et sans nouvelles de vous, nous avons quelque peu ralenti le rythme de nos constructions.

— Recommencez au rythme maximum. J'enverrai des hommes à Whearn pour en prendre livraison.

— Avez-vous l'intention d'envoyer des pilotes?

— Nous n'en avons pas.

— Alors il faut les entraîner. Choisissez un contingent de vos meilleurs hommes, envoyez-les à Pelmonte. Ils ne tarderont pas à piloter les planeurs où vous le désirerez.

— C'est ce que nous ferons. Grâce aux hommes comme vous, les Roguskhoïs battent en retraite. Nous avons effectué un redressement spectaculaire ces quelques derniers mois. »

XII

BRISE annonça à Etzwane : « J'ai suivi vos instructions. Aun Sharah est au courant de l'embuscade de la Fimée. C'est un travail pour lequel je ne me sens pas de dispositions.

— Moi non plus. Mais il faut que le travail soit fait. Attendons maintenant la suite des événements.

Les rapports parvenaient d'heure en heure à Etzwane. Une colonne de Roguskhoïs, formée de quatre troupes de razzia représentant la totalité des effectifs qui avaient conquis le nord-est du Shant, se dirigeait vers le sud par la Gorge de la Fimée, accompagnée d'un nombre inconnu de femmes captives. De Vaillants Hommes Libres montés sur des ambleurs harcelèrent les flancs et l'arrière-garde des Roguskhoïs et essuyèrent eux-mêmes des pertes résultant de contre-attaques de l'ennemi; la route de la colonne était jalonnée par des cadavres.

La horde approchait de Bashon, où le temple abandonné et lugubre commençait déjà à tomber en ruine.

A la Route des Rhododendrons, la colonne fit halte. Six chefs, remarquables par le plastron en mailles de fer suspendu devant leur poitrine, conférèrent en examinant la Gorge de la Fimée en direction du Houan. Toutefois il n'y eut pas d'indécision; ils obliquèrent à l'ouest par la Route des Rhododendrons, passant sous les grands arbres sombres. En apprenant la nouvelle, Etzwane se rappela le gamin nommé Mur qui jouait dans la poussière blanche sous ces mêmes arbres. Au bout de la Route des Rhododendrons, avec la pleine campagne devant eux, les chefs s'arrêtèrent de nouveau pour se consulter. Un ordre fut passé le long de la colonne; une vingtaine de guerriers s'enfoncèrent sous les feuillages au bord de la route. La menace de leurs cimeterres protégeait efficacement contre une approche de la cavalerie, qui dut alors battre en retraite et contourner la route par le nord ou le sud.

Les Roguskhoïs quittèrent la voie principale et se dirigèrent vers le sud dans les contreforts du Houan. Au-dessus d'eux se dressait la masse des falaises du Kozan, une butte de calcaire gris trouée d'antiques grottes et tunnels.

Les Roguskhoïs arrivèrent aux abords des falaises. A l'ouest apparut une compagnie des Vaillants Hommes Libres; de l'est survint la cavalerie qui avait harcelé l'arrière-garde. Les Roguskhoïs descendirent au petit trot vers le Houan, longeant les Falaises de Kozan. Des trous et anfractuosités jaillirent les éclairs blancs d'une mousquetade. De l'est surgit la cavalerie des Vaillants Hommes Libres; et il en fut de même du côté ouest.

Des affiches pourpre, vert, bleu pâle et blanc annoncèrent le nouveau gouvernement du Shant :

Les Vaillants Hommes Libres ont libéré notre pays. Nous nous en réjouissons et nous célébrons l'unité du Shant.

L'Anome a gracieusement cédé la place à un gouvernement public et responsable, consistant en une Chambre Pourpre de Patriciens et une Chambre Verte des Cantons. Déjà trois décisions ont été prises :

Il n'y aura plus de torques.
Les modalités de l'indenture vont être profondément modifiées.
Les systèmes religieux ne seront plus autorisés désormais à commettre des crimes.

Les Patriciens Pourpres sont :

... Suivait la liste des Directeurs et de leurs fonctions. Castel Etzwane, Directeur général, était nommé Directeur en chef. Le

Directeur général en second était Jerd Finnerack. San-Sein était Directeur des Affaires militaires.

Aun Sharah occupait l'étage supérieur d'un antique immeuble en verre bleu et blanc derrière la Plaza de la Corporation, presque sous l'Ushkadel. Son bureau était très vaste — et dépourvu de mobilier à un point presque excentrique. La haute paroi du nord se composait entièrement de panneaux de verre transparent. La table de travail se trouvait au centre de la pièce; Aun Sharah était assis face au nord avec une vue plongeant par cet immense espace vitré. Quand Etzwane et Finnerack pénétrèrent dans la pièce, il inclina courtoisement la tête et se leva. Pendant cinq secondes le silence régna; tous les trois restèrent, chacun figé dans sa pause au milieu de la grande salle nue, campés comme des acteurs sur une scène.

Etzwane déclara cérémonieusement : « Aun Sharah, nous avons été amenés par force à la conviction que vous travaillez contre les intérêts du Shant. »

Aun Sharah sourit comme si Etzwane lui avait adressé un compliment. « Il est difficile de plaire à tout le monde. »

Finnerack esquissa lentement un pas en avant, puis recula et ne dit rien.

Etzwane, assez déconcerté par l'attitude aimable d'Aun Sharah, reprit : « La matérialité de vos agissements est établie. Toutefois nous ne savons que penser de vos mobiles. A soutenir la cause des Roguskhoïs que gagnez-vous, quel avantage en retirez-vous pour vous-même? »

Aun Sharah toujours souriant — bizarrement, pensa Etzwane — demanda : « Le fait a-t-il été démontré?

— Abondamment. Votre conduite a été placée sous observation depuis plusieurs mois. Vous avez incité Shirge Hillen du Camp Trois à me tuer; vous m'avez fait espionner. En tant que Directeur des Approvisionnements, vous avez à plusieurs reprises ralenti l'effort de guerre en détournant la main-d'œuvre vers des programmes qui n'étaient pas essentiels. A Thran, dans la Pierre Verte, votre embuscade contre les Vaillants Hommes Libres a échoué, par pur hasard. Nous avons obtenu une preuve décisive avec l'engagement aux Falaises de Kozan. Vous étiez informé que la Gorge de la Fimée allait être gardée, à la suite de quoi les Roguskhoïs ont changé de route et ont été massacrés. La réalité de votre culpabilité est établie. Vos mobiles sont une cause de perplexité. »

Ils restèrent de nouveau tous les trois immobiles et silencieux au centre de la vaste pièce dépouillée.

« Je vous en prie, asseyez-vous, dit aimablement Aun Sharah. Vous m'avez assailli d'une telle mitraillade d'absurdités que j'en ai l'esprit troublé et les genoux tremblants. » Etzwane et Finnerack demeurèrent debout, Aun Sharah s'assit et prit un style et du papier. « Répétez, je vous prie, votre acte d'accusation, si vous voulez bien. »

Etzwane obtempéra et Aun Sharah en inscrivit la liste. « Cinq chefs d'accusation : rien que du vent et pas de substance. Beaucoup d'hommes ont péri pour si peu. »

Etzwane commença à se sentir perplexe. « Vous niez donc les charges? »

Aun Sharah sourit de son curieux sourire. « Laissez-moi demander plutôt : pouvez-vous prouver une de ces accusations?

— Nous le pouvons, répliqua Finnerack.

— Très bien, dit Aun Sharah. Nous examinerons les accusations l'une après l'autre — mais faisons venir le juriste Mialambre : Octogone qui jugera des preuves et le Directeur des Transports Brise également.

— Je n'y vois pas d'objection, dit Etzwane. Allons dans mon bureau. »

De retour dans son ancien bureau, Aun Sharah indiqua du geste aux autres de s'asseoir, comme s'ils étaient des subalternes qu'il avait convoqués pour une conférence. Il s'adressa à Mialambre : « Il n'y a pas une demi-heure, Gastel Etzwane et Finnerack le Noir sont entrés dans mon bureau pour me signifier une série de cinq accusations, si saugrenues que je doute de leur bon sens. Voici ces accusations... » Aun Sharah lut sa liste.

« La première accusation, que j'ai averti Shirge Hillen de la venue d'Etzwane, n'est qu'un soupçon sans fondement d'autant plus détestable qu'Etzwane n'a fait aucun effort pour trouver une autre solution. J'avais suggéré qu'il enquête auprès des bureaux du Chemin d'air, ce dont il s'est abstenu. Je me suis renseigné discrètement; en vingt minutes, j'ai appris qu'un certain Parway Harth avait effectivement envoyé un message rédigé sans précaution et en termes assez ambigus pour que Shirge Hillen ait pu l'interpréter comme un ordre de tuer Gastel Etzwane. Je peux le prouver de trois manières différentes; par Parway Harth, par un subordonné qui a porté le message à la radio du Chemin d'air et par les archives qui sont dans le bureau de la radio du Chemin d'air.

« Deuxième point : l'accusation que j'ai mis des espions aux trousses de Gastel Etzwane. Cela se réfère à la surveillance exercée par un de mes traqueurs : une mesure d'intérêt banal. Je ne nie pas cette accusation; je soutiens qu'elle est trop insignifiante pour avoir la moindre valeur.

« Troisième point : en tant que Directeur des Approvisionnements, j'ai en plusieurs occasions diminué l'effort de guerre. Dans des centaines de cas, j'ai augmenté l'effort de guerre. Je me suis plaint à Gastel Etzwane que je n'étais pas doué pour ce genre de travail; il s'est obstiné à n'en tenir aucun compte. Si l'effort de guerre a souffert, la faute en incombe à lui seul. J'ai fait de mon mieux.

« Quatrième et cinquième points : j'ai organisé une embuscade roguskhoï à Thran et j'ai tenté de trahir une embuscade tendue par les nôtres dans la Gorge de la Fimée. Il y a quelques jours, je suis allé dans le bureau du Directeur Brise. D'un air vraiment bizarre et emprunté, il a fait une allusion cousue de fil blanc à une embuscade dans la Gorge de la Fimée. Je suis méfiant de caractère et rompu aux intrigues. J'ai décelé un complot. Je l'ai dit à Brise; j'ai en outre insisté pour qu'il ne me laisse pas seul un instant, ni jour ni nuit; il devait s'assurer de façon absolue que je n'avais transmis aucune information. Je l'ai convaincu que c'était son devoir envers le Shant, que si une embuscade était trahie effectivement il nous fallait découvrir le vrai coupable. Pour ce faire, nous devions être en mesure de démontrer mon innocence de façon indiscutable. C'est un homme d'honneur et un homme équitable; il est tombé d'accord sur la justesse de mon analyse de la situation. Je vous le demande maintenant, Brise : ai-je, pendant la période en cause, informé qui que ce soit de quoi que ce soit à un moment quelconque?

— Non, vous ne l'avez pas fait, répliqua Brise d'un ton bref; vous êtes resté assis dans mon bureau, en ma compagnie et celle de mes hommes de confiance, pendant deux jours. Vous n'avez communiqué avec personne, vous n'avez trahi aucune embuscade.

— Nous avons appris la nouvelle de la bataille de Kozan, poursuivit Aun Sharah. Brise m'a alors avoué qu'il se considérait comme responsable du fait que les soupçons soient tombés sur moi. Il a relaté sa conversation avec Gastel Etzwane.

« Je comprends maintenant que je suis impliqué dans l'affaire de l'embuscade de Thran par une seule question et une seule réponse. J'avais demandé à Brise d'envoyer des navires à Oswiy; il a répondu non, que je devais envoyer mes marchandises à Bouche-du-Maure. C'est sur cette base que se fonde la présomption de ma culpabilité dans l'affaire du guet-apens de Thran. Le raisonnement est tiré par les cheveux mais serait vaguement plausible s'il n'y avait un facteur secondaire qu'une fois de plus Gastel Etzwane n'a pas remarqué. Cette question et cette réponse, dans un millier de variations, sont devenues une plaisanterie entre Brise et moi : une repartie quand nous coordonnons nos fonctions. Je lui demande des moyens de transport pour un endroit, il réplique : impossible, trouvez du fret dans un autre. Brise, est-ce exact?

— C'est exact, dit Brise avec gêne. Question et réponse s'échangeaient au moins cinq fois par jour. Aun Sharah ne pouvait rien tirer de significatif des réflexions concernant Oswiy et Thran. Je les ai rapportées à Gastel Etzwane parce qu'il voulait savoir tout ce que j'avais dit; j'ai négligé de les replacer dans leur contexte. »

Aun Sharah demanda à Etzwane : « Avez-vous d'autres accusations? »

Etzwane eut un rire navré. « Aucune. Je suis manifestement incapable de porter un jugement rationnel sur quelqu'un ou sur quelque chose. Je vous présente mes excuses et je m'efforcerai de réparer dans la mesure du possible. Je dois songer sérieusement à démissionner de la Chambre Pourpre. »

Mialambre : Octogone prit la parole d'une voix bourrue : « Allons donc, inutile de pousser les choses plus loin; ce n'est pas le moment de se livrer à des extravagances.

— Sauf sur ce seul point, dit Aun Sharah. Vous avez parlé de réparation. Si vous le pensez sérieusement, renvoyez-moi aux travaux qui me conviennent, rendez-moi mes Discriminateurs.

— Ma foi, dit Etzwane, ils sont à vous, ceux qui restent. Finnerack a tout mis sens dessus dessous. »

Les Roguskhoïs avaient été repoussés dans les Terres Sauvages et, pendant un temps, la guerre s'arrêta progressivement. Finnerack présenta à Etzwane son point de vue sur la situation : « Ils sont comme dans une forteresse imprenable. Notre rayon de pénétration est d'une trentaine de kilomètres; au-delà de cette ligne, les Roguskhoïs se reproduisent, se réarment, se regroupent et probablement révisent leur stratégie. »

Etzwane réfléchit. « Nous avons pris des milliers de cimeterres; ils sont faits d'un alliage inconnu dans le Shant. Quelle est la source d'approvisionnement? Disposent-ils de fonderies au cœur du Houan? Un grand mystère. »

Finnerack hocha la tête avec indifférence. « Notre stratégie maintenant est tout indiquée. Nous devons organiser la totalité de nos effectifs et occuper peu à peu le Houan. C'est une tâche ardue et complexe, mais y a-t-il d'autres méthodes?

— Probablement pas, dit Etzwane.

— Et alors que ces brutes retournent dans le Palasedra! Et que les Palasedrans s'interposent à leurs risques et périls!

— En admettant que les Palasedrans soient responsables, ce qui n'est pas prouvé. »

Finnerack ouvrit des yeux ronds de stupeur. « Qui d'autre que les Palasedrans?

— Qui d'autre qu'Aun Sharah? Cela m'a servi de leçon. »

XIII

L'ÉTÉ apporta dans la guerre une accalmie, qui se prolongea au cours du long et doux automne. Le Shant répara ses dégâts, pleura ses hommes morts et ses femmes enlevées, augmenta ses forces armées. Les Vaillants Hommes Libres, croissant en nombre et en organisation, se scindèrent en divisions régionales, la milice cantonale faisant fonction de soutien et de ravitailleur. Les armes arrivaient à foison des manufactures de Shranke; les cimeterres roguskhoïs, fondus et moulés, devinrent du lest.

Des planeurs s'envolèrent de Whearn : des appareils à deux ailes, légers comme des papillons. Un corps des Vaillants Hommes Libres se spécialisa et devint celui des Pilotes de Shant. Au début, leur formation s'effectua au petit bonheur et au prix de leur vie; les survivants instruisirent les autres. Par pure nécessité, les Pilotes finirent par être un groupe bien entraîné et plein de cohésion, et par voie de conséquence naturelle commencèrent à faire orgueilleusement montre d'audace et d'*élan* téméraires.

Pour armer les planeurs, les technistes inventèrent une nouvelle arme meurtrière, une version simplifiée, dépourvue de lest, du lance-halcoïdes. Le projectile était composite : de l'halcoïde joint à un métal; le tube de lancement était ouvert aux deux extrémités. Quand on tirait, l'halcoïde filait en avant, le métal était éjecté à l'arrière; en fait l'arme agissait dans les deux sens, éliminant le recul et le besoin de lest. Quand il était tiré d'un planeur, le missile éjecté se perdait généralement dans les airs sans causer de dommages; à terre, les lance-halcoïdes étaient follement dangereux.

Avant d'envoyer des planeurs contre les Roguskhoïs, Finnerack enseigna aux Pilotes la tactique de combat, le lâcher précis des bombes et les techniques de sécurité concernant l'usage du lance-halcoïdes.

Dès le début, Finnerack avait été fasciné par les planeurs; il apprit à voler et, pas tout à fait à la surprise d'Etzwane, il ne tarda pas à abandonner le commandement des Vaillants Hommes Libres pour prendre en main les Pilotes.

Au milieu de l'automne, les armées de Terre commencèrent à entrer dans le Houan, s'avançant vers l'ouest depuis le Cansume, la Tête-Vieille et le Lor-Asphen, reconquérant les cantons du Surrume et du Shkoriy. Une seconde armée prit la direction du sud, passant par le Bastern, le Seamus et le Bundoran pour pénétrer jusque dans les Terres Sauvages. D'autres compagnies opérèrent à l'est et au sud, venant de l'Ombre et du Noir, abordant la région du Mont Misk, et là les Roguskhoïs opposèrent une résistance farouche. Ils défendaient maintenant une cause perdue. Des ahulphs dressés à l'espionnage repéraient leurs concentrations, qui étaient ensuite bombardées ou soumises au tir de lance-halcoïdes montés par groupes de six.

En d'autres occasions, les Roguskhoïs étaient attirés dans des embuscades par des appâts de « senteur féminine » à laquelle ils étaient extrêmement sensibles. Une fois, des planeurs arrosèrent un camp roguskhoï d'une solution de « senteur » avec un atroce effet. Les Roguskhoïs, déboussolés par les stimuli contradictoires du nez et des yeux, devinrent d'une humeur querelleuse à la folie; ils ne tardèrent pas à échanger des horions puis à se matraquer les uns les autres au point qu'ils périrent presque jusqu'au dernier. Aussitôt des planeurs survolèrent toutes les Terres Sauvages, armés non plus de charges décapitantes mais de bidons de « senteur ».

Les ahulphs à qui l'on avait — un peu tardivement — confié des missions d'espionnage renseignèrent sur l'itinéraire suivi par le ravitaillement des Roguskhoïs. Il partait du Grand Marécage Salé dans les marais du canton de Shker, puis s'enfonçait en direction du nord à travers une épaisse forêt d'arbres à pluie et de darabas-parasol, gravissait les Monts Gémissants et entrait dans le Houan.

Le commandement militaire envoya un détachement pour couper la route à la lisière de la forêt. Finnerack voulait une réaction plus véhémente. « N'est-ce pas l'évidence? Les Palasedrans sont responsables. Le Marécage Salé n'est pas une barrière; pourquoi ne pas leur infliger une leçon? »

Les capitaines regardèrent leurs cartes en fronçant les sourcils, manquant d'arguments contre une conviction aussi affirmée. Finnerack, légèrement assagi depuis le fiasco d'Aun Sharah, avait été revigoré par son nouveau rôle de Pilote. Il portait maintenant un uniforme de pilote en belle étoffe noire, taillé avec quelque chose de plus que l'habileté ordinaire. Avec les Pilotes de Shant, songea Etzwane, Finnerack a trouvé la fonction qui lui convient : jamais il n'avait paru plus enthousiaste et plus énergique. La possibilité de voler et la liberté qu'elle représentait l'avaient exalté; il arpentait le monde comme un homme à part, foncièrement supérieur aux rampants qui ne connaîtraient jamais les joies terribles de plancher silencieusement par-dessus les collines, de monter et de descendre, de décrire des cercles, de virer sur l'aile puis de fondre comme un aigle pour pulvériser une colonne en marche... Etzwane avait perdu depuis longtemps toute peur de voir Finnerack retourner les Vaillants Hommes Libres contre le gouvernement. Trop de garde-fous avaient été élevés; en y repensant, Etzwane vit qu'il avait peut-être été d'une méfiance excessive. Finnerack ne témoignait aucun intérêt pour les sources du pouvoir; il semblait se satisfaire d'écraser ses ennemis. Pour Finnerack, songea Etzwane, un monde sans ennemis serait bien morne.

Il répondit présentement à Finnerack de sa voix la plus raisonnable : « Nous ne voulons pas infliger de correction aux Palasedrans pour au moins trois raisons. Primo, nous n'en avons pas encore fini avec les Roguskhoïs. Secundo, la responsabilité des Palasedrans n'est pas certaine. Tertio, ce serait bien piètre politique de nous embarquer sans nécessité dans une guerre avec les Palasedrans. C'est un peuple intraitable qui rend le double de ce qu'il a reçu, comme le Shant l'a appris à son grand dam. Supposez que les Roguskhoïs soient une inadvertance, une erreur? Ou l'œuvre d'un groupe dissident? Nous ne pouvons pas plonger le Shant dans une guerre aussi témérairement. Après tout, que savons-nous du Palasedra? Rien. Ce pays est pour nous un livre fermé.

— Nous en savons assez, répliqua Finnerack. Ils ont produit une foule d'étranges bêtes-soldats, cela nous l'avons appris par des marins du Caraz. Nous avons découvert que la piste des

Roguskhoïs conduit au Marécage Salé en direction du Palasedra. Ce sont des faits.

— Exact. Mais ce ne sont pas tous les faits. Il nous faut en savoir davantage. Je vais dépêcher un envoyé à Chimaoui. »

Finnerack eut un éclat de rire sarcastique et fit exécuter un demi-tour à son fauteuil, le casque des Pilotes en bataille sur ses boucles blondes.

Etzwane dit : « Nous n'avons besoin ni d'être faibles ni d'êtres violents; nous ne sommes pas forcés de choisir l'un ou l'autre. Nous chasserons les Roguskhoïs de notre territoire et entre-temps nous devons essayer de connaître les intentions palasedranes. Seul un imbécile agit avant de réfléchir, comme je l'ai appris. »

Finnerack se retourna pour regarder Etzwane; dans ses yeux bleus scintillait un mince éclair, comme un reflet de soleil sur une lointaine corniche de glace. Puis il haussa les épaules et se carra dans son fauteuil, en homme en paix avec lui-même.

Les Roguskhoïs battaient en retraite. Les Vaillants Hommes Libres qui poussaient des pointes dans le Houan à partir de l'Ombre, du Noir, du Seamus et du Bastern ne rencontrèrent soudain plus aucune résistance. Des patrouilles en planeurs et des reconnaissances en ballons libres annoncèrent la même chose : les Roguskhoïs déferlaient vers le sud par douzaines de colonnes. La plupart se déplaçaient de nuit, s'abritant comme ils pouvaient pendant le jour. Les planeurs les harcelaient du haut du ciel, lançant de l'halcoïde, jetant des bombes de décapitant. La « senteur féminine » avait perdu son effet initial; les Roguskhoïs, quoique troublés et agités, ne se laissaient plus aller à des paroxysmes suicidaires.

Les Pilotes étaient au summum de leur gloire. Les uniformes bleus et blancs provoquaient un délire d'adulation; rien n'était trop bon pour un Pilote du Shant.

Finnerack avait également atteint son zénith. En le regardant s'occuper des affaires courantes des Pilotes, Etzwane avait du mal à se remémorer le garçon à la physionomie ouverte qu'il avait connu à la Bifurcation d'Angwin. Pratiquement, ce garçon était mort au Camp Trois... Qu'était-il advenu du petit garçon brun au visage hâve qui s'était évadé de la Bifurcation d'Angwin? En regardant dans la glace noire, Etzwane vit une figure aux joues creuses et au teint olivâtre, avec une bouche droite et immobile...

Il avait connu une vie riche, en vérité, songea Etzwane. Si Finnerack se trouvait à présent au sommet de sa carrière, Etzwane considérait sa propre tâche comme terminée. Il lui tardait de s'en défaire — pour devenir quoi? De nouveau un musicien errant? Le Shant semblait soudain trop petit, trop limité. Le Palasedra était une terre hostile; le Caraz un immense mystère. Le nom d'Ifness traversa l'esprit d'Etzwane. Il songea à la planète Terre.

Les Roguskhoïs, commandés par leurs chefs qui s'égosillaient, descendirent au pas de course les Terres Sauvages, traversèrent le canton du Skher et s'engagèrent dans le Grand Marécage Salé. Les Vaillants Hommes Libres, attaquant sur les flancs, leur infligèrent des pertes terribles et de même les Pilotes qui viraient, plongeaient, projetaient des éclairs d'air incandescent.

Le flot des colonnes diminua jusqu'à n'être plus qu'un filet, puis se tarit. Les Vaillants Hommes Libres battirent le Houan en long et en large, découvrant par-ci par-là un rejeton roguskhoï malade ou des bandes de femmes affamées, mais plus de guerriers ennemis.

Le Shant était libéré de ses envahisseurs. Les Roguskhoïs s'étaient retirés dans le Grand Marécage Salé, un lieu de bourbe noire, d'étangs couleur de rouille, avec quelques îles couvertes d'arbres-corail, d'autres îles de sable nues et stériles, des roselières vert pâle, des herbes-aux-serpents, de la follefeuille noire.

Dans le Marécage Salé, les Roguskhoïs semblaient à l'aise et en sécurité et se déplaçaient sans effort dans la bourbe. Les Vaillants Hommes Libres prolongèrent la poursuite jusqu'à ce que le sol devienne mou, puis se replièrent à regret. Les Pilotes n'avaient pas ce handicap. Les fondrières noires, les buttes de sable blanc scintillant, les forêts d'arbres-corail, les vents de mer qui arrivaient des deux Océans, le Bleu et le Pourpre, créaient des courants et des colonnes d'air ascendant et descendant; le soleil brillait entre de hautes nuées d'orage; les planeurs s'élevaient et plongeaient à volonté, non plus attachés à poursuivre l'ennemi mais maintenant à assouvir leur vengeance.

Les Roguskhoïs s'enfonçaient de plus en plus au cœur du Grand Marécage Salé, harcelés par les planeurs impitoyables. Etzwane se sentit obligé de mettre en garde Finnerack : « Quoi qu'il arrive, n'entrez pas en territoire étranger! Pourchassez les Roguskhoïs tant que vous voudrez d'un bout à l'autre du Grand Marécage Salé mais en aucun cas ne provoquez les Palasedrans! »

Finnerack arbora son petit sourire dur. « La frontière est où? Au centre du Marécage? Montrez-moi où se trouve la ligne exacte.

— Pour autant que je sache, il n'y a pas de frontière précise. Le Marécage Salé est comme une mer. Si vous approchez trop près de la rive sud du Marécage, les Palasedrans vont crier à l'empiètement.

— Un marais est un marais, dit Finnerack. Je comprends l'inquiétude des Palasedrans, mais je n'ai pour eux aucune compassion.

— Là n'est pas la question, répliqua patiemment Etzwane. Vos ordres sont : n'emmenez pas vos planeurs en vue du Palasedra. »

Finnerack se tenait tout hérissé devant Etzwane qui, pour la première fois, ressentit l'atteinte de sa haine à nu. Il en éprouva une sensation d'écœurement physique. Quand Finnerack haïssait, il haïssait bien. Le jour où Etzwane s'était fait connaître, Finnerack avait avoué haïr le garçon qui avait causé son malheur, mais n'y avait-il pas eu compensation? Etzwane respira lentement, profondément. La situation était ce qu'elle était.

Finnerack dit d'une voix basse, grosse de menace : « Vous me donnez encore des ordres, Gastel Etzwane?

— Oui, par mandat de la Chambre Pourpre. Servez-vous le Shant ou l'assouvissement de vos passions personnelles? »

Finnerack dévisagea Etzwane pendant dix secondes, puis pivota sur ses talons et s'en fut.

L'envoyé revint de sa mission à Chimaoui, sans rapporter de nouvelles satisfaisantes. « Je n'ai pas réussi à prendre contact directement avec les Aigles-Ducs. Ils sont fiers et distants. Je suis incapable de sonder leurs desseins. J'ai reçu un message stipulant qu'ils ne pouvaient pas traiter avec des esclaves; si nous voulions des transactions, nous devions envoyer l'Anome. J'ai répliqué que le Shant n'était plus sous la loi de l'Anome, que j'étais un émissaire des Pourpres et des Verts, mais cela ne leur a fait aucune impression. »

Etzwane conféra en privé avec Aun Sharah qui avait réintégré son ancien bureau donnant sur la plaza de la Corporation.

« J'ai étudié avec attention les deux séries de circonstances, déclara Aun Sharah. En ce qui concerne les deux embuscades, les faits essentiels sont clairs. Quatre personnes étaient informées de l'opération de Thran : vous-même, San-Sein, Finnerack et Brise. Vous et San-Sein étiez au courant de l'embuscade des Falaises de Kozan, qui a réussi; vous deux êtes éliminés. Brise avait dû très certainement comprendre que l'embuscade de la Gorge de la Fimée était une feinte; il pouvait fort bien avoir prévu l'embuscade des Falaises de Kozan. Lui aussi peut être éliminé dans l'affaire de la Gorge de la Fimée. Par conséquent, nous devons considérer Finnerack comme le traître.

Etzwane resta silencieux un instant. Puis il dit : « J'ai eu la même idée. Le raisonnement est d'une impeccable logique, la conclusion est absurde. Comment le guerrier le plus ardent du Shant peut-il être un traître?

— Je ne sais pas, répliqua Aun Sharah. Je suis revenu dans ce bureau, j'ai modifié l'installation à ma convenance, comme vous voyez. Ce faisant, j'ai découvert toute une série de micros-espions. J'ai pris la liberté d'inspecter votre appartement à l'Hrindiana, où j'ai trouvé une série semblable. Finnerack, bien sûr, avait aisément l'occasion d'installer ces micros.

— Incroyable, murmura Etzwane. Avez-vous localisé le terminus du système?

— Les micros sont reliés à un radio-émetteur qui diffuse continuellement à faible puissance.

— Les micros, la radio... ils sont fabriqués dans le Shant?

— Ce sont des accessoires couramment utilisés par les Discriminateurs.

— Hum... Pour le présent, nous resterons vigilants, sans plus. Je ne tiens pas à faire encore des accusations prématurées. »

Aun Sharah eut un sourire pensif. « En ce qui concerne la seconde enquête, j'ai appris très peu de choses. Finnerack s'est simplement escamoté pendant trois jours. Deux hommes du canton de Parthe occupaient l'appartement voisin de celui de Finnerack. Ils sont partis le lendemain, ou à peu près, du « retour » de Finnerack. J'en ai obtenu une description détaillée et j'ai le sentiment qu'ils ne sont pas Parthes, en dépit de la couleur de leur torque : ils n'ont pas accroché de fétiche à la porte et étaient fréquemment vêtus de bleu.

« J'ai naturellement fait une enquête au Roseale Hrindiana. Deux hommes semblables ont occupé l'appartement juste au-dessus du vôtre avant votre aventure. Ils sont partis ensuite sans prévenir la direction de l'Hrindiana.

— Je suis déconcerté, dit Etzwane. Je suis aussi rempli de crainte... J'ai demandé à Finnerack s'il se sentait changé; il a dit que non. Je ne me sens pas changé non plus. »

Aun Sharah regarda Etzwane avec curiosité, puis esquissa un de ses gestes délicats. « Je ne peux pas vous en dire plus. Naturellement je fais rechercher les Parthes, et Finnerack est placé sous une surveillance discrète. Quelque chose de révélateur se produira peut-être. »

Les Pilotes de Shant repoussèrent les Roguskhoïs de plus en plus profondément dans le marais, sans leur laisser de répit; l'air au-dessus du grand bourbier puait la charogne. Les Roguskhoïs avançaient toujours cap au sud — vers une destination? Pour mettre toute la distance possible entre eux et les Pilotes de Shant? Personne n'était capable de le dire, mais la partie nord du Marécage Salé était aussi vide de Roguskhoïs que le Shant même.

Dans les brillantes couleurs de la victoire, les journaux de Garwiy publièrent une proclamation des Pourpres et des Verts :

La guerre doit être considérée à présent comme terminée, bien que les Pilotes continuent à tirer vengeance des innombrables atrocités des Roguskhoïs. Il est impossible d'éprouver de la pitié pour ces brutes.

Toutefois nous devons maintenant mettre fin à notre campagne. Les glorieux exploits des Vaillants Hommes Libres et des Pilotes de Shant vivront à jamais dans l'histoire de notre race. Ces hommes valeureux doivent désormais consacrer leur énergie à la reconstruction du Shant.

LA GUERRE EST FINIE.

Finnerack arriva en retard à la réunion de la Chambre Pourpre. Il entra dans la salle et gagna à pas lents sa place à la table de marbre.

Etzwane parlait : « Notre grand combat est achevé et j'estime que ma responsabilité a cessé. Cela étant... »

Finnerack l'interrompit :

« Permettez, afin que vous ne donniez pas votre démission par suite d'un malentendu. Je viens de recevoir des nouvelles du Shker. Les Pilotes de Shant, opérant dans la région sud du Grand Marécage Salé, ont rencontré ce matin une grosse colonne de Roguskhoïs qui se dirigeait en toute hâte vers le rivage palasedran. Nous avons attaqué et approché le Palasedra. Nos manœuvres étaient attentivement surveillées et il se peut que les mouvements des Roguskhoïs aient été calculés pour nous attirer dans une situation d'incursion technique. » Finnerack marqua un temps. « Voici ce qui s'est passé. Nos planeurs ont été interceptés par des planeurs noirs palasedrans, pilotés avec une grande habileté. Au cours du premier engagement, ils ont détruit quatre planeurs du Shant, sans en perdre aucun. Au cours du second engagement, nous avons modifié notre tactique et abattu deux planeurs ennemis, tout en en perdant encore deux des nôtres. Je n'ai pas reçu d'autre rapport. »

Mialambre rompit le silence. « Mais vous aviez instruction d'éviter d'approcher le Palasedra.

— Notre but fondamental, répliqua Finnerack, est de détruire l'ennemi. Le lieu où il se trouve importe peu.

— C'est ce que vous pensez. Pas moi. Devons-nous soutenir une nouvelle guerre palasedrane à cause de votre indiscipline?

— Nous soutenons déjà une guerre palasedrane, dit Finnerack. Les Roguskhoïs ne sont pas sortis du néant.

— C'est votre opinion! Qui vous a donné le droit d'agir pour tout le Shant?

— On fait ce que sa conscience commande. » Finnerack eut un mouvement de tête sec en direction d'Etzwane. « Qui lui a donné le droit de s'emparer de l'autorité de l'Anome? Il n'en avait pas plus le droit que moi.

— La différence est réelle, rétorqua Mialambre. Un homme voit une maison en feu. Il alerte les habitants et éteint le brasier. Un autre, pour punir l'incendiaire, brûle un village. L'un est un héros, l'autre un fou. »

San-Sein déclara : « Finnerack le Noir, votre courage est hors de question. Malheureusement, votre zèle est excessif. L'imprudence détruit notre liberté d'action. Transmettez immédiatement ces ordres aux Pilotes de Shant : retournez sur le territoire national! Ne vous aventurez plus dans le Grand Marécage Salé à moins d'en recevoir l'ordre formel! »

Finnerack remua son casque, le jeta sur la table de marbre. « Je ne peux pas donner ces ordres. Ils ne sont pas réalistes. Quand les Pilotes de Shant sont attaqués, ils ripostent avec une indomptable férocité.

— Nous faudra-t-il envoyer de Vaillants Hommes Libres pour mettre à la raison nos propres pilotes? hurla San-Sein, soudain pris de fureur. S'ils repartent en expédition, nous confisquerons leurs planeurs et déchirerons leurs uniformes! C'est nous, les Pourpres et les Verts du Shant, qui commandons! »

Un huissier entra précipitamment dans la salle. Un message radio impératif est arrivé de la ville de Chimaoui, dans le Palasedra : « Le Chancelier réclame la voix et l'oreille de l'Anome. »

Le Conseil des Patriciens au complet écouta les paroles du Chancelier palasedran, prononcées avec une accentuation bizarre et des sons déformés. « Je suis le Chancelier des Cent Souverains. Je veux parler à l'Anome du Shant. »

Etzwane déclara : « La domination de l'Anome a pris fin. Vous vous adressez maintenant au Conseil des Patriciens; dites ce que vous désirez.

— Je vous demande alors : pourquoi nous attaquez-vous après deux mille ans de paix? Quatre guerres et quatre défaites ne vous ont-elles pas enseigné à vous méfier?

— Les attaques étaient dirigées contre les Roguskhoïs. Nous les avons repoussés à l'endroit d'où ils étaient venus. »

L'air crépita légèrement pendant que le Chancelier réfléchissait. Il reprit : « Ils ne nous sont rien. Vous les avez chassés du Marécage dans le Palasedra; n'est-ce pas un acte offensif? Vous avez envoyé vos planeurs au-dessus de notre territoire; n'est-ce pas une intrusion?

— Pas si, comme nous en sommes convaincus, vous avez commencé par envoyer les Roguskhoïs contre nous.

— Nous n'avons rien fait de tel. C'est ce que vous croyez? Dépêchez vos représentants au Palasedra; vous le vérifierez par vous-mêmes. C'est ce que nous vous offrons généreusement. Vous avez agi avec irresponsabilité. Si vous choisissez de ne pas apprendre la vérité, nous vous considérerons comme des imbéciles malveillants et il y aura des morts.

— Nous ne sommes ni malveillants ni stupides, rétorqua Etzwane. Il n'est que raisonnable de discuter et de régler nos différends; nous accueillons avec joie la possibilité de le faire, d'autant plus si vous pouvez démontrer que vous n'avez pris aucune part à nos ennuis.

— Dépêchez vos représentants, répéta le Chancelier. Envoyez-les par un seul planeur au port de Kaoimi; il ne leur sera fait aucun mal et là notre escorte les accueillera, avec les égards qui leur sont dus. »

XIV

Le Palasedra pendait sous le Shant comme une main rabougrie à trois doigts, dont le Grand Marécage Salé était le poignet. Les montagnes du Palasedra formaient les os de la main palasedrane. Elles saillaient en pics dénudés, dont bon nombre portaient haut dans les airs les châteaux solitaires des Aigles-Ducs. Les forêts du Palasedra dévalaient les pentes des vallées orientées vers la mer. Les troncs noirs rectilignes des loutranos géants soutenaient des parasols de pulpe couleur de pâte à pain d'une petitesse disproportionnée. Autour de leurs fûts moussait une écume vert sombre de similax et de gousses-de-cire qui, à leur tour, dominaient de leur masse des bosquets de gohovanys, d'argoves et de jajuys. Les villes du Palasedra gardaient le débouché des vallées sur la mer. De hautes demeures de pierre avec des toits très pentus étaient agglutinées, l'une procédant de l'autre comme les cristaux dans un caillou. Le Palasedra! Un pays sévère, étrange, où chacun s'estimait noble et ne s'inclinait que devant l'autorité d'un « honneur » que tous admettaient mais que personne n'imposait; où aucune porte n'était fermée à clef, où aucune fenêtre n'avait de volets; où le cerveau de chacun était une citadelle aussi calme que le château d'un Aigle-Duc.

A Kaoimi, le planeur venu du Shant atterrit dans une glissade sur l'étroite plage. Quatre hommes descendirent de selle à l'intérieur de l'armature. Le premier était le pilote, les trois autres étaient Etzwane, Mialambre et Finnerack, qui n'avait accepté de se rendre au Palasedra qu'après que son courage, son jugement et la qualité de son intelligence eurent été moqués et mis en doute — sur quoi Finnerack s'était déclaré prêt à explorer le fin fond du Caraz si nécessaire.

Les sévères demeures de Kaoimi dominaient l'arrière de la plage. Trois hommes de stature élevée, portant des tuniques noires ajustées et des chapeaux noirs hauts de forme, s'avancèrent. Leurs mouvement étaient majestueux et mesurés.

C'étaient les premiers Palasedrans qu'Etzwane voyait et il les examina avec intérêt. Ils représentaient une race un peu différente de la sienne. Leur peau blême comme du parchemin prenait quand la lumière l'effleurait un vague ton mat gris d'acier. Leurs visages étaient longs, minces et convexes, le front et le menton effacés, le nez en proue. L'un d'eux prit la parole d'une voix gutturale étouffée, formant les mots quelque part derrière son palais. Pour cette raison et parce qu'il utilisait un dialecte bizarre, curieusement accentué, ce qu'il disait était presque incompréhensible. « Vous êtes les envoyés du Shant?

— Oui.

— Vous ne portez pas de torque; vous vous êtes donc débarrassés effectivement du joug de votre tyran? »

Mialambre s'apprêtait à mettre didactiquement les choses au point; Etzwane dit : « Nous avons modifié notre mode de gouvernement; c'est un fait.

— Dans ce cas, je vous accueille officiellement. Nous allons gagner immédiatement par air Chimaoui. A l'ascenseur, suivez-moi. »

Ils montèrent jusqu'à une plate-forme d'osier tressé. Avec une secousse et une oscillation, un câble sans fin les hissa en l'air : sous les argoves, à travers une trouée dans le tapis vert sombre et dans les couloirs aérés entre les loutranos, montant toujours plus haut au-dessus des parasols couleur de pâte à pain jusqu'à la clarté lavande des trois soleils. Une plate-forme se dressait sur des pilotis dans le style patte d'araignée au bord d'une falaise; là ils débarquèrent. Un planeur les attendait : un système compliqué de mâts, de cordages, de pales, avec une cabine d'osier et de toile fine suspendue sous une voilure en forme d'aile de chauve-souris.

Le Palasedran et les trois hommes du Shant entrèrent dans la cabine. Au loin sur le plateau, un groupe d'hommes énormes, à peine visibles, jetèrent un panier d'osier plein de pierres dans le précipice. Un câble propulsa le planeur qui monta sans à-coups dans le ciel et fut lancé dans l'espace.

Le Palasedran ne se montrait pas disposé à bavarder. Etzwane finit par demander : « Vous savez pourquoi nous sommes ici? »

Le Palasedran dit : « Je ne lis rien de précis. Vos idées ne trouvent pas correspondance avec les miennes.

— Ah, fit Mialambre, vous avez été envoyé pour lire nos pensées.

— J'ai été envoyé pour vous conduire courtoisement à Chimaoui.

— Qui est Chancelier? Un des Aigles-Ducs?

— Non, nous sommes maintenant cinq castes au lieu de quatre. Les Aigles-Ducs s'occupent de l'honneur.

— Nous ne connaissons pas le Palasedra et ses coutumes, dit Etzwane. Si le Chancelier n'est pas un Aigle-Duc, comment les gouverne-t-il?

— Le Chancelier ne gouverne personne. Il n'agit que pour lui-même.

— Mais il parle au nom du Palasedra?

— Pourquoi pas? Il faut bien que quelqu'un le fasse.

— Que se passe-t-il s'il vous engage à agir d'une façon que vous désapprouvez?

— Il sait ce qu'on attend de lui. Telle est la manière dont nous nous conduisons, faire ce qu'on attend de nous. Si nous n'y réussissons pas, nos répondants en supportent les conséquences. N'est-ce pas juste? » Il toucha le ruban de son chapeau, qui s'ornait d'une douzaine d'insignes héraldiques. « Ces gens ont répondu de moi. Ils m'ont accordé leur confiance. Deux sont des Aigles-Ducs... Tenez, là-bas, vous voyez le château du Duc Ain Palaeio. »

Le château se dressait sur un col entre deux pointes rocheuses : édifice tombant en poussière, presque indiscernable de la pierre qui l'entourait. De chaque côté, il y avait un bouquet de cyprès noirs. Des litholianes gris-vert accrochaient leurs guirlandes le long des murs de fondation... Le château fut dépassé et disparut hors de vue.

S'élevant sur des colonnes de vent, glissant le long de pentes d'air, le planeur filait toujours plus avant vers le sud. Les montagnes s'abaissèrent; les loutranos disparurent; les similax et les argoves furent remplacés par l'arbre-au-bourreau, le chêne noir et par-ci par-là des bosquets de cyprès.

L'après-midi toucha à sa fin; les vents et les courants se firent moins affirmés. Quand le soleil passa derrière les Montagnes de l'ouest, le planeur descendit doucement vers un lointain reflet plombé d'eau et atterrit bientôt dans le crépuscule près de la ville de Chimaoui.

Un véhicule de bois verni clair, sur quatre hautes roues, attendait. Les animaux de trait étaient des hommes nus, massifs de jambes et de poitrine, de deux mètres dix de haut, avec une peau d'une bizarre teinte ocre rougeâtre. Leurs petites têtes aux formes nettes étaient dépourvues de cheveux; leurs traits aplatis n'avaient aucune expression. Finnerack, qui n'avait pas dit grand-chose pendant le trajet — il avait eu pour le moins l'air mal à l'aise et s'était retourné fréquemment, presque avec nostalgie, pour regarder derrière eux le chemin qu'ils avaient parcouru —, Finnerack donc jeta maintenant à Etzwane un coup d'œil sardonique, comme s'il voyait là une justification de ses théories.

Mialambre s'enquit sèchement auprès du Palasedran : « Ces créatures sont l'œuvre de vos faiseurs d'hommes?

— Oui, bien que la méthode ne soit pas exactement celle que vous supposez.

— Je ne fais pas de suppositions; je suis juriste.

— Les juristes ne sont-ils jamais irrationnels? Notamment les juristes du Shant?

— Pourquoi plus particulièrement les juristes du Shant?

— Votre pays est riche; vous pouvez vous permettre l'absurdité.

— Non pas! déclara Mialambre. En tenant ces propos, vous rendez toutes vos paroles suspectes.

— Aucune importance. »

La voiture roulait dans le crépuscule. En regardant les dos orange qui ondulaient, Etzwane demanda : « Les faiseurs d'hommes continuent leur œuvre dans le Palasedra?

— Nous sommes imparfaits.

— Et ces créatures qui peinent? Deviennent-elles parfaites?

— Elles sont assez bien comme elles sont. Leur souche est affligée de crétinisme; devons-nous laisser perdre de la chair de bonne volonté? Devons-nous tuer les crétins et condamner des hommes intelligents à ces tâches pénibles? » Les lèvres du Palasedran s'incurvèrent dans un sourire amer. « Ce serait comme si nous mettions tous nos crétins dans les castes supérieures.

— Avant que nous prenions place à un banquet de cérémonie, dit Mialambre, permettez-moi de vous poser cette question : utilisez-vous ces créatures comme aliment?

— Il n'y aura pas de banquet de cérémonie. »

La voiture brimbala le long du front de mer, puis s'immobilisa devant une auberge. Le Palasedran fit un geste. « Vous pouvez vous reposer ici un moment. »

Etzwane toisa avec hauteur le Palasedran. « Vous amenez les envoyés du Shant dans une taverne du port?

— A quel autre endroit faudrait-il vous conduire? Avez-vous envie d'arpenter l'esplanade? Faut-il vous hisser jusqu'au château du Duc Shaïan?

— Nous ne sommes pas à cheval sur l'étiquette, expliqua Mialambre. Toutefois, si vous envoyiez des émissaires au Shant, ils seraient logés dans un palais splendide.

— Vous illustrez avec justesse la différence entre nos nations. »

Etzwane descendit de la voiture. « Venez, dit-il d'un ton bref. Nous ne sommes pas ici pour faire des cérémonies. »

Ils se dirigèrent tous les trois à grands pas vers l'auberge. Une porte en planches de bois épaisses donnait accès à une salle étroite lambrissée de bois verni. Tout en haut d'une des parois vacillaient des lampes jaunâtres; au-dessous il y avait des tables et des chaises.

Un vieil homme avec un châle blanc sur la tête s'avança. « Vous désirez?

— De quoi manger et nous loger pour la nuit. Nous sommes des envoyés du Shant.

— Je vais préparer une chambre. Asseyez-vous donc et un repas vous sera servi. »

Le seul autre occupant de la salle, un homme mince en costume gris, était attablé devant une portion de poisson. Etzwane s'arrêta court, intrigué par son port de tête qui lui sembla familier. L'homme regarda de leur côté, s'inclina, se remit à manger son poisson d'un air dégoûté.

Etzwane resta indécis, puis alla à la table de cet homme. « Je croyais que vous étiez retourné sur la Terre.

— Tels étaient les ordres de l'Institut, dit Ifness. Toutefois j'ai protesté avec énergie et je me trouve à présent sur Durdane pour une mission quelque peu différente. Je suis heureux de préciser, de plus, que je n'ai pas été expulsé de l'Institut.

— Bonnes nouvelles en vérité, répliqua Etzwane. Nous permettez-vous de nous joindre à vous?

— Bien sûr. »

Ils s'assirent tous les trois. Etzwane fit les présentations. « Ces personnes sont des Patriciens du Shant : Mialambre : Octogone et Jerd Finnerack. Ce monsieur » — il désigna Ifness — « est un Terrien, membre de l'Institut d'Histoire. Son nom est Ifness.

— Parfaitement exact, dit Ifness. J'ai eu un séjour intéressant sur Durdane.

— Pourquoi n'avoir pas signalé votre présence? lui reprocha Etzwane. Vous avez une grande responsabilité dans la situation actuelle. »

Ifness eut un geste d'indifférence. « La façon dont vous avez affronté la crise n'était pas seulement compétente mais aussi locale. Ne vaut-il pas mieux que les ennemis du Shant craignent le Shant plutôt que la Terre?

— La question peut se discuter, répliqua Etzwane. Que faites-vous ici dans le Palasedra?

— J'étudie la société, qui présente un grand intérêt. Les Palasedrans osent des expériences anthropologiques qui ont peu d'équivalent ailleurs. Peuple frugal, ils adaptent le matériel humain de rebut à une série de fonctions utilitaires. Les ressources inépuisables de l'esprit humain sont un perpétuel émerveillement. Sur une terre austère, les Palasedrans ont élaboré un système philosophique qui les met à même de se complaire dans l'austérité. »

Etzwane reconnut la vieille tendance d'Ifness à une prolixité évasive. « A Garwiy, je n'ai pas remarqué que vous ayez une tendance à l'austérité, ni que vous ayez embrassé une philosophie glorifiant l'indigence.

— Vous avez observé avec justesse, rétorqua Ifness. De par ma qualité de scientifique, je suis en mesure de transcender mes inclinations personnelles. »

Pendant un bref instant, Etzwane chercha à déchiffrer le sens des paroles d'Ifness, puis il remarqua : « Vous ne paraissez pas étonné de notre présence ici dans le Palasedra.

— Une personne qui dissimule sa curiosité voit les renseignements affluer vers elle, c'est ce que m'a appris l'expérience.

— Saviez-vous que les Roguskhoïs ont cherché refuge sur le sol palasedran? Que nos Pilotes et les Dragons Noirs du Palasedra se sont livré combat?

— Voici une information intéressante, déclara Ifness, omettant de répondre directement à la question. Je me demande ce que les Palasedrans vont faire avec les Roguskhoïs. »

Finnerack eut un grognement dégoûté. « Doutez-vous que les Palasedrans soutiennent les Roguskhoïs?

— J'en doute effectivement, ne serait-ce que pour des raisons socio-psychologiques. Considérez les Aigles-Ducs qui vivent dans la grandeur : sont-ce des gens à saper en catimini les forces vives d'un ennemi? Impossible de m'en convaincre. »

Finnerack dit sèchement : « Théorisez tant que vous voulez. Ce que mon instinct me dicte, je le crois. »

Le repas fut apporté sur la table : du poisson salé mijoté au vinaigre, du gros pain, une marinade de fruits de mer. « Les Palasedrans n'ont aucune idée de la gastronomie, commenta Ifness. Ils mangent par faim. Le plaisir selon la définition d'un Palasedran est une victoire sur l'adversité, l'affirmation de soi sur l'environnement. Les Palasedrans nagent à l'aube vers le soleil levant. Quand une tempête se déchaîne, ils escaladent un piton rocheux. Pour sa dilection personnelle, un homme s'applique à connaître cinq degrés de mathématiques. Les Aigles-Ducs construisent eux-mêmes leurs tours avec des pierres qu'ils extraient de leurs mains; certains récoltent leur propre nourriture. Les Palasedrans ignorent tout de la musique; un aliment en vaut un autre pour eux; ils ne se parent que des emblèmes de leurs répondants. Ils ne sont ni cordiaux ni généreux, mais ils sont trop fiers pour être soupçonneux. » Ifness s'arrêta pour dévisager d'abord Mialambre, puis Etzwane et enfin Finnerack. « Le Chancelier ne va pas tarder à arriver. Je doute qu'il se montre très ému par vos problèmes. Si vous n'y voyez pas d'objection, je me joindrai à votre groupe dans le rôle, disons, d'observateur. Je me suis déjà présenté comme un voyageur venu du Shant.

— Si vous voulez », répliqua Etzwane, en dépit du grognement de Finnerack.

Mialambre dit : « Parlez-nous de la Terre, le berceau de nos ancêtres rebelles. »

Ifness plissa les lèvres. « La Terre n'est pas un monde qui se décrit en peu de mots. Nous sommes peut-être trop civilisés; nos ambitions n'ont plus d'envergure. Nos schismatiques vont vers les mondes extérieurs; par miracle, nous continuons à engendrer des aventuriers. L'univers humain est en continuelle expansion et c'est là, plus que nulle part ailleurs, que se situe l'essence même de la Terre. C'est la planète mère, la source d'où tout dérive.

— Nos ancêtres ont quitté la Terre il y a neuf mille ans, dit Mialambre. Ils ont voyagé sur une immense distance à travers l'espace jusqu'à Durdane, où ils pensaient trouver à jamais l'isolement. Peut-être ne sommes-nous plus éloignés maintenant des autres planètes terriennes.

— Effectivement, dit Ifness. Durdane se trouve encore au-delà du périmètre humain, mais pas tellement loin... Le Chancelier est arrivé. Il est venu traiter l'affaire de l'État dans cette taverne de marins et peut-être la méthode n'est-elle pas plus mauvaise qu'une autre. »

Le Chancelier se tenait sur le seuil, parlant à quelqu'un dans la rue, puis il se retourna et inspecta la salle. Grand et maigre, avec une brosse de cheveux gris, un énorme nez en croissant, il portait l'habituelle tunique noire mais, au lieu d'un chapeau, il avait autour de la tête un châle blanc d'ouvrier.

Etzwane, Finnerack, Mialambre se levèrent; Ifness resta assis, les yeux fixés sur le plancher comme plongé dans une rêverie subite.

Le Chancelier s'approcha de la table. « Asseyez-vous, je vous prie. Notre affaire est simple. Vos pilotes sont entrés dans le Palasedra; les Dragons Noirs les ont repoussés. Vous déclarez que vous nous avez envahis pour punir les Roguskhoïs; ceux-ci, soutenez-vous de plus, sont des agents du Palasedra. Je dis : les Roguskhoïs sont maintenant sur le sol palasedran et les Palasedrans vont s'en occuper. Je dis : les Roguskhoïs ne sont pas des agents du Palasedra. Je dis : envoyer vos pilotes dans le Palasedra était un acte téméraire et stupide — en fait, si stupide que nous avons retenu nos mains par pure surprise. »

Ifness fit un signe d'approbation et proféra une réflexion quelque peu sentencieuse, apparemment adressée à personne. « Un autre aspect de la conduite humaine qui déroute et arrête nos ennemis : c'est-à-dire une patience imprévisible. »

Le Chancelier fronça les sourcils en jetant un coup d'œil de côté, ne trouvant pas dans l'approbation d'Ifness l'exact degré de gratitude humble et joyeuse à laquelle il était en droit de s'attendre. Il reprit d'un ton plus sec : « Je dis : nous ne tiendrons pas compte de vos actes, puisqu'il ne semble pas y avoir eu intention criminelle et volontaire. A l'avenir, il faut que vous surveilliez vos pilotes. Voici au total ce que j'ai à dire. Je veux entendre maintenant votre réponse. »

Mialambre s'éclaircit la voix. « Notre présence ici parle pour elle-même. Nous espérons nouer des relations calmes et paisibles entre nos pays, pour notre bénéfice mutuel. L'ignorance donne naissance au soupçon; il n'est pas surprenant que quelques-uns d'entre nous aient vu dans les Roguskhoïs une menace renouvelée du Palasedra. »

Finnerack précisa d'une voix froide : « Les Vaillants Hommes Libres et les Pilotes de Shant ont vaincu les Roguskhoïs qui se sont alors délibérément réfugiés dans le Palasedra. Vous affirmez que les Roguskhoïs ne sont pas vos agents. Vous ne niez pas toutefois être responsables de leur existence, vous qui élevez sans vergogne des hommes pour certains usages comme s'ils étaient du bétail; si tel est le cas, les Roguskhoïs restent une responsabilité palasedrane. Ils ont causé d'énormes dégâts dans le Shant et nous réclamons une indemnisation. »

Le Chancelier eut un mouvement de recul; il ne s'était pas attendu à des déclarations aussi énergiques, pas plus d'ailleurs qu'Etzwane et Mialambre. Ifness hocha la tête d'un air approbateur. « Les demandes de Finnerack sont entièrement justifiées si en fait la responsabilité palasedrane pour les Roguskhoïs est réelle. Nous n'avons entendu aucune déclaration officielle palasedrane admettant ou niant cette responsabilité. »

Les sourcils grisonnants du Chancelier devinrent une barre en travers de l'arête de son énorme nez. Il s'adressa à Ifness. « Je me demande quel est votre statut exact dans cet entretien.

— Je suis un conseiller indépendant, répliqua Ifness. Gastel Etzwane donnera son aval à ma présence, encore qu'officiellement je ne représente ni le Shant ni le Palasedra. »

Le Chancelier déclara : « Peu m'importe. Pour qu'il n'y ait pas le moindre doute sur notre position, les Palasedrans nient toute responsabilité de quelque sorte que ce soit en ce qui concerne les Roguskhoïs. »

A cette réponse Finnerack objecta : « Alors pourquoi se réfugient-ils dans le Palasedra? D'où sont-ils sinon du Palasedra? »

Le Chancelier dit d'une voix mesurée : « D'après nos tout derniers renseignements, ce sont des créatures envoyées ici depuis la planète Terre. Un vaisseau spatial les a débarquées dans le Finfond, une vallée reculée pas très éloignée du Grand Marécage Salé. »

Etzwane se retourna pour dévisager Ifness qui contemplait le mur d'en face d'un air détaché. Finnerack émit un éclat de rire rauque comme un aboiement.

Le Chancelier poursuivit : « C'est ce que nous avons appris par des ahulphs du voisinage. Les Roguskhoïs retournent à présent vers le Finfond. Ils n'y arriveront pas; un corps de guerriers palasedrans est maintenant en marche pour les exterminer. Demain, je vais assister au combat et recueillir des informations supplémentaires; accompagnez-moi si vous le désirez. »

XV

Le Chancelier étala une carte sur la table et tendit le bras dans l'obscurité d'avant l'aube. « Voilà le Finfond. D'ici, il a l'air de n'être guère plus qu'un défilé ou un ravin. En fait, les montagnes enserrent une vaste prairie aride, comme cela ressort sur la carte. » Le Chancelier tapota le parchemin d'un ongle dur comme de la corne. « Le planeur nous a déposés ici; nous nous tenons à cet endroit, au-dessus de la vallée de la rivière Zek. Les soldats se déploient dans cette forêt là-bas; ils ne vont pas tarder à avancer.

— Et les Roguskhoïs? questionna Etzwane.

— L'unité principale a quitté le Grand Marécage Salé et approche maintenant. Les premiers éléments sont déjà entrés dans le Finfond, sans que nous les ayons inquiétés. » Il examina le ciel de l'aube. « Il n'y a pas de vent pour porter les Dragons Noirs; notre reconnaissance est incomplète. Je n'ai pas encore été informé des plans de bataille. »

Les trois soleils montèrent dans le ciel; leur lumière violette envahit la vallée; la rivière Zek arbora des reflets de couleur. Finnerack indiqua le nord. « Voici les troupes de tête. Pourquoi ne les harcelez-vous pas sur le flanc?

— Je ne suis pas chef de guerre, dit le Chancelier. Je ne peux pas donner d'avis... Reculez pour éviter qu'on nous remarque. »

Des groupes d'éclaireurs remontaient la vallée en courant; dans le lointain une masse sombre avançait comme un mascaret.

Un appareil attaché à la ceinture du Chancelier tinta. Il le porta à son oreille et se mit à examiner le ciel. Il replaça l'appareil à sa ceinture.

les Roguskhoïs approchaient à longues et lourdes enjambées, les traits figés et inexpressifs; à côté, les chefs allaient au pas de course, reconnaissables à leur pectoral en mailles d'acier.

La radio de ceinture du Chancelier grésilla; il écouta avec un air attentif et sévère, puis dit : « Pas de changement de plan. »

Il remit la radio à sa ceinture et resta un moment silencieux à regarder dans la direction du Finfond. Il annonça : « La nuit dernière, le vaisseau spatial est revenu dans le Finfond. Il y attend à présent, avec des intentions qui prêtent à conjecture. »

Mialambre s'adressa à Ifness sur un ton sardonique : « Pouvez-vous suggérer une explication pour ce fait?

— Oui, dit Ifness. Je le peux effectivement. » Il demanda au Chancelier : « Quelle apparence a ce vaisseau? Des hommes en ont-ils débarqué? Quels signes distinctifs porte-t-il, s'il en a?

— J'apprends que le vaisseau est un grand disque rond. Les sabords restent ouverts, formant des passerelles descendant jusqu'au sol. Personne n'a quitté le vaisseau. Des tirailleurs attaquent maintenant la queue de la colonne. »

Un crépitement irrégulier d'explosions parvint à leurs oreilles. Les chefs roguskhoïs se retournèrent brusquement, puis lancèrent des ordres d'une voix sèche; gémissant et grommelant, les Roguskhoïs se séparèrent pour former des escadrons de combat. Toute la colonne était maintenant visible. Des guerriers adultes marchaient en tête et en queue; au centre se trouvaient des rejetons, des marmousets et peut-être une centaine de femmes hâves et hagardes.

De la forêt monta une sonnerie de cor; les soldats palasedrans s'avancèrent sans hâte.

Etzwane fut déconcerté. Il s'était attendu à des guerriers gigantesques assortis à la taille massive des Roguskhoïs, les soldats palasedrans étaient moins grands que lui, mais immensément larges d'épaules et vastes de poitrine, avec des bras qui touchaient presque le sol. Les têtes étaient enfoncées dans les épaules, les yeux étaient abrités sous un casque noir et paraissaient regarder dans deux directions à la fois. Ils portaient un pantalon ocre, des épaulettes en fibre et des jambières; comme armes, ils avaient un sabre, une hache à manche court, un petit bouclier et un lance-trait.

Les Palasedrans se mirent en mouvement à petite allure. Les Roguskhoïs s'immobilisèrent, déroutés. Les chefs hurlèrent des commandements, les escadrons se reformèrent. Les Palasedrans s'arrêtèrent; les deux armées se faisaient face, distantes d'une centaine de mètres.

« Curieuse confrontation en vérité, commenta Ifness d'un ton rêveur. Chaque solution au problème offre des avantages... Hem! Ogres contre trolls. Les armes, je les juge équivalentes. Le dénouement, bien sûr, dépend de la tactique et de l'agilité. »

Les chefs roguskhoïs crièrent subitement des ordres brefs. Abandonnant femmes et rejetons, les guerriers roguskhoïs s'élancèrent à un pas de course laborieux vers le Finfond. Les Palasedrans coururent selon une trajectoire convergente et les armées se rejoignirent, non pas face à face mais côte à côte, les Roguskhoïs s'escrimant d'estoc et de taille, les Palasedrans bondissant pour attaquer puis reculant, jouant de la hache, lançant des traits en direction des yeux des Roguskhoïs et, quand l'occasion s'en présentait, plaquant aux jambes l'adversaire vulnérable pour provoquer la chute de sa masse rouge foncé. Les cimeterres faisaient des ravages équivalents; la route fut bientôt semée de bras, de jambes et de torses; le sang rouge se mêlait au sang noir.

La bataille atteignit l'entrée du Finfond; et là une deuxième armée palasedrane jaillit du haut des rochers. Les Roguskhoïs foncèrent en avant dans une tentative pour forcer le passage jusqu'au Finfond par la seule puissance de leur élan. Les femmes et les rejetons roguskhoïs étaient demeurés en arrière dans la vallée. Les nerfs des femmes prirent le dessus. Elles ramassèrent des armes tombées à terre et sabrèrent les rejetons qui sautillaient, en hurlant de joie comme des possédées.

Les guerriers roguskhoïs étaient parvenus au cœur du Finfond. Là, avec de l'espace pour déployer leur agilité, les Palasedrans devinrent plus efficaces.

Finnerack le premier, suivi de près par Ifness et Etzwane, puis par Mialambre et le Chancelier, s'avança sur une crête basse et boisée d'où la vue plongeait dans le Finfond, un cirque plan irrégulier d'environ huit cents mètres de diamètre, tapissé de buissons bas et d'herbe-au-roc bleue. Au centre était posé le vaisseau spatial : un hémisphère aplati en métal brun de soixante mètres de diamètre.

Etzwane demanda à Ifness : « De quelle sorte est ce vaisseau?

— Je ne sais pas. » Ifness sortit son appareil et tira une série de photos.

Sur trois côtés, des segments de la coque béaient. Debout dans les ouvertures, il y avait des créatures qu'Etzwane pensa être soit des andromorphes soit des hommes; à cause de la pénombre il n'arriva pas à le déterminer avec certitude.

Dans le Finfond, la bataille faisait rage, les Roguskhoïs se frayant pas à pas un chemin vers le vaisseau, les chefs au pectoral en première ligne, les simples soldats déployés de façon à les protéger des attaques bondissantes des Palasedrans.

Finnerack poussa un cri d'angoisse étouffé et se mit à descendre de la crête. « Finnerack! cria Etzwane. Où allez-vous? »

Finnerack ne lui prêta aucune attention. Il s'élança au pas de course. Etzwane se précipita à sa suite. « Finnerack! Revenez; vous êtes fou? »

Finnerack courait, agitant les bras à l'adresse du vaisseau spatial. Ses yeux étaient exorbités, mais il n'avait pas l'air de voir; il trébucha et Etzwane le rattrapa. Il empoigna Finnerack par la taille, le tira en arrière. « Que faites-vous? Vous êtes devenu fou? »

Finnerack gémit, donna des coups de pied, se débattit; il enfonça ses coudes dans la figure d'Etzwane.

Ifness s'avança, assena deux coups bien appliqués; Finnerack s'affaissa, inerte.

« Vite ou ceux du vaisseau vont nous tuer », dit Ifness.

Mialambre et Ifness prirent les bras de Finnerack, Etzwane ses jambes; ils le rapportèrent sous le couvert des arbres. Ifness se servit des vêtements de Finnerack pour lui lier les chevilles et les poignets.

Dans le Finfond, les Palasedrans — se méfiant du vaisseau spatial — reculèrent. Les chefs roguskhoïs et une centaine de guerriers survivants escaladèrent les passerelles. Les sabords se refermèrent d'un mouvement sec. Comme un lampyre, le vaisseau s'enveloppa d'une luminescence argentée. Émettant un piaulement rauque, il monta dans le ciel et ne tarda pas à disparaître.

Les Roguskhoïs restés dans la vallée avancèrent lentement vers l'emplacement où s'était posé le vaisseau spatial; ils formèrent une espèce de cercle, pour faire front à l'ennemi. Les chefs étaient partis; de la horde cuivrée qui avait failli anéantir le Shant, il survivait moins d'un millier.

Les Palasedrans reculèrent et se scindèrent en deux lignes, une à droite et l'autre à gauche des Roguskhoïs; ils attendirent en silence les ordres. Pendant dix minutes, les deux armées s'observèrent posément, sans signe d'hostilité; puis les Palasedrans se retirèrent vers le bord du Finfond et remontèrent la pente. Les Roguskhoïs restèrent au centre de la vallée.

Le Chancelier fit signe aux hommes du Shant. « Nous adoptons maintenant notre stratégie première. Les Roguskhoïs sont bouclés dans le Finfond et ils ne s'en échapperont jamais. Même votre fou aux yeux bleus doit reconnaître que les Roguskhoïs sont des créatures d'un autre monde. »

Ifness répliqua : « Ce point-là n'a jamais été mis en doute. Le mobile de cette incursion demeure un mystère. S'il s'agissait d'une conquête conventionnelle, pourquoi les Roguskhoïs n'étaient-ils armés que de cimeterres? Des gens qui voyagent dans l'espace sont-ils incapables de fabriquer de meilleures armes? Cela semble extravagant à première vue.

— De toute évidence, ils ne nous ont pas pris au sérieux, dit le Chancelier. Ou peut-être voulaient-ils nous étudier. Auquel cas nous leur avons administré de rudes renseignements.

— Ces hypothèses sont plausibles, déclara Ifness. Il y a encore beaucoup à apprendre. Certains des chefs roguskhoïs ont été tués. Je propose que vous transportiez ces cadavres dans un de vos laboratoires médicaux et que là vous vous livriez à des recherches auxquelles je suis désireux de participer. »

Le Chancelier eut un geste péremptoire. « Ce travail n'est pas nécessaire. »

Ifness entraîna le Chancelier à l'écart et prononça quelques phrases avec calme, après quoi le Chancelier donna à contrecœur son assentiment aux propositions d'Ifness.

XVI

C'EST dans un état d'apathie morose que Finnerack redescendit dans la vallée. A plusieurs reprises, Etzwane voulut lui parler; chaque fois, l'âme inquiète et le cœur serré, il tint sa langue. Mialambre, moins imaginatif, déclara à Finnerack : « Vous rendez-vous compte que votre conduite, sensée ou le contraire, nous avait tous mis en péril? »

Finnerack ne répondit pas; Etzwane se demanda s'il avait même entendu.

Ifness énonça d'une voix grave : « Les meilleurs d'entre nous agissent parfois sous l'effet d'impulsions bizarres. »

Finnerack ne dit rien.

Etzwane s'était attendu à ce qu'on les remmène de l'autre côté du Grand Marécage Salé; mais le planeur noir qui les emportait prit la direction du sud et de Chimaoui, où la voiture tirée par des humains les conduisit de nouveau à l'austère auberge de matelots. Les chambres étaient aussi sinistres que le réfectoire, avec des couchettes de pierre rembourrées seulement par de minces matelas à l'odeur aigre. Par la fenêtre ouverte entraient un courant d'air marin et le bruit de l'eau du port.

Etzwane passa une triste nuit, pendant laquelle il n'eut pas conscience d'avoir dormi. Une lumière gris violacé s'encadra finalement dans la haute fenêtre. Etzwane se leva, se passa la figure à l'eau froide et descendit à la salle commune, où il fut bientôt rejoint par Mialambre. Ifness et Finnerack ne vinrent pas. Quand Etzwane partit à leur recherche, il trouva leurs chambres vides.

A midi, Ifness rentra à l'auberge. Etzwane s'enquit anxieusement de Finnerack. Ifness répliqua avec ménagement et lenteur.

« Finnerack, si vous vous rappelez, a fait montre d'une bizarre irresponsabilité. Hier soir, il a quitté l'auberge et s'est mis à longer le rivage. J'avais prévu une réaction de ce genre et j'avais demandé qu'il soit surveillé. Hier soir, donc, il a été placé en état d'arrestation. J'ai passé toute la matinée avec les autorités palasedranes et elles ont, je crois, découvert la cause de la curieuse conduite de Finnerack. »

L'irritation que les façons mystérieuses d'Ifness avaient un jour provoquée chez Etzwane commença à se réveiller. « Qu'ont-elles trouvé... et comment?

— Le mieux est peut-être que vous veniez avec moi et voyiez vous-même. »

Ifness parlait d'un ton détaché : « Les Palasedrans sont maintenant convaincus que le vaisseau spatial ne provient pas de la Terre. J'aurais naturellement pu le leur dire, mais j'aurais trahi ainsi mon origine. »

Mialambre demanda avec humeur : « Où donc a été construit ce vaisseau spatial?

— Je suis aussi désireux que vous de l'apprendre — en fait, je travaille sur Durdane dans ce but. Comme les mondes terrestres se trouvent au-delà de la Schiafarilla, il y a des chances pour que le vaisseau spatial vienne en gros de la direction opposée, vers le centre de la galaxie. Il est d'une variété que je n'ai encore jamais vue.

— Vous avez informé les Palasedrans de tout cela?

— Absolument pas. Leurs convictions ont été modifiées par les événements de ce matin. Les chefs roguskhoïs, si vous vous souvenez, portaient un plastron protecteur; cela m'avait intrigué... Voici les laboratoires. »

Un frisson d'horreur parcourut Etzwane. « C'est là qu'ils ont amené Finnerack?

— Cela semblait logique. »

Ils pénétrèrent dans un bâtiment en pierre noire où régnaient de puissants relents de produits chimiques. Ifness les conduisit avec assurance le long d'un couloir latéral jusqu'à une vaste sallle éclairée par une série de châssis vitrés. Il y avait des bacs et des cuves à droite et à gauche; des tables s'alignaient au milieu. Au fond de la salle, quatre Palasedrans en blouse grise examinaient la masse d'un Roguskhoï défunt. Ifness hocha la tête d'un air approbateur. « Ils commencent une nouvelle recherche... il serait intéressant pour vous d'y assister. »

Etzwane et Mialambre s'approchèrent et se placèrent contre le mur. Les Palasedrans travaillaient sans hâte, disposant le corps massif de la façon la plus commode... Etzwane examina la salle. Un couple de gros insectes ou crustacés bruns remuait à l'intérieur de deux bocaux de verre. Des bacs de verre contenaient des organes qui flottaient, des moisissures et des champignons, une masse de petits vers blancs, une douzaine d'objets innommables... Les Palasedrans, utilisant une scie circulaire à air comprimé, découpèrent la vaste cage thoracique... Ils travaillèrent cinq minutes avec une grande dextérité. Etzwane sentit croître en lui une tension presque intolérable; il se détourna. Par contre, Ifness était tout attention. « A présent, regardez. »

Avec adresse et précaution les Palasedrans se mirent à extraire un sac blanc gros comme deux poings fermés. Une paire de lourds tendons ou nerfs en pendaient qui apparemment montaient dans le cou. Les Palasedrans taillèrent avec soin des tranchées dans la chair noire, à travers os et cartilage, pour sortir ces cordons intacts. L'organe entier gisait maintenant sur la table. Tout à coup, il témoigna d'une vie propre en s'agitant. Le sac blanc se fendit; il en sortit en rampant une créature brune luisante, à mi-chemin entre le crabe et l'araignée. Les Palasedrans l'emprisonnèrent aussitôt dans un bocal et le placèrent à côté de ses deux congénères.

« Vous voyez ici votre véritable ennemi, déclara Ifness. Sajarano de Sershan, au cours de nos conversations, a utilisé le mot « asutra ». Son intelligence semble être du degré le plus élevé. »

Avec une fascination horrifiée, Etzwane s'approcha pour regarder dans le bocal. La créature était ramassée sur elle-même et circonvolutive comme un petit cerveau brun; huit pattes articulées sortaient du dessous du corps, chacune terminée par trois petits palpes robustes. Les longs filaments ou nerfs saillaient d'une extrémité à travers un groupe d'organes sensoriels.

« De mon bref contact avec l'asutra, reprit Ifness, je déduis que c'est un parasite; ou mieux, peut-être la moitié dirigeante d'une symbiose, bien qu'à mon avis dans son environnement naturel il n'utilise comme hôte ni des créatures comme les Roguskhoïs ni déjà des hommes. »

Etzwane prit la parole d'une voix qu'il eut du mal à maîtriser. « Vous en avez déjà vu?

— Un seul spécimen : celui que j'ai prélevé sur Sajarano. »

Une douzaine de questions se pressèrent dans l'esprit d'Etzwane : des soupçons horribles qu'il ne savait comment formuler et peut-être ne tenait pas à vérifier. Il écarta de son esprit Sajarano de Sershan et son pauvre cadavre mutilé. Il regarda un bocal après l'autre et, bien qu'étant incapable d'identifier des yeux ou des organes visuels, il eut la sensation désagréable d'être observé.

« Ils sont hautement évolués et spécialisés, déclara Ifness. Toutefois, comme l'homme, ils font preuve d'une étonnante résistance et sans aucun doute peuvent survivre même en l'absence de leur hôte. »

Etzwane demanda : « Et Finnerack, alors? » — tout en sachant la réponse à la question avant même de l'avoir posée.

« Voici, dit Ifness en tapotant un des bocaux, l'asutra qui occupait le corps de Jerd Finnerack.

— Il est mort?

— Il est mort. Comment pourrait-il être en vie? »

« Une fois de plus, dit Ifness d'un ton nasal exprimant un intense ennui, vous insistez pour que je vous donne des informations sur des questions qui ne vous concernent pas directement ou bien sur lesquelles vous pourriez vous renseigner tout seul. Cependant dans le cas présent je vais faire une concession et peut-être apaiser les affres de votre perplexité.

« Comme vous le savez, j'ai dû quitter la planète Durdane sur l'ordre des représentants de l'Institut d'Histoire, qui estimaient que j'avais agi à la légère. J'ai soutenu avec énergie mon opinion; j'ai rallié d'autres personnes à mon point de vue et j'ai été renvoyé sur Durdane avec des fonctions nouvelles.

« Je suis revenu aussitôt à Garwiy, où je me suis assuré que vous aviez agi avec énergie et décision. En bref, les hommes du Shant, une fois qu'ils avaient quelqu'un pour les mener, réagissaient à la menace selon l'esprit de ressource humain habituel.

— Mais pourquoi les Roguskhoïs, pour commencer? Pourquoi

se sont-ils attaqués au peuple de Shant? N'est-ce pas extraordinaire?

— Du tout. Durdane est un monde isolé, où peuvent être menées discrètement des expériences sur des populations humaines. Les asutras semblent préparer un contact éventuel entre leur royaume et les mondes terrestres; peut-être ont-ils eu par le passé des expériences fâcheuses.

« Rappelez-vous, ce sont des parasites; ils cherchent à atteindre leurs buts par des intermédiaires. D'abord, donc, ils essaient un simulacre anti-humain qui féconde les femmes et en même temps les rend stériles : une arme biologique, en fait, que l'homme a souvent utilisée contre les insectes nuisibles.

« Ils ont réussi avec les Roguskhoïs une création remarquable. Des centaines, peut-être des milliers, d'hommes et de femmes ont dû passer par les laboratoires des asutras : une pensée qui hantera vos nuits blanches. Les asutras doivent considérer leurs créatures comme des répliques humaines acceptables, ce qu'elles ne sont évidemment pas; l'œil humain plus subtil décèle aussitôt en eux des monstres; toutefois ils remplissent leur fonction sur le plan biologique.

« Pour donner sa valeur à l'expérience, il fallait assurer aux Roguskhoïs une période de non-interférence; voilà pourquoi l'Anome a eu un « surveillant » implanté dans le corps, et ses Bénévoles n'y ont pas échappé non plus. Par un système que nous n'avons pas élucidé, les asutras contrôlent les actes de leurs hôtes. Sajarano regimbait contre le « tréfonds de son âme », la « voix de son âme ». Je me rappelle avoir entendu Finnerack parler de sa conscience. Nul doute que les asutras ont appris à admonester les hommes dans leurs laboratoires.

« Les Roguskhoïs, en tant qu'armes, étaient défectueux; le concept premier était erroné. Une fois que la passivité artificielle de l'Anome a pris fin, les hommes du Shant ont réagi avec l'énergie humaine ordinaire. Les asutras auraient certainement pu fournir des armes et soumettre le Shant, mais ce n'était pas leur but; ils désiraient tester et perfectionner des techniques indirectes.

« Supposez que les hommes puissent être induits à se massacrer mutuellement? Ce concept, du moins je le présume — ici je m'aventure dans le domaine des conjectures —, a conduit à introduire un contrôle chez Finnerack. Sa pugnacité a été renforcée; il a été incité à défier les Palasedrans — ce qui n'était pas du tout contraire à ses instincts.

« Cette deuxième expérience a également abouti à un échec, bien qu'en principe elle paraisse une tactique plus sûre. La préparation était insuffisante; je soupçonne ce plan d'être une improvisation hâtive.

— Tout cela est bel et bon, dit Mialambre en fronçant les sourcils, mais pourquoi avoir utilisé Finnerack plutôt que, par exemple, Gastel Etzwane qui a toujours exercé une influence plus réelle?

— A un moment donné, Finnerack paraissait un personnage au pouvoir irrésistible, répliqua Ifness. Il dirigeait le Service de Renseignements et commandait aussi les Vaillants Hommes Libres. Son étoile était en pleine ascension et voilà comment il a scellé son destin.

— Effectivement, convint Mialambre. En fait, je peux déterminer le moment précis de son changement. Il a disparu pendant trois jours... » Sa voix s'éteignit; ses yeux se tournèrent vers Etzwane.

Un lourd silence s'installa dans la salle.

Etzwane abaissa lentement ses poings serrés sur la table . « Ce doit être ça. Les asutras m'ont modifié aussi.

— Intéressant! commenta Ifness. Vous avez conscience de voix étranges, d'inquiétudes torturantes, d'un état permanent de mécontentement et de malaise? Ce sont les symptômes qui ont fini par conduire Sajarano au suicide.

— Je ne ressens rien de tout cela. Néanmoins, j'ai été drogué exactement comme Finnerack. Les mêmes Parthes se trouvaient là. Je suis condamné mais je meurs en ayant atteint mon but. Allons au laboratoire et finissons-en. »

Ifness fit un geste rassurant. « La situation n'est pas aussi mauvaise que vous le craignez. Je pensais bien que cette opération serait peut-être effectuée sur vous et j'étais là à point nommé pour m'interposer. En fait, j'occupais un appartement dans l'Hrindiana juste à côté du vôtre. La tentative a échoué; les Parthes sont morts; l'asutra est allé sur Terre dans un bocal et vous vous êtes réveillé trois jours après las et désorienté mais pas plus mal pour autant. »

Etzwane se laissa retomber sur son siège.

Ifness poursuivit : « Dans le Shant, les asutras ont subi une défaite minime mais précieuse. Leurs expériences ont provoqué cette attention que justement ils cherchaient à éviter, grâce à la vigilance de l'Institut d'Histoire. Qu'avons-nous appris? Que les asutras s'attendent ou se préparent à des relations antagoniques avec la race humaine. Peut-être une collision entre deux systèmes planétaires en expansion est-elle finalement imminente... Voici le Chancelier, il vient sûrement annoncer que votre planeur est prêt. Quant à moi, j'ai mangé une fois de trop du poisson salé et, si vous le permettez, je retournerai au Shant en votre compagnie... »

LA COMPOSITION, L'IMPRESSION ET LE BROCHAGE DE CE LIVRE
ONT ÉTÉ EFFECTUÉS PAR FIRMIN-DIDOT S.A.
POUR LE COMPTE DES PRESSES POCKET
ACHEVÉ D'IMPRIMER LE 31 MARS 1981

Presses Pocket
8 rue Garancière
75006 Paris
tél. 329 12 80

Imprimé en France

Dépôt légal : 2e trimestre 1981
N° d'édition : 1740 — N° d'impression : 7317